Surab Leschawa
Ein Becher Blut

Surab Leschawa

Ein Becher Blut

Erzählungen

Aus dem Georgischen übersetzt
von Tamar Muskhelishvili

Mit einem Nachwort
von Zaal Andronikashvili

Edition
Monhardt

Fick doch deine Oma

Gestatten: Goderdsi Panasow, ehemaliger Solist des staatlichen Tanz- und Gesangsensembles »Die Adler des Tals«. Gegenwärtig habe ich als Säufer mehrere Alkoholdelirien hinter mir und bin von meiner Frau verlassen worden. Ich bin ein einsamer, arbeitsloser Mensch, der in einem entlegenen Außenbezirk in einem entlegenen sechzehnstöckigen Haus im menschen- und gottverlassenen sechzehnten Stock wohnt. Von meinem – nicht allzu weit zurückliegenden – alten, fröhlichen und ereignisvollen Leben sind mir lediglich Fotos von Tourneen und Festlichkeiten, von Freunden und Frauen, Gästen und Gastgebern mit ihren freundlichen Gesichtern geblieben. Ebenfalls geblieben sind mir wertvolle Erinnerungsstücke an mein altes Leben. Zum Beispiel eine blaue, ausgeblichene Tanz-Tschocha, eine Dhol und ein zerrissenes, von Klebeband zusammengehaltenes asiatisches Akkordeon. Die Tschocha nutze ich als Bademantel; das Akkordeon spiele ich ab und zu, wenn meine Kumpel vorbeikommen – oder auch alleine, wenn mich Einsamkeit übermannt. Wahrscheinlich sind meine Nachbarn nicht unbedingt begeistert, aber was soll ich tun? Habe nicht auch ich ein Recht darauf, zu leben?

5

Da ihr mich nun kennt, kommen wir jetzt zu der Geschichte, auf die ich eure Aufmerksamkeit lenken will, um euch und auch mich ein wenig zu amüsieren.

Bekanntlich ist ein ordentliches Badezimmer ein sehr spezieller Ort – verkleidet mit schönen Marmorfliesen, mit Spiegeln an den Wänden und weiteren nötigen Dingen. Erfüllt vom Aroma herrlicher Seifen, Haarshampoos und unterschiedlichster Salben. Es ist warm, die Wasserhähne in exklusiven Designs scheinen regelrecht danach zu verlangen, berührt zu werden und den Badenden ohne Zögern willkommen zu heißen, um ihn mit heißem oder kaltem Wasser oder einer samtenen Verschmelzung beider Ströme zu versorgen. Die stattliche weiße Badewanne beschwört schamhaft – oder schamlos – den Menschen, sich hineinzulegen, einzuschäumen, zu entspannen und zu plantschen ...

Bei mir sieht die Sache anders aus: den fettigen, dunstgetränkten Wänden sind nur noch einige wenige vergilbte, unbrauchbare Fliesen geblieben. Durch die Linien an der klammen Wand gerahmt, deuten kleinen Quadrate auf eine Zeit hin, in der auch sie einst gefliest waren. Zwischen dem verrosteten Rohr (von dem die Farbe längst abgeblättert ist) und der Wand steckt ein schuppiger Spiegel, dem magische Fähigkeiten innezuwohnen scheinen und der das Spiegelbild beim Hineinblicken aus irgendeinem Grund erst nach einer gewissen, vagen Pause offenbart. Das Spiegelbild schimmert nur langsam durch, und das noch verzerrt – ähnlich einem Spiegelkabinett; mit dem Unterschied, dass das Spiegelbild auch nach dem Wegtreten noch eine Weile verharrt. Schwer zu sagen, wie ein Wissenschaftler dieses seltsame, wahrlich paradoxe Phänomen erklären würde. Ich habe eine einfache Erklärung: Mein Spiegel ist Ratschwelier – und dementsprechend genauso langsam wie die Menschen aus Ratschwelien. Wie es Pfannen mit dünnem Boden gibt, die sich schnell erhitzen und schnell abkühlen, so gibt es Pfannen mit dickem Boden, die kaum heiß zu bekommen sind, aber wenn sie erst einmal heiß sind, dann sind sie auch drei Tage später noch nicht kalt.

Auf die Kloschüssel, die direkt neben der Wanne steht, setze ich mich fast nie. In der verrosteten Speiseröhre des vergilbten Dämons, der außer einem Sprung im Dach auch selbst einen Sprung hat, finden sich stetig Fäkalien. Der chronische Rost und Kot und der, sagen wir, »blendende« Gestank machen diese Kreatur dermaßen abstoßend, dass es sogar mich, wahrlich keinen allzu kultivierten und zimperlichen Zeitgenossen, anwidert – ich besteige sie nur mit Schuhen. So, wie es auf den Dorflatrinen unserer Väter und Vorväter üblich war.

Ja, und sonst? Ich liebe die Natur, was das reiche Vorkommen von Flora und Fauna in meinem Bad bestätigt – in Form von Schimmel, Spinnen, Pilzen, pelzigen Käfern und fast zehn Kakerlakenarten. Die Köttel wiederum legen nahe, dass sich im Umfeld Ratten eingenistet haben. Sie stören mich nicht besonders, aber einen Stock habe ich inzwischen sicherheitshalber trotzdem immer zur Hand, wenn ich aufs Klo steige. Einmal ist eine Ratte aus dem Kloauge hervorgekrochen und hat, stellt euch vor, sogar meine Eier gestreift. Sofort habe ich mir den Stock geschnappt, der an der Wand lehnte, und ihr eins drübergebraten. Stattdessen barst der Stock, ich bin gestürzt und habe die Kloschüssel dabei zerbrochen – seitdem ist sie undicht. Und wer ist schuld? Ich! Ich hätte den Stock von vornherein gezückt haben sollen. Wenn du dein Geschäft verrichtest, halte gefälligst auch einen Stock bereit, du Hundesohn!

Aus der hintersten Ecke des Dachbodens unseres sechzehnstöckigen Hauses entspringt ein scheinbar unwichtiges, dünnes, doch robustes Kabel. Das ist die »abgezwackte« Stromleitung meiner Nachbarin Elwira Chitarischwili. Durch dieses Kabel klaut Elwira Strom, und das schon seit geraumer Zeit. Ihrer eigenen Ansicht nach begeht sie keinen Diebstahl, da sie den Strom nicht vom Staat, sondern von privaten Anbietern klaut; zudem vom unheimatlichen, unnachbarschaftlichen Nachbarland. Würde man sie fragen, stünde ihr für diese gute Tat wohl auch ein Orden zu. Aber ich, ein vernünftiger Bürger, bin anderer Meinung. Hols der Teufel! Stromklauende Elwiras sind der Grund, dass der Strom für unsereins teurer wird. Was bleibt unsereins dann noch übrig, als den Elwiras selbst Strom zu klauen? »Wer vom Dieb stiehlt, ist gesegnet«, wie man sagt, und das mache ich auch. Aber das ist nicht weiter schlimm, Elwira hat genug Geld – sie bekommt was von ihrem Mann aus dem Ausland sowie von ihrem Sohn, dem Lulatsch, der morgens das Haus verlässt und erst spätabends wieder einkehrt. Er arbeite in irgendeiner Bank. Es wird getuschelt, sie habe einen wohlhabenden Stecher, jedoch kann ich dafür nicht bürgen. Eigentlich müsste sie aber jemanden haben, diese propere, fernöstlich angehauchte, blühende Frau mit Porzellanteint, die stets frisch geduscht in ihrem rosa Bademantel herumstolziert.

Elwira beschwert sich ständig wegen dem Strom, doch ich klaue ihn weiterhin. Manchmal bittet sie mich, zumindest für meinen Durchlauferhitzer nicht ihre Leitung anzuzapfen, da sonst ihr Kabel kurzschließe. Was soll ich tun, ich brauche den geklauten Strom doch gerade dann, wenn ich bade und der Erhitzer läuft, den Verbrauch einer einfachen Glühbirne kann ich mir ja auch so leisten, werte Frau! Ihre Stromleitung schließe kurz, das Kabel brenne durch, ich solle mein eigenes verlegen, tadelt mich Elwira, aber ich lasse mich nicht beirren. Ich sage ihr dann, ich hätte bereits eine eigene Leitung verlegt. Oh-oh, ihr solltet sehen, wie sie daraufhin ausrastet und rumzetert, drauf und dran, sich mit ihren Fingernägeln auf mein Gesicht zu stürzen. Ich gebe zu, in solchen Momenten reizt mich Elwira ganz besonders – so gut, wie sie riecht; dabei zetert sie und will mich auch noch zerkratzen! Uuuh, das ist was! Ooh là là! Wenn unbedingt jemand bestraft werden muss, dann sie! Soviel Geld, wie sie hat, wieso sollte ich was berappen?

Ich tauge allerdings auch nicht wirklich was, muss ich sagen. Nicht mal den Durchlauferhitzer habe ich so hinbekommen, wie es sich gehört. Es handelt sich um ein einfaches, billiges Modell. Das Gerät selbst ist zwar unbedenklich, doch er muss unbedingt an ein Metallrohr montiert werden. Das Plus, also die Phase, leitet unten in den Erhitzer und durchläuft die Spirale hoch zur Krone des Boilers; die Krone aber ist an das Wasserrohr angeschlossen. Früher bestand mein Rohr ganz aus Metall, doch dann ist es geplatzt und der Handwerker hat die geplatzte Stelle mit Kunststoff verkleidet. Davor hat der

Erhitzer einigermaßen passabel gearbeitet; einigermaßen, weil dieses billige »GPI«-Modell das Wasser sowieso erst nach endloser Zeit ein bisschen heißer bekommt. Deshalb lasse ich den Wasserhahn so lange offen, bis die gewünschte Temperatur erreicht ist. Letztendlich fließt aber dermaßen wenig heißes Wasser, man könnte meinen, jemand pinkelt dich von oben an. Aber das ist nichts weiter – gefährlich ist was anderes. Die Sache ist die, dass ich wegen des Kunststoffrohrs gezwungen war, einen Kupferdraht von der Krone bis zum Metallrohr zu spannen, um den Stromkreis zu schließen. Wahrscheinlich ist der Kontakt nicht stark genug oder sowas, so dass der Boiler noch schlechter erhitzt; dafür teilt er ordentliche Stromschläge aus. Selbstverständlich nicht immer, sondern nur dann, wenn die nackten Fußsohlen den emailleentblößten Badewannenboden berühren. Aber was ist ein Bad, wenn man nicht was aufs Parkett legen kann? Man kann schließlich nicht immer auf Zehenspitzen stehen. Deshalb muss ich in Gummistiefeln duschen. Vor allem deshalb, weil ich beim Duschen gerne singe und Choreographien einstudiere – schließlich bin ich Tänzer.

Auch an jenem Tag drehte ich den Wasserhahn auf und hakte mein Kabel mit Hilfe eines Stocks mühsam durch das Fenster in Elwiras Leitung ein. Ich zog mich aus, schlüpfte in meine Gummistiefel und widmete mich ganz dem Badegenuss. Der aus dem Boiler herausführende Nullleiter fing an der Verbindungsstelle zum Metallrohr zu knistern an und sprühte Funken; das urinstrahlähnliche Wasser wurde etwas wärmer. Sicherheitshalber hielt ich meine Hand unter. Als ich sicher war, dass keine Gefahr eines Stromschlags bestand, trat ich hinein. Ich stand in der halb emailleentblößten, rostigen Badewanne und aalte mich in dem lauwarmen Rinnsal, das aus dem von schwarzglibbrigem Klebeband zusammengehaltenen Duschkopf kam. Als ich mich etwas aufgewärmt hatte, rieb ich mich mit der indischen »Maharani«-Billigseife ein, die ein Fäkalienaroma im Bad verbreitete. Im Zauberspiegel jedoch erschien, ähnlich wie in einem Spiegelkabinett, allmählich mein verzerrtes Bild – groß, nass, schlaksig, behaart, den »Dolch« unbekümmert an der Lende baumelnd, der Schnurrbart »lässt die Drossel aus dem Maul«. Mit meinen Gummistiefeln sah ich aus wie der gestiefelte Kater. All das brachte mich in eine vorzügliche Stimmung und bestätigte mir noch einmal, dass das Leben schön war. Aus diesem Grund sowie vor Kälte fing ich an zu tanzen und stimmte auch noch ein Lied an. Zuerst schmetterte ich »Katjuscha« – die feurige Katjuscha, die im Zweiten Weltkrieg die frierenden Grabensoldaten zu Heldentaten antrieb, den Gegnern aber das Blut in den Adern gefrieren ließ. Nachdem »Katjuscha« mein Herz erfreut hatte, ging ich zum »Toreador« über, dann gab ich Figaros Arioso zum Besten und schenkte »Wein Kachetiens, ich bin dein Genießer« nach. Ich kenne selbstverständlich nicht den ganzen Text der Lieder, aber was machte das schon für einen Unterschied? Ich trat schließlich in meinem Bad auf und nicht in der Philharmonie. Das Wasser lief, der illegal abgezwackte Strom floss und ich sang, tanzte und badete, während ich zwischendurch immer wieder einen Blick in den magischen Spiegel warf, um mich an meinem verzerrten Abbild zu erfreuen – groß, nass,

schlaksig, behaart, den »Dolch« sorglos an der Lende baumelnd, der Schnurrbart »lässt die Drossel aus dem Maul«, in
hochschaftigen Gummistiefeln ... An der Verbindungsstelle
zum Metallrohr knisterte es und Funken sprühten, aber ich
tanzte und sang und sang ...

Und in genau diesem Moment klingelte es an meiner fürchterlichen Klingel aus der Chruschtschow-Ära. Darauf folgten
Faustschläge und Fußtritte gegen die Tür. Schrecken durchfuhr mich, ich ahnte, dass das für mich nichts Gutes bedeuten
konnte. Im Hämmern und Klingeln erkannte ich die Hand-
schrift der Nachbarin unter mir, Elwira. »Verdammt«, dachte
ich, »wahrscheinlich ist wieder Wasser runtergelaufen.« Und
tatsächlich, mein Badezimmer stand unter Wasser, die ver-
rostete Gusseisenwanne hatte ich, wohl unter ekstatischem
Tanzen, mit meinen Stiefeln zerbrochen. Natürlich war ich in
genau diesem Moment mit Einseifen beschäftigt. Wie schon
gesagt, handelte es sich hierbei um die »Maharani«-Seife, die
angeblich aus Jasminblütenextrakt bereitet wird. Ich weiß weder, was Jasmin ist, noch weiß ich, wie er riecht, aber eines
weiß ich ganz genau – aufgeschäumt stinkt die Seife nach Fäkalien. Dermaßen müffelnd konnte ich ihr wohl kaum die Tür
öffnen? Ich beeilte mich, den Schaum abzuduschen. Das stellte sich als schwieriger heraus als gedacht, denn »Maharani«
hat einen eigenartigen, glibberigen Schaum – nur mit Mühe
abwaschbar, vor allem mit einem stiftbreiten, schwachen und
lauwarmen Wasserstrahl. Das einzige, was ich für Elwira tun
konnte, bestand darin, Tempo und Intensität anzuziehen. Am
gewaltigen Rumms bemerkte ich, dass Elvira, undankbar und

meine Bemühungen in keinster Weise wertschätzend, die Tür mit einem Schulterstoß aufgebrochen hatte. Mir blieb nichts anderes übrig – ich stürzte in den Flur, nackt, aber selbstverständlich in Gummistiefeln. In der halb aufgebrochenen Tür erkannte ich Elwiras rosabemantelte Silhouette und schaffte es gerade noch, irgendetwas vom Kleiderständer zu reißen und mir überzuwerfen. Es war meine einst blaue, jetzt ausgeblichene Tanz-Tschocha, die ich als Bademantel benutzte.

»Du Arsch! Strolch! Schwuchtel! Säufer!«, drosch sie wahllos auf mich ein, während sie versuchte, mich durch die aufgebrochene Tür zu zerkratzen. Ich nahm einen Hut vom Ständer und setzte ihn auf, um mich, frisch aus der Dusche, nicht zu erkälten – eine aerodromgroße Schiebermütze aus Lammwolle. In Karikaturen werden Kaukasier oft mit solchen Mützen dargestellt.

»Wie oft musst du mir noch Wasser runterlassen?!«, schrie sie und tatschte nach meinem Gesicht.

»Ja was ist denn, was?« Kleinmütig und grimmig zugleich, versuchte ich sie zu zähmen. »Was schreist du so?«

»Was, wieso ich schreie, du Arsch!«

»Schon gut, was ist denn? Meine Badewanne ist zerbrochen. Was soll ich tun, was kann ich dafür?«

Elwira stürmte ins Badezimmer, stürmte aber ebenso schnell quiekend wieder heraus. Im Gegensatz zu mir trug sie keine Gummistiefel und war vom Strom leicht angezischt worden.

»Herrje!«, schrie sie, und ihr blühender Körper fiel mir für den Bruchteil einer Sekunde in die Arme, doch stieß sie mich im selben Moment wieder weg und setzte ihr »Arsch, Idiot« umso energischer fort. Dann verlangte sie nach einem Lappen und nötigte mich, das Wasser aufzuwischen. Nach einer Weile merkte sie, dass ich der Aufgabe nicht wirklich gewachsen war, riss mir den Lappen aus der Hand und schritt selbst zur Tat. Sie tunkte den Lappen ins Wasser und wrang ihn im Eimer aus, ich spülte den Eimerinhalt ins Klo. Die Kränkung und Demütigung zu beschreiben, die mir Elwira damit bereitet hat, fällt mir schwer. Ich will nur sagen, dass sie mich endlos beschimpft, verflucht, zerkratzt sowie einige Male in den Arsch getreten hat. Danach gingen wir zusammen einen Stock tiefer, um den Schaden zu begutachten, den ich in ihrer Wohnung angerichtet hatte.

Mit Hieben und Stößen drängte sie mich die Treppe hinunter – der Porzellanteint im kostbaren rosa Bademantel, frisch geduscht und wohlduftend, ich aber – ach, klobige Gummistiefel und klatschnasse Tschocha, der gigantische Schnurrbart »lässt die Drossel aus dem Maul«, die altmodische, aerodromgroße Lammfell-Schiebermütze auf dem Kopf, »Maharani«-Gestank begleitete mich.

»Die Rübe soll dir platzen, sofort!«

Kaum hatte ich einen Fuß in Elwiras Wohnung gesetzt, fand ich mich in einer anderen Welt wieder. Mir war, als hätte mich ein Vertreter einer weitaus höherentwickelten Zivilisation entführt und in sein intergalaktisches Raumschiff geworfen. Die erstklassige Renovierung in »Europa-Stil« tat wohl ein Übriges. Die Wohnung war voll der besten Möbel und teuersten Haushaltsgegenstände, jedoch fiel die Besichtigungstour durch das Raumschiff kurz aus, da die Kapitänin der Außerirdischen mich ins Badezimmer scheuchte.

»Hier, sieh dir das nur an, sieh, was du gemacht hast, du Arsch! Sieh nur!«, schrie Elwira und kratzte mich unter wildem Gefuchtel.

»Ja, ich sehs ja, aber was soll ich machen, ich hab gebadet und die Wanne ging kaputt! Soll ich jetzt aus Angst vor dir nicht mehr duschen, oder was?« Ich ging in die Defensive. Der Gerechtigkeit halber muss gesagt werden, dass Elwiras Badezimmer tatsächlich ordentlich unter Wasser stand. Es muss auch gesagt werden, dass nicht zum ersten Mal das Wasser zu ihr runtergelaufen war. Deshalb vermied ich es weitestgehend, zu widersprechen.

»Ich wisch das gleich mit deiner eigenen Nase auf!«, schrie Elwira. »Verdammt soll ich sein, wenn ich das nicht tue!« Gleichzeitig suchte sie einen Lappen. Als sie keinen fand, raste sie in die Küche, worauf ein entsetzliches Kreischen folgte. »Ja, fick doch deine Oma ... hier ist ja auch Wasser!«

Ich steckte meine Nase aus dem Bad und spähte Richtung Küche. Der Anblick war entsetzlich. Von der Decke strömte es regelrecht. Die jaguargewordene Elwira raste wie ein Tornado auf mich zu. Ja, jetzt wurde es tatsächlich gefährlich. Ich knallte die Badezimmertür zu und schloss ab. Kaum hatte ich abgeschlossen, donnerte auch Elwira gegen die Tür.

»Fick doch deine Oma ... und deine Mutter ...!«, fluchte ich Elwira übermütig zu und drehte ihre kostbaren Wasserhähne auf. Das Wasser brauste auf, ich regulierte die Temperatur auf etwas wärmer als mittig. Als die Wanne zu einem

Drittel gefüllt war, entkleidete ich mich und glitt glückselig hinein.

Tollwütig schrie, kreischte und drohte Elwira, machte aber keine Anstalten, ihre Tür wie die meine einfach einzutreten.

»Fick doch deine Oma und deine Mutter!«, drohte ich zurück, während ich badete. Ich wusch mich mit den besten Shampoos und Seifen. Ich öffnete mehrere Flaschen und nahm die schönste und wohlduftendste, was wohl auch das teuerste war, und rubbelte mir mit Elwiras persönlichem Badeschwamm den Hintern.

Dann kam die Polizei. Dies, jenes, machen Sie auf, zeigen Sie Ihre Papiere. »Fickt doch eure Omas«, antwortete ich. Glücklicherweise gab Elwira auch ihnen nicht die Erlaubnis, die Tür aufzubrechen. Stattdessen rief sie den psychiatrischen Notdienst. Der Psychiater, übrigens ein alter Bekannter von mir, versuchte mich mit vorsichtigem Schmeicheln rauszubewegen. Als Gegenleistung verlangte ich die Wahrung meiner Unversehrtheit und bei Ankunft in der Psychiatrie statt fünf nur einen Kubikmillimeter Aminazin.

Nach diesen Verhandlungen stieg ich aus der Wanne und setzte mich auf Elwiras Kloschüssel, um mein Geschäft zu verrichten. Ich verbrauchte fast die ganze Rolle des teuren, weichen Klopapiers. Danach nahm ich noch eine Dusche. Ich trocknete mich mit Elwiras flauschigem Handtuch ab und besprühte meine Intimregion mit einem dieser Flakons mit Zerstäuber – selbstverständlich, um Elwira in Grund und Boden zu demütigen. Ich zog meine blaue Tschocha an, setzte meine Lammfellmütze auf und öffnete unbekümmert die Badezimmertür. Fürstlich trat ich aus dem Bad und ging, begleitet von zwei stattlichen Sanitätern, Richtung Krankenwagen. Ich muss ein Anblick für die Götter gewesen sein: klobige Stiefel und klatschnasse Tschocha, der Schnurrbart »lässt die Drossel aus dem Maul«, die altmodische, aerodromgroße Lammfellmütze, benebelt.

Wie Wesire hatten sich die grimmigen Sanitäter beidseitig eingehakt; aus der lose umgeworfenen Tschocha aber blitzte immer mein mit teurem Shampoo gewaschenes Haar und mein sorglos von der Lende baumelnder »Dolch« hervor.

Die zwei durchtrainierten Polizisten konnten Elvira, die kaum wiederzuerkennen war, nur mühsam im Zaum halten. Ich blickte nur hochmütig auf sie herab und segnete sie: »Bei deiner gefickten Oma!«

In der Psychiatrie brach mein Bekannter sein Versprechen und wies die Schwestern an, mir statt des versprochenen einen Kubikmillimeters Aminazin gleich sieben zu verabreichen. Aber das nehme ich ihm nicht übel. Der Winter kommt und es ist angenehmer, hier in der Psychiatrie zu überwintern – es ist warm, ich habe ein Bett und was zu essen. Du wirst mit Aminazin gemästet, aber was solls? Hauptsache, ich habe mich an Elwira gerächt, in ihrer Badewanne gebadet, ihren Badeschwamm befleckt und mein Geschäft in ihrer importierten Schüssel verrichtet.

Was soll ich tun, ich bin doch auch nur ein Mensch. Habe nicht auch ich das Recht darauf, zumindest ein einziges Mal ordentlich zu baden, so, wie es mir gefällt?

Die Echtheit der Falschheit oder
Die Reißzwecke

Die Chinesen sind doch an allem schuld. Sie produzieren alles und von allem viel, dafür aber in unermesslich schlechter Qualität. Nun ja, dass sie viel produzieren, ist verständlich – zum einen sind sie viele, und dazu kommt noch die weltberühmte chinesische Arbeitsmoral ... aber wieso von so schlechter Qualität? Und wieso sind einige ihrer Produkte derart billig? Ein Grund hierfür, sagt man, sind die vielen unregistrierten Fabriken in China. Diese Fabriken arbeiten illegal und drücken sich vor Steuern, manche sogar vollkommen. Die chinesische Regierung kämpft unermüdlich gegen diese kleinen Betriebe: die Verantwortlichen werden rigoros bestraft, unrechtmäßig erlangter Besitz wird ihnen abgenommen. Er wird dann unentgeltlich oder fast unentgeltlich an den Teil der Bevölkerung abgegeben, der im Ausland in der Kleinindustrie tätig ist; und von denen wiederum vor allem wohl an die Neuen im Geschäft. China versucht, sich zumindest ein bisschen von Menschen zu entlasten; es scheint unter der Last seiner Bevölkerung fast zusammenzubrechen, so dass es andere Länder zu »erschließen« und seine Einwohner dort anzusiedeln und zu beschäftigen versucht. Genau das ist der Grund, dass der georgische Kunde auf dem Lilo-Basar über die unerhört billigen Preise staunt. Misstrauisch beäugt er den Fernseher: winzig, nun ja, schwarz-weiß, nun ja, aber trotz allem – ein Fernseher, der lediglich 35 Lari kostet, also den Preis von etwa zwei bis drei Kilo Fleisch. Ja, muss dieser Fernseher denn nicht auch hergestellt werden? Ja, muss er denn nicht auch transportiert werden? Ja, was muss er denn dort kosten – in China vor Ort, wenn er hier so billig ist? Vielleicht ist er dort sogar teurer als in Georgien oder anderen ähnlichen Ländern. Tatsächlich verhält es sich so: Der Fernseher wurde in China konfisziert und fast unentgeltlich an einen im Ausland tätigen Landsmann, sagen wir, Chun-Lui-Dong übergeben, der Fernseher und andere Haushaltstechnik nach Georgien einführt und der übrigens – wenn wir schon davon reden – in Wahrheit überhaupt nicht Chun-Lui-Dong, sondern der illegale Migrant, sagen wir, Lao-Den-Hoi ist: Nutznießer der Identität des verstorbenen, aber nicht-offiziell-verstorbenen Chun-Lui-Dong; eben jenes Chun-Lui-Dong, der vor zwei Jahren in Tiflis unweit des Lilo-Basars tragischerweise (an einer vergifteten Teigtasche) gestorben ist, »irgendwo« begraben wurde und dessen zweifelloses Ableben weder die georgische noch die chinesische Regierung registriert haben. Chinesen sehen sich oft ähnlich, sagt man – und anscheinend bildete auch dieser Fall, also der Fall Lao-Den-Hois und des verstorbenen Chun-Lui-Dongs, keine Ausnahme.

***

Igor Kereselidse mied chinesische Produkte – Lebensmittel, Kinderspielzeug, Haushaltsgeräte und anderen Krempel, denn er war der festen Überzeugung »Lieber etwas mehr für gute Qualität ausgeben, als Minderwertiges zum Spottpreis zu kaufen.« Igor wusste, dass es auch hochwertige chinesische Waren gibt, die jeglichen anderen hochwertigen Produkten in keiner Weise nachstehen, aber er wusste auch, dass Ware dieser Art nicht nach Georgien importiert wird. Und selbst wenn sie importiert wird, dann jedenfalls nicht von Chun-Lui-Dong, Lao-Den-Hoi oder ihresgleichen.

In der Nähe von Igors Haus befand sich ein neueröffneter chinesischer Laden. Die Klingenspitze des Schraubenziehers, den Igor dort erworben hatte, wurde vom Kopf der Schraube förmlich zerknetet; als Igor aber stattdessen einen alten Schraubenzieher aus Sowjetzeiten nahm, zerknetete sich diesmal der Kopf der Schraube – ebenso chinesische Ware wie der erste Schraubenzieher. Igors Dasein konnte man nicht als Armut bezeichnen, aber wirklich wohlhabend war der Beamte niederen Rangs auch nicht. Deshalb musste er manchmal notgedrungen chinesische Läden aufsuchen und manchmal auch etwas kaufen. Nun ja, Kinderspielzeug, Schraubenzieher, Schrauben oder ähnliches kaufte er dort selbstverständlich nicht mehr. Wohl aber einfache und harmlose Dinge wie beispielsweise Klopapier. Chinesisches Klopapier ist zwar merklich dünner und minderwertiger als georgisches (vor allem Markenware), dafür aber auch sehr viel billiger. So stand Igor eines Tages mit vollbepackten Armen noch eine gute Weile vor dem Laden und überlegte, welches Klopapier er kaufen sollte – das billige chinesische, das mittelteure georgische oder die teure Markenware. Igor selbst war in dieser Hinsicht nicht sonderlich wählerisch und anspruchsvoll. Er war selbstverständlich in keiner Weise Verfechter des Arschabputzens mit Karton oder Schmirgelpapier, wahrlich nicht! Aber zu behaupten, er wäre ein überaus zarter Zeitgenosse gewesen und hätte seinem Hintern exzeptionellen Respekt gezollt, wäre auch nicht ganz richtig. »Exzeptionellen Respekt zollen« meint in diesem Fall jene Art von Neigungen, wie sie beispielsweise die im Westen bereits zahlreichen und mittlerweile sogar bei uns heimischen Anhänger pseudofernöstlich-existenzialistischer und deozentristisch-esoterisch-kulturologischer Sekten mit ihren neogymnosophistischen Mysterien pflegen, bei deren feierlicher Begehung die Jünger dieses sogenannten Kultes ihren eigenen Hintern und den Hintern anderer Lobgesänge und Mantras widmen. Das Ganze wird gekrönt von unermesslich vielen und verschiedenartigen kalten und heißen rituellen Einläufen, zu denen einlullende Musik auf exotischen fernöstlichen Instrumenten ertönt.

Doch wen interessieren jetzt schon einlullende Musik und rituelle Einläufe, wenn Igor Kereselidse auf der Agenda steht? Er steht auf der Straße mit vollbepackten Einkaufstaschen und überlegt, welches Klopapier er kaufen soll; denn für den nächsten Tag hatte sich ein Mitglied der Akademie höchstpersönlich zu Besuch angemeldet.

Ach, ach diese Akademiemitglieder ... Sie sind schon etwas ganz anderes. Selbstverständlich wäre es weder anständig noch moralisch oder wahrheitsgerecht, sie – oder ihre Mehrheit – zur Gattung der »zarten Herren« zu zählen, die ihren eigenen und den Hintern anderer Mantras widmen. Das wäre unsinniges, taktloses, ungerechtes, dreckiges und vor allem höchst unoriginelles Geschwätz. Doch von unoriginellem Geschwätz mal abgesehen, wenn du Gottverdammter unbedingt ein Akademiemitglied einladen willst, dann reiß dich zusammen und zolle ihm den (einem Akademiemitglied gebührenden) Respekt. Schließlich empfängst du ein Akademiemitglied und keinen schlichten Lehrbeauftragten ...

Du hast den Großteil deiner Einkäufe erledigt und als mittelgut gestellter Mann auch eine ordentliche Summe hingeblättert – welche Mittel stehen dir denn noch zur Verfügung, du Gottverdammter? Stehst da mit deinen Einkaufstüten im Arm und, Verzeihung, überlegst, welches Klopapier du kaufst – chinesisches, georgisches oder Markenware? Aber ich habe ja auch leicht reden, wie man sagt. Denn genau in solchen Situationen, wenn jede Münze zweimal umgedreht und jeder Einkauf wohlüberlegt und wohlbedacht sein muss, hat Sparsamkeit und Wirtschaftlichkeit Sinn. Wenn du, sagen wir, Markenklopapier kaufst, könnte das Geld nicht mehr für Schaschlik oder ähnliches reichen ... Ach, geht mir doch weg mit sowas ...

Es gibt sogenannte Hacker, die sich in fremde Computer einklinken und verschlüsselte Informationen rausziehen können. Das ist selbstverständlich nicht rechtens und wahrscheinlich sogar schlimmer als Diebstahl, aber wenn wir das menschliche Gehirn mit einem Computer vergleichen, müssen wir auch einen Schriftsteller mit einem Hacker vergleichen. Schließlich versucht der Schriftsteller, in das Gehirn seiner Helden einzudringen ... Was macht es schon, dass es genau so einen Helden und vor allem so ein Gehirn des Helden im echten Leben gar nicht gibt? Stattdessen gibt es vergleichbare Menschen mit vergleichbaren Gehirnen! Ist es nicht dasselbe wie Hacken, wenn ein Schriftsteller alle verborgenen Geheimnisse eines Menschen oder einer Menschengruppe unversehens enthüllt und, zynischerweise, nur ihre Namen ändert? Wenn sich diese Menschen mitsamt ihren verborgenen Geheimnissen aber wiedererkennen – was macht es dann noch für einen Unterschied, ob sie in der fabrizierten Geschichte Spyridon oder Darmidon heißen?

Ein Geheimnis ist ein Geheimnis, aber es gibt außerdem noch die Art von Geheimnissen, die lieber verborgen bleiben sollten. Wollen wir hoffen, dass Igor sowie die anderen Helden dieser Geschichte den Autor für sein Hacken nicht allzu sehr verdammen, und auch der Leser wird es wohl nicht übelnehmen. Im Falle des Falles beruft sich der Autor auf das Wahrheitsprinzip, das ihn verpflichtet, den Leser mit den Gedanken vertraut zu machen, die Igor in jenem Moment im Kopf herumschwirrten. Gedanken aber sind, leider Gottes, sogar in den Köpfen der gesittetsten Menschen oft unanständig. Was kann der Autor dafür, wenn seinem literarischen Helden in jenem Moment eben auch derartige Gedanken im Kopf herumschwirrten?

»Wird er wirklich scheißen?«, grübelte Igor. »Nun ja, er wird ja aufs Klo gehen, aber wenn, dann zum Pinkeln ... so ein gebildeter Kerl würde ja wohl nicht zum Scheißen reingehen ... hat er zuhause kein Klo, oder was! Aber was, wenn er doch muss? Manchmal drückt es halt ... und dann? Dann kann er sich ja wohl nicht mit dem chinesischen Papier abwischen? Das wissen nur armselige Menschen wie ich, dass beim Abwischen mit chinesischem Klopapier zurückhaltende Finger und noch anderweitige Vorsicht gefragt sind, aber ob das ein Akademiemitglied weiß? Der benutzt sein ganzes Leben lang doch nur Luxuspapier. Und wenn er sich den Hintern dann mit chinesischem Papier abwischt, werden seine Finger dreckig und ich versinke im Erdboden vor Schande ... Dabei ist das bessere Papier so verdammt teuer ... wo ich sowieso schon so viel Geld ausgegeben habe.«

Letztendlich entschloss er sich dann trotz aller Bedenken doch dazu, das chinesische Papier zu kaufen. Er betrat den unsäglichen Laden von Chuan, seiner immerzu lächelnden Frau Luan und des lebhaften und aktiven, nun, Mädchen konnte man nicht mehr sagen, aber auf jung gemachten Fräuleins Gulnara, das als Verkäuferin bei ihnen arbeitete. Er kaufte ihr eine kleine Rolle chinesisches Klopapier ab, deren Verpackung aus merklich festerem und schönerem Papier bestand als das Klopapier selbst. Auf diesem festen und schönen Papier standen tausend Sachen in verschiedenen Sprachen, nur in der Mitte war ein bekannter Schauspieler abgebildet – Hollywoods Großverdiener und Megastar Edison Hearts. Oberkörperfrei und mit Cowboyhut auf einer Wiese stehend, reckte der muskulöse und ansehnliche Edison Hearts mit der linken Hand seine Konterfei-Klopapierrolle in die Höhe, mit der rechten wiederum seinen Daumen – womit er zum Ausdruck brachte, dass dieses Klopapier exzellent war. Hinter dem Schauspieler stand ein (wenn man das von so einem Bauwerk sagen kann) elegantes Toilettenhäuschen. Edison Hearts lächelte sein Hollywoodlächeln: er trat sozusagen in Kontakt zum Verbraucher und lud wahrscheinlich (so jedenfalls die unmaßgebliche Meinung des Autors) Passanten zum Scheißen ein. Doch dort auf dem Bild waren keine Passanten zu sehen, nur zwei ziemlich fette, großeutrige Kühe, die unweit des Holzklos genüsslich auf der saftgrünen Wiese weideten und zweifellos einen tieferen Symbolwert besaßen; das geübte Auge konnte die zwei großen Fladen hinter ihnen erkennen. Es ist eindeutig, welcher Zusammenhang zwischen alledem herrscht. Die Werbung war derart wirkungsvoll, dass einem arglosen Betrachter tatsächlich unbewusst das Bedürfnis suggeriert wurde, Verzeihung – zu scheißen.

Außer dem Klopapier kaufte Igor im chinesischen Laden eine Tapetenrolle und eine Packung chinesische Reißzwecken. Nun: Bezüglich des Klopapiers wurde bereits dermaßen viel geredet, dass es keiner Erklärung mehr bedarf. Wie all das aber mit dem Rest der Geschichte zusammenhängt, dafür müssen wir etwas weiter ausholen.

Die Kereselidses waren überglücklich, denn sie hatten einen kleinen Jungen ... ein allerliebstes Wesen ... einen ungewöhnlichen Menschen. Dieses Wesen war für Igor wie auch für seine Frau ihr ganzes Leben und noch mehr als das Leben: ein kleiner Junge, der Jüngste, das neueste »Modell«, wie er selbst immer sagte, der dreijährige Peter, Petrikela, Petruschka, Petruccio, Knackipo, Rotschöpfchen, Pausbacke, beleidigte Leberwurst, Zankapfel, Nervensäge, Spitzbube, Pupskanone … Das war der einzige Mensch, für den Igor ohne zu zögern sein Leben geopfert hätte. Und wenn er sich ansonsten nicht gerade mit seinen Erfolgen brüsten konnte, war er in dieser Hinsicht durchaus erfolgreicher als viele. Und tatsächlich – gab es denn viele Menschen auf dieser Welt, die ein Wesen um sich hatten, dem sie ohne zu zögern ihr Leben opfern würden? Igor hatte einen solchen Menschen …

Kurzum, der Papa liebte seinen Petrikela-Peter; Petrikela-Peter aber liebte Bonbons, Kekse mit Butter, geschmolzenes Eis, jegliche Art von Kuchen, Pflaumenkonfitüre, Buchweizen, Haferbrei und die bekannte Fernsehmoderatorin Salome Arschba, die er – nicht mehr und nicht weniger – heiraten wollte. Er nannte sie »Salome Arschka«. »Ich muss Salome Arschka heiraten, die in der zweiten Chronik wohnt«, sagte er immer. Außer Bonbons, Keksen mit Butter und »Salome Arschka« liebte es der kleine Peter, seine »Aa«-Finger an den Badezimmerwänden abzuwischen. Er konnte vollkommen eigenständig auf das Klo gehen, besser gesagt, schleichen, kauerte sich hin, machte Aa und danach zeterte er los, er habe Aa gemacht und jemand solle seinen Popo abputzen. Und wenn in diesem Moment Papa oder Mama nicht in unmittelbarer Nähe waren, riss er vor Wut etwas Klopapier ab und versuchte selbst, sich den Popo abzuwischen. Angesichts der Tatsache, dass Petrikela erst drei Jahre alt und das Papier, welches die Kereselidses normalerweise benutzten, chinesisches war, kann man sich ungefähr vorstellen, welchen Ausgang ein solches Unterfangen nahm. Selbstverständlich wurden seine kleinen

Fingerchen dreckig, und er wischte sie an den Wänden ab. Mama und Papa schimpften mit ihm, da die Kereselidses – was der Autor zu erwähnen vergessen hat – in einem Eigentumshaus mit separatem Toilettenhäuschen wohnten. Dieses Gebilde war ein Hybrid zwischen moderner Toilette und altertümlich-traditioneller Latrine. Die an Kanalisation und Wasserleitung angeschlossene Bude war von einem schiefen, knarrigen Holzdach gekrönt. Drinnen war zwar, muss man sagen, keine perfekt strahlendweiße, importierte Kloschüssel montiert, doch anstelle des für Dorflatrinen charakteristischen stinkenden Lochs zierte das Interieur dafür eine Keramikschüssel mitsamt Spülkasten, der an einer Plastikkette hing. Das Bauwerk war schief und aus Holz – Igor selbst hatte es gebaut. Der Hausherr klebte Zeitungen an die Innenwände, damit sich keiner auf der Toilette von den kühlen Brisen gestört fühlte, die durch die vielen Ritzen hineinbliesen. Exakt diese Zeitungen hatte der kleine Petrikela zu seinen Feinden erklärt, an ihnen wischte er seine Aa-Finger ab, während er schrie und schimpfte, falls seine Helfer – Mama und Papa – sich verspäteten. Anfangs geriet Igor noch außer sich und schimpfte sogar mit seiner Frau, sie würde dem Kind nicht genug Aufmerksamkeit widmen. Dann klebte er neue Zeitungen an und ständig so fort. Nach und nach fand er sich mit den Umständen ab und ärgerte sich kaum noch. Die Zeitungen klebte er übrigens nicht mehr, sondern heftete sie lediglich mit Reißzwecken an. Angeklebtes Papier von den Wänden zu reißen ist kein Leichtes. Mit Reißzwecken angeheftetes Zeitungspapier jedoch konnte einfach abgenommen und weggeschmissen und

neues anschließend an derselben Stelle mit denselben Reißzwecken angebracht werden. Da diesmal eine Ausnahmesitua-
tion herrschte – die Kereselidses erwarteten Gäste, unter denen ein Akademiemitglied höchstpersönlich zugegen war –,
beschloss Igor, statt Zeitungspapier weißes Papier anzubrin-
gen. Aus diesem Grund hatte er im chinesischen Laden eine
strahlendweiße Tapetenrolle und eine Packung Reißzwecken
erworben.

Der Autor ist ein wenig abgeschweift ... Und ja, wer braucht
schon alles so detailliert erklärt? Reißzwecken, Toiletten, Papier, Aa ... was soll der Mist? Kurzum, sagen wir, als Resümee
des obigen Abschnitts: Das Klo war durchaus zufriedenstel-
lend, und zumindest jeder maßvolle, bescheidene Mensch –
auch ein Akademiemitglied – konnte dort problemlos und
ohne zu zögern sein Geschäft verrichten! Was hochmütige und
übertrieben arrogante Menschen angeht, von denen würde
das mancher vielleicht nicht in einer solchen Toilette machen,
aber – mein rechtschaffener und unvoreingenommener, be-
scheidener und zurückhaltender Leser: was interessieren uns
solche hochmütigen und arroganten Typen? Sollen sich die
Hochmütigen und Arroganten doch in ihre Hosen scheißen.

Die Kereselidses hatten am Tag vor dem Besuch sowie am
Tag des Besuchs zwei oder drei Nachbarn und einen Verwand-
ten dazugeholt und alles wie es sich gehört vorbereitet. Es ist
nicht zwingend, im Detail jedes Gericht und jedes Getränk zu
beschreiben, das sie für die Gäste vorbereitet hatten, welches
Geschirr sie hatten oder wie die Tische gedeckt waren. Es ist
ebensowenig erwähnenswert, dass Igor eigens für diesen Tag

seinen nahen Nachbarn Gogia zu seinem fernen Nachbarn Otar mitgenommen hatte, um ein Lamm auszusuchen. Otar versuchte den beiden zunächst, wie üblich, ein etwas älteres Lamm anzudrehen, aber nicht mit ihnen! Mit einem Haken zerrte Otar sein favorisiertes Fettschwanzlamm zu sich, fasste mit einer gekonnten Bewegung die beiden Hinterbeine und deutete auf den kötteligen, spezifisch riechenden Fettschwanz. »Hier, was Besseres findet ihr nicht!« Gogia schnalzte nur mit seiner Zunge, nicht allzu zufrieden. So, als hätte Igor das Lamm bereits gekauft, an Ort und Stelle von Otar schlachten lassen, aus dem Lammfleisch Schaschlik und Tschakapuli zubereitet, gegessen, die anderen verköstigt – allen hätte es außerordentlich gemundet, ihm selbst aber nicht unbedingt – und als hätte er jetzt noch immer einige Fleischreste zwischen den Zähnen. Genau so, mit »Fleisch zwischen den Zähnen«, gleichmütig und derb verhandelte Igors Nachbar, Gogia aus Kiziqi, mit Otar aus Mtiuleti. Seiner Meinung nach habe das Lamm zwar keinen schlechten Fettschwanz, das Gebiss sei aber nicht ganz das Beste, somit sei das Lamm nicht mehr das jüngste. Otar wusste genau und wohl noch genauer als Gogia, wie es um sein Lamm stand. Aber wie es Hirten so eigen ist, versuchen sie ein älteres, verkümmertes oder von Geburt an schwächeres Exemplar loszuwerden, wenn es um Verkauf oder ums Schlachten geht. Otar merkte aber, dass das bei »dem«, also bei Gogia, zu nichts führen würde – dem konnte er das alte und dürftige Schaf nicht andrehen. Und wenn er noch lange weiterredete, würde auch Igor Zweifel bekommen; dann war er seine Käufer los. Ein weiterer Grund, wieso sich der Handel hinauszögerte, war die Tatsache, dass Gogia einen hübschen Schafbock anvisiert hatte, während Otar ihm ein nicht minder feines und, ich glaube, auch etwas größeres und fetteres Mutterschaft anbot. Gogia wollte einen Schafbock, weil der doch gewissermaßen ein Statussymbol war. Außerdem hatte er sich den Schafbock einfach in den Kopf gesetzt. Otar wägte ab: ein religiöser Feiertag rückte näher, da würden alle bloß noch Schafböcke kaufen – denn wenn man ein Opfer gelobt hat, darf das Opfertier nicht weiblich sein. Igor aber hatte keine Opfergabe gelobt, deshalb ließ er sich von Otar zum Kauf des Mutterschafs überreden und überzeugte seinerseits den mitgebrachten »externen Experten« Gogia. Außer sich vor Freude, schlachtete Otar das Tier noch an Ort und Stelle und gab es ihnen einige Minuten später gehäutet und gesäubert mit.

Kurzum, sie hatten schon fast alle wichtigen Vorbereitungen erledigt: der Wein war in die Flaschen abgefüllt, das Fleisch für Schaschlik und Chaschlama kleingeschnitten sowie der Tisch gedeckt. Nachdem er sich eine Weile ausgeruht hatte, beschloss Igor etwa anderthalb Stunden vor Eintreffen der Gäste, sich um die Toilette zu kümmern. Er löste, zerrte und riss das mit Reißzwecken befestigte, stellenweise vergilbt-verpinkelt-ver-a-a-te Zeitungspapier herunter und spannte stattdessen neues, strahlendweißes Papier auf die Wände. Danach putzte er die Keramikkloschüssel mit Bedacht, und als er alles erledigt hatte, wusch er sich am kleinen Waschbecken die Hände und holte eine weitere Rolle hervor – diesmal das Toilettenpapier. Diese Rolle war, wie schon gesagt, in merklich dickeres, laminiertes, buntes Papier eingewickelt, das in den unterschiedlichsten Sprachen beschriftet war. In der Mitte, auf einer grünen Wiese, unweit eines Holzklos stand selbstgefällig mit einer Klopapierrolle in der Hand der oberkörperfreie, herzlich und, ja, hollywoodreif lächelnde Edison Hearts. Dieses Papier hat Igor, muss man sagen, nur mit Müh und Not abreißen können, bevor er es mitsamt Edison Hearts ins Gebüsch warf und die eigentliche Rolle in die dafür vorgesehene Halterung steckte. Dann bat er seine Frau, die in der Nähe herumwuselte, ein Auge auf das Kind zu haben – damit es nicht auf die Toilette ging – und bat dann Herrn Kako um die Ehre, mit ihm eine Partie Backgammon im Hof zu spielen. Wie schön, Gastgeber zu sein, vor allem, wenn alles vorbereitet ist und sogar noch Zeit zum Ausruhen bleibt! Bevor die Gästewelle hereinbricht, spielt man noch eine Partie mit dem freundlichen Kako, der einem ein Lächeln à la Edison Hearts schenkt, und genießt die frische Brise ...

Doch ach, du schnöde Welt! Igor Kereselidses Seligkeit währte nicht allzu lange, denn aus der Holztoilette erklang streng, hartnäckig und stur die klare Kinderstimme des kleinen Peter:

»Ma-miiii, Pa-piii, ich hab Aa gemacht und ihr müsst abwischen! Ma-miiii! Ma-miii!!!«

Igor sprang sofort auf, warf Kako die Würfel fast ins Gesicht und rannte brüllend zum Klo:

»Nicht den Finger an der Wand abwischen! Nicht den Fin-geeer!« Er schrie markerschütternd.

Bis er die Toilette erreichte, stolperte er einige Male und fiel einmal auch beinahe hin; als er hineinstürmte, riss er die

Klinke fast aus der knarrenden Holzbretttür, doch … Es war zu spät, mein Guter, für Tränen der Reue … Selbst wenn Igor Kereselidse sich jetzt, angenommen, die Finger zerbissen hätte, um die Situation zu entschärfen, würde er damit nichts zum Besseren gewendet haben; und wenn er (wiederum angenommen) seinem »neuesten Modell« zur Strafe in den Finger, genauer gesagt in den rechten Zeigefinger gebissen hätte, dann hätte er lediglich den definitiven Beweis dafür erhalten, dass sein Kind, sein Jüngster, die sogenannte Pupskanone und das »neueste Modell«, ganz im Gegensatz zu der von Igor selbst überall verbreiteten Behauptung, durchaus nicht der reinste Leckerbissen war. Die Torte, die Peter in seiner Konditorei gebacken hatte, hatte trotz ihres einzigartigen visuellen Reizes und ihrer beinahe schon an Renaissancekunst gemahnenden Raffinesse und Grazie doch einen Mangel: sie war nicht schmackhaft, vor allem nicht die Creme. Genau diese Creme haftete an Peters rechter Zeigefingerkuppe, und mit genau dieser Creme trug er Pinselstriche à la Botticelli auf die strahlendweißen Papierwände der Toilette auf; auf die Wände, die so strahlendweiß waren, wie es nur neuschneebedeckte Berggipfel sein können.

Mit den Worten »Soll ich dich fressen, du Scheißkind?« packte er das Kind, wischte ihm den Hintern ab, warf es seiner Frau zu, als sei es Ballast, und blickte mit einem bitteren Lächeln auf den blöd grinsenden Edison Hearts, den er zuvor ins Gebüsch geworfen hatte und der mit seinem selbstbeworbenen Klopapier vollkommen zufrieden schien. Das amerikanische Klopapier, das Hearts bewarb, muss selbstverständlich zweifellos gut sein – angenehm, sanft und fest; aber wie schon gesagt, war das kein original amerikanisches – oder zumindest legal patentiertes – amerikanisches Papier, sondern chinesisches, illegal produziertes und von der Regierung konfisziertes, absolut unbrauchbares Klopapier, das mit einem geklauten Werbebild beworben wurde.

Unterdessen näherten sich dem Hof einige Autos, die Igors Gästen gehörten und unter denen Igor den neuglänzenden und prestigeträchtigen Wagen des Akademikers erspähte. Für den Autor ist es schwer zu sagen, wieso es überhaupt erst immer so kommen muss, aber vielleicht ist es dem Leser schon einmal aufgefallen: In ausweglosen Situationen krempeln Menschen aus Verbitterung immer ihre Hosentaschen um. Was suchen sie in jenem Moment bloß in ihrer Hosentasche, eine Pistole vielleicht, um sich eine Kugel in die Stirn zu jagen? Oder ein Messer, um es jemandem im Affekt hineinzurammen? Oder vielleicht suchen sie einen letzten Strohhalm. Niemand weiß, was zur Hölle ein Mensch sucht, wenn er ausweglos in seiner Hosentasche herumwühlt; aber der aufmerksame Leser wird dem Autor wohl nicht darin widersprechen, dass in ausweglosen Situationen dergleichen beileibe passiert ... Zumindest benahm sich Igor jetzt so: er steckte sich die versteiften Hände in die Hosentaschen und ballte sie zu Fäusten. In der rechten Faust blieb nichts hängen außer dem netzartigen Innenmaterial der Hosentasche; dafür erspürten und ergriffen die Finger der linken etwas, das in diesem Fall tatsächlich noch viel notwendiger war als ein Strohhalm. Es handelte sich um eine kleine Pappschachtel mit chinesischen Reißzwecken – eben jenen

Reißzwecken, mit denen er das Papier an die Toilettenwände geheftet hatte. Händezitternd und herzklopfend nahm er die Reißzweckenschachtel hervor. Er war ein Mann schneller Taten und auch sein Verstand arbeitete auf Hochtouren. Prompt klaubte er das Edison-Hearts-Verpackungspapier wieder aus dem Gebüsch hervor und glättete es, soweit es ging, mit seiner Handfläche. An einigen Stellen riss er ein wenig ab und heftete den Bogen an die Stelle der Klotür, wo zuvor sein »neuestes Modell« mit seinen Aa-Fingern etwas hingemalt hatte. Zunächst fiel das Igor nicht schwer: Obwohl die Reißzwecken aus sehr dünnem Metalldraht und dementsprechend sehr minderwertig waren, bekam er es doch zustande, einige davon in die Wand zu drücken – bis auf die letzte, die sich vehement weigerte. Sie verbog sich beim Hineindrücken in das Holz und wollte ums Verrecken nicht hinein. Schließlich heftete sie dann, verbogen zwar, aber nichtsdestotrotz, in der Wand und Igor atmete erleichtert auf. Edison Hearts wand sich und spuckte mit angewidertem Gesichtsausdruck fast schon von seinem Bild herunter. Aber Igor Kereselidse bemerkte nichts. Hatte er denn jetzt Zeit, die Grimassen irgendeines Kinostars auf einer Klopapierverpackung zu betrachten, wenn er den Akademiker höchstpersönlich als Gast erwartete und dieser Akademiker mit anderen Ehrengästen bereits den Hof betreten hatte? Und Edison Hearts, sonst ja eigentlich ganz der Gentleman, hatte sich wahrscheinlich nur eine Sekunde lang nicht unter Kontrolle gehabt, denn nach dieser einen Sekunde Kontrollverlust fing er sich auch schon wieder und lächelte unvergleichlich. Er erinnerte sich zum einen daran, dass er ein Gentleman war, und zum zweiten, dass er nicht der echte Edison Hearts war, sondern nur dessen Abbild. Zudem – nicht einmal ein respektables Abbild, beispielsweise auf einem Schild mit Oscarpreisträgern, sondern lediglich ein Bild auf einer falsifizierten Toilettenpapierverpackung. Allerdings (und das ist die Meinung des Autors), was macht es für einen Unterschied, wo man abgebildet ist? Und wenn du wie eine Tapete lächelnd an einer vollgeschissenen Wand haftest, wirst du es trotzdem aushalten und eine Geduld an den Tag legen, die dich weiterhin lächeln lässt. Und zwar nicht irgendwie, sondern »hollywoodreif«, blendend, und dann, mein Guter, verdienst du einen Oscar, die Goldene Palme, den Goldenen Bären, den Orden der Ehrenlegion und einen Kuss auf die Stirn, von mir aus, weil in dir außer Hiobsgeduld noch reinstes Talent und erlesenes Künstlertum ruhen!

Die Gäste betraten den Hof. Sie sahen sich um. Sie grüßten, küssten und umarmten die Gastgeber und einander und plauderten eine Weile, bis der Gastgeber sie respektvoll zu Tisch bat. Zum Tamada – zum Tischmeister – wurde angesichts der Umstände und auf Empfehlung des Gastgebers der Intelligenz ausstrahlende Kako ernannt; zu seinem Vertreter aber der Halbprovinzlerintelligenz ausstrahlende, tatsächlich aber nicht minder intelligente, wenn nicht sogar noch intelligentere Schalwa. Die beiden Zeremonienmeister leiteten das Festmahl, auf eine taktvolle Art und Weise – nämlich intelligent – und langweilten die Gäste nicht, im Gegenteil: sie versuchten sie in intelligente Gespräche zu verwickeln. Vor allem, selbstverständlich, den Akademiker. Und da der Akademiker

Kurortologe war, drehte sich das Gespräch auch hauptsächlich um Kurortologie.

Der Akademiker aber … oh, der Akademiker war ein Arzt-Kurortologe. Er hatte graumelierte, nach hinten gekämmte Haare und das einem großen Denker gebührende, hochstirnige, ehrwürdige, breitkinnige Gesicht. Er trug ein strahlendweißes Hemd mit Manschettenknöpfen, deren Aufblitzen auf die unbedingte Überlegenheit den anderen Anwesenden gegenüber hinwies: als säße ein Lord, ein Löwe ohnegleichen inmitten von Plebejern. Der Autor kommt aus anderen Kreisen, kennt andere Bräuche und Sitten, ist ein Mann anderen Schlags und deshalb – ja, wahrscheinlich deshalb – fällt es ihm schwer, über die, sagen wir, Krawatte des Akademikers zu sprechen. Er ist nicht qualifiziert, darüber zu urteilen, was er selbst nicht trägt. Abgesehen davon will der Autor nicht übermäßig viel von Akademikern sprechen, vor allem von diesem Akademiker, da er vermeiden möchte, eine unbeabsichtigte Befangenheit und Respektlosigkeit oder, Gott bewahre, Unhöflichkeit seiner literarischen Figur gegenüber an den Tag zu legen. Allerdings (Sünden gehören gebeichtet) muss auch gesagt werden, dass er, also der Autor, den Akademiker zwar nicht gänzlich, aber doch fast gänzlich durch Gogias Augen betrachtete. Also so, wie Letzterer den Akademiker betrachtete, betrachtete der Autor den Akademiker. Gogias Augen jedoch sprachen Bände – und zwar genau in dem Moment, als Gogia den Akademiker wie ein Koloss von oben herab beäugte. Das geschah, als er sein eigenhändig gegrilltes Schaschlik an den Tisch brachte – er reichte mit Mühe ein Stück an den etwas weiter entfernt sitzenden intelligent anmutendem Tamada, der ihm durch ein ungeorgisches, halbjargonartiges »Sagol« (»Bravo«) große Dankbarkeit bezeugte. Kako ließ sich tatsächlich zu einer Ausnahme hinreißen und erwiderte genau so: »Sagol!« Das zweite Schaschlik reichte er dem vergleichsweise nah sitzenden Schalwa, welcher gemäß östlicher und unserer seit Jahrhunderten etablierten, »angeeigneten« Tradition mit seinem kleinen Finger leicht über Gogias Handgelenk strich, womit er diesen höchst erfreute. Die Schaschlik-Annahmemanier des Akademiker-Kurortologen jedoch, uuh, die gefiel Gogia dagegen gar nicht: Er (der Akademiker) zuckte auf eine Art und Weise, so, wie man beim Annehmen von Schaschlik eigentlich nicht zuckt, à la »Aber Vorsicht, nicht dass mein Hemd was abkriegt«, und Gogia überkam das Verlangen, wenn auch nur für eine Sekunde, dem Akademiker-Kurortologen seine fettige, kräftige geballte Faust in die zurückgekämmte Löwenmähne zu ballern. Warum? Weil Gogia der Auffassung war, ein angebotenes Schaschlik habe man anders entgegenzunehmen, darum … Selbstverständlich teilt der Autor diese Auffassung nicht und begrüßt ebensowenig Gogias aggressive Wunschvorstellung bezüglich des Reinballerns in die Löwenmähne, findet allerdings, wenn es ein Mensch zum Akademiemitglied gebracht hat, sollte er es auch zustande bringen, ein Schaschlik so anzunehmen, dass der Grillmeister nicht unwillkürlich das Bedürfnis bekommt, ihm mit dem Handrücken einen in den Nacken zu pfeffern.

In dieser Hinsicht war der Akademiker etwas inkompetent. Im Prinzip genauso inkompetent wie in der Wissenschaft. Ich will nur ein Beispiel anführen: Er soll einen jungen Wissenschaftler des Plagiats, also des Diebstahls seines geistigen Eigentums beschuldigt haben. Der Fall kam sogar vor den wissenschaftlichen Ausschuss, und der Akademiker hatte schon so gut wie gewonnen – er hatte stichhaltige Beweise dafür, dass der junge Wissenschaftler von ihm abgeschrieben habe. Der junge Wissenschaftler hatte zunächst, den Kopf vor Scham gesenkt, alles zugegeben. Doch dann blickte er voller Stolz auf, sah dem Akademiker direkt in die Augen und machte eine unglaubliche Aussage:

»Ja, ich habe das zwar abgeschrieben, aber nicht von Ihnen, werter Herr Professor, sondern von einem Wissenschaftler, der weitaus früher tätig war als Sie.«

Danach hielt er dem Meister seines Fachs ein vor fünfzig Jahren in Deutschland erschienenes Buch unter die Nase, welches der Meister seines Fachs anscheinend übersetzt und Wort für Wort abgeschrieben hatte. Der Meister seines Fachs fand sich in einer merklich unangenehmeren Lage wieder, da nun jeder wusste, dass auch er ein Plagiator war; zudem Plagiator Nummer eins, da er noch früher als der junge Wissenschaftler aus demselben Buch abgeschrieben hatte. Jeder erfuhr davon und der Meister seines Fachs schämte sich gehörig in Grund und Boden, doch dann wurde alles von den »großen Wissenschaftlern« persönlich vertuscht, denen die Blamage ihres Kollegen überhaupt nicht gelegen kam. Sie sind ja fast alle so! Diese »großen Wissenschaftler« tun so, als würden sie das Rad neu erfinden. Aber wie soll das möglich sein, wenn das Rad schon längst erfunden ist, alles Neue aber nur längst Vergessenes ist …

Kurzum, wann war der kleine Mann schon je erfolgreich gewesen gegen den großen Mann? Dem jungen Wissenschaftler wurde wegen Verleumdung sowie unwissenschaftlichen Verhaltens der akademische Grad aberkannt und er wurde gefeuert; die jüngeren wissenschaftlichen Mitarbeiter aber, die die peinliche Plagiatsgeschichte nicht vergessen konnten und übermäßig viel darüber tuschelten, wurden zurückgestuft: auf Laborantenstatus, Assistenzwissenschaftlerstatus; nur ein besonders aktiver und schwatzhafter junger Wissenschaftler wurde, glaube ich, auf einem Symposium sogar vergewaltigt. Jetzt denken sich einige von euch bestimmt: Was schwafelt dieser Autor wieder für ein Zeug? Wer denkt sich sowas aus, dass auf einem Symposium hochrangige Wissenschaftler, manche bereits ergraut, ihre niederrangigen Wissenschaftlerkollegen vergewaltigen, und zudem Männer? Nun, das ist tatsächlich etwas schwer vorstellbar – vermutlich ist das nicht unmittelbar beim Symposium, sondern, sagen wir, auf dem Bankett danach passiert; oder nachdem das Bankett vorbei war und die Lichter im Festsaal ausgemacht wurden; oder vielleicht ist auch nichts dergleichen passiert und irgendjemand hat es erfunden ... Wahrscheinlich hat es irgendjemand erfunden, um unsere Wissenschaftler in den Dreck zu zieh–, ach ...

Wenn wir aber ehrlich sind, war der Akademiker tatsächlich ein ziemlich dreckiger Zeitgenosse. Er ließ sich bestechen und verschaffte unvorbereiteten Abiturienten Hochschulplätze; ebenso verschaffte er inkompetenten »Spezialisten« gutbezahlte Stellen; zudem veruntreute er Staatsbesitz – er verkaufte Einrichtung und vermietete Flächen ... Er bestach

Höhergestellte, erkaufte Auszeichnungen, fädelte Stipendien für sich und seine Günstlinge ein; schrieb sich die Werke anderer zu, und, was das Schlimmste war: er versenkte gnadenlos alle, die sich ihm in den Weg stellten. Bei alledem wahrte er aber weiterhin die Fassade eines Akademiemitglieds und einer schillernden Persönlichkeit, wie man das nennt. Kurzum, er beherrschte seine Sache gut und erledigte sie vorbildlich. Doch eine simple Sache wollte ihm, zumindest auf den ersten Blick, nicht gelingen: Schaschlik entgegenzunehmen wie ein rechter Mann.

So mancher Leser wird sich jetzt fragen: Wieso muss das alles dermaßen detailliert beschrieben werden; oder welchen Sinn hat es, wer wem wie Schaschlik angeboten oder wer es von wem wie angenommen hat? Trotz alledem verspürt der Autor – in seinem Wesen eigentlich etwas wortkarg und unnahbar – den Wunsch, ein wenig mehr zu reden, und sei es auch nur über das Schaschliküberreichen. Der Leser wird ihn wegen dieser kleinen Grille wohl nicht verdammen. Dafür ist das Folgende jetzt kurz und knackig.

Kurz und knackig: Wie kann ein Georgier Lammfleischschaschlik nicht mögen? Hätte sich der Akademiker vielleicht an dem frischgeschlachteten, saftigen Lammfleischschaschlik den Magen verdorben? War er denn nicht auch Georgier? Wahrscheinlich nicht oder nur teils – solche gibt es zuhauf: sie sprechen georgisch, tragen georgische Nachnamen, tun georgisch, sehen georgisch aus; aber ihre Gene sind irgendwie anders, fremd – sie vertragen kein Lammfleisch, sie können es weder verdauen noch riechen. Haben sich unsere Vorfahren

denn nicht ständig davon ernährt? Heißt denn »Schaf« auf altgeorgisch umsonst »Erschaffer«? Deshalb, weil die Schafe, gewissermaßen, den Menschen das Leben erschufen … Sie waren
Nahrungs- und Wärmespender für unsere Vorfahren.

Kurz vor dem festlichen Höhepunkt, als alle warm miteinander waren und tatsächlich auch mehr oder minder erfolgreich einige Lieder angestimmt hatten; als sie über Natur und
kurortologisches Potenzial Georgiens redeten und Gogias
knurrender Ärger schon vollkommen verpufft war; also genau
in dem Moment, als nichts mehr das Fest daran hinderte, sich
wahrhaftig, ja, zu erquicken – ja, hier ist kein Fehler unter-
laufen – es war exakt so: Am gedeckten Tisch saß, zusammen
mit den Gästen, am Kopfende das Fest höchstpersönlich und
hielt Trinksprüche, trank Wein, leerte Trinkhörner und scharr-
te schon mit den Hufen, um zu tanzen. Doch niemand sah es,
da es in dem Moment allumfassend war. Wer aber kann etwas
vollkommen oder auch nur fast Allumfassendes sehen? Doch
dann passierte etwas, das die Feier mit einem Mal in Chaos
gestürzt hätte:

Der Magen des Arzt-Kurortologen machte einen Satz. Mit-
ten im Gesang (bei »Schawlego« oder etwas ähnlichem) sprang
er auf, rannte um den Tisch herum, flüchtete nach draußen,
raste die Treppe hinunter, übersprang einige Stufen, stolperte im Hof über einen Stein und fiel beinahe in den Rinder-
eintopf, bahnte sich den Weg zur Toilette, versperrte die Tür
und ließ Töne erklingen, die klangen wie ein Bomber, der in
Hitzewetter auf einem Flugzeugträger landet, während das
Fahrwerk noch nicht ausgefahren ist. Solche Klänge unter

schiedlicher Timbres, Intervalle und Frequenz wiederholten sich mehrmals … Der Sturzflug wurde den Umständen entsprechend erfolgreich ausgeführt, da der Vorfall keine menschlichen Opfer nach sich gezogen hatte und auch die Kampfausrüstung nicht wirklich beschädigt worden war. Nur eine Kleinigkeit – beim Landeanflug auf die Kloschüssel hatte sich der Akademiker in der Überstürzung die hintere Hemdinnenseite beschmutzt, aber was war das schon? Danach atmete er auf, sammelte sich wieder und griff zum Klopapier, während er über der Schüssel hockte. Zu jenem Klopapier, das bekanntlich an einem speziellen Ständer vor ihm befestigt war. Ebenfalls bekannt ist, dass es sich hierbei um durch und durch minderwertiges, falsifiziertes pseudoamerikanisches chinesisches Papier handelte. An einer Klowand war, wie wir darüber hinaus wissen, der laminierte Verpackungsbogen dieses Klopapiers angeheftet, auf dem der amerikanische Filmindustriestar, der Schauspieler Edison Hearts, eine Rolle in der Hand emporhielt. Es war Ironie des Schicksals, aber der Akademiker pflegte genau diese Klopapiersorte zu benutzen – allerdings nicht die gefälschte chinesische, sondern die originale amerikanische. Er riss einige Blatt davon ab und wischte sich den Hintern, doch im selben Moment überkam ihn eine Abscheu, die einem äußerst unangenehmen Kontakt von Finger und Körper geschuldet war. Der Akademiker blickte auf seinen Finger und wischte ihn, entrüstet wie er war, instinktiv an derselben Stelle ab wie zuvor Peter. Der Akademiker tat dies selbstverständlich nicht, weil er etwa Groll gegen Edison Hearts hegte, sondern einfach deshalb, weil sich die Stelle an der Wand dafür anbot, den Finger abzuwischen. Der kleine Peter hatte ja auch seinen cremigen Finger, weshalb auch immer, an jener Wand abgewischt und nicht woanders. Dort war nun der oberkörperfreie Edison Hearts mit seiner Klopapierrolle in der Hand an die Wand geklatscht. Es muss noch einmal betont werden: Der Akademiker hatte nie, ich wiederhole, niemals im Sinn, den Schauspieler zu beleidigen, doch der Pinselstrich hatte diesen bedauerlicherweise im Gesicht erwischt; konkret: auf Kopf, Wange und Zähnen. Nun sah er einer (seinerzeit auch tatsächlich von ihm gespielten berühmten) Rolle ähnlich – einem Piraten, der in einer großen Seeschlacht einen englischen Kreuzer bezwingt, doch dabei auch seine eigene Besatzung verliert. Danach verzehrt er seinen geliebten Papagei bei lebendigem Leibe, um seinen Hunger zu stillen, und steht letztendlich alleine auf dem von Haubitzengeschossen zerstörten Schiffsdeck und lacht wie blöd den Indischen Ozean an.

Beim zweiten Versuch riss der Akademiker deutlich mehr Klopapier ab, doch das Ergebnis was dasselbe – ein unangenehmer Kontakt von Finger und Körper.

Der Akademiker explodierte …

Beim dritten und, oh weh, letzten Versuch riss der Kurortologe dermaßen viel ab – wäre es das gute Papier gewesen, es hätte für zwei Hektar Arsch gereicht. So aber …

Der Wissenschaftler versuchte sein Taschentuch hervorzuziehen, ließ aber sogleich davon ab, da er beim Herumwühlen den Dreck bloß über seine Hände verteilte. Die eingesauten Hände aber erhöhten die Wahrscheinlichkeit, seinen stahlfarbenen Anzug einzusauen und infolgedessen am Tisch zu stinken. Was das für eine Vorstellung ist – ein Akademiemitglied bei Tisch, das nach Scheiße stinkt!

Dann entschloss er sich zu etwas, das zu tun ihm früher nicht einmal in den Sinn gekommen wäre: Er verhielt sich wie ein Georgier aus der Provinz Imeretien, also so, wie es das nicht sehr bekannte Sprichwort besagt: »Schält ein Imeretier einen Pfirsich im Laufen, kann er die Schalen danach noch gebrauchen.« Der Wissenschaftler sah ein, dass er mit der bisher angestrebten Bilderbuchlösung nicht weit kommen und jeder Versuch in dieser Richtung nur weitere unerwünschte oder noch unerwünschtere Resultate zeitigen musste. Also überwand er den Ekel, überwand jegliche unangenehme Empfindung, nahm seinen Kopf in die Hand – um es bildlich auszudrücken –, ordnete ihn neu und beschloss, nun eben jedes andere Papier zu benutzen. Doch er hatte weder große noch kleine Auswahl, da nach dem Wegfall der Klopapierrolle nur noch die mit Reißzwecken an die Wand gepinnte, relativ dicke und glatte Edison-Hearts-Verpackung eben jener Klopapierrolle zur Verfügung stand. Vorsichtig versuchte er, den Bogen von der Wand zu lösen, doch er tat sich schwer: zum einen waren seine Hände dreckig; zum anderen war das Papier laminiert und erwies sich als fest – so fest, dass der Akademiker gezwungen war, jede einzelne Reißzwecke aus den Brettern zu pulen. Nach einiger Qual hatte er jede Reißzwecke herausgenommen außer einer einzigen – jenem verhängnisvollen Exemplar, das Hausherr Igor Kereselidse schon beim Anbringen verbogen hatte und das, wohlgemerkt, nicht zur Weltgeschichte, wohl aber zur Entstehung dieser Geschichte beigetragen hat.

Der Akademiker stand nun unmittelbar vor seinem langersehnten Ziel. Eine einzige Reißzwecke, und er würde sich den Hintern mit Edison Hearts abwischen, dann aus der Türritze die Lage scannen, schnell hinaushuschen und sich im nebenan angebrachten Waschbecken gründlich die Hände reinigen. Selbstverständlich würden ihn die unangenehmen Erinnerungen noch eine ganze Weile, möglicherweise sein ganzes Leben lang begleiten, aber hatte er dafür nicht zumindest jetzt diesen Moment überstanden? War es ihm nicht erspart geblieben, am Tisch nach Scheiße zu riechen? Was ist das für eine Vorstellung? Ein Akademiemitglied bei Tisch, das nach Scheiße stinkt... Doch am Ende, wie immer, lässt dich Fortuna im Stich: Dem Akademiker gelang es nicht, die allerletzte Reißzwecke herauszuziehen, und so fetzte er Edison Hearts vor Wut einfach kurzentschlossen von der Wand. Da die Papiervorderseite laminiert und zudem beschmutzt war, nahm er die Innenseite. Wie hätte der Bemitleidenswerte denn wissen sollen, dass die verbogene Reißzwecke im Papier verblieben war – das feste, beschichtete Papier war zum Unglück des Akademikers nicht gerissen. Es hatte die verbogene Reißzwecke aus dem Holz gezogen und mitgenommen. Der Akademiker jedoch spürte beim Abwischen ein gewisses Piksen und konnte das Papier bei bestem Willen nicht mehr loswerden. Wie ein Angelhaken hatte die Reißzwecke Edison Hearts' Bild unlöslich an ihn gehakt und wollte nicht abreißen, wenn er daran zog. Dafür verursachte sie einen Schmerz solchermaßen – solchermaßen, dass – ach, reden wir nicht weiter davon! Kurzum, um es schnell zu machen: Der große Wissenschaftler fand sich in einer wenig beneidenswerten, skurrilen Situation wieder. Von seinem Gesäß baumelte, irgendwo unter dem Steißbein – Verzeihung, sehr nah am Loch – eine Hochglanz-Toilettenpapierverpackung mit einem Bild Edison Hearts, dessen Gesicht dermaßen beschmutzt und dessen Zähne dermaßen zugepfropft waren mit Scheiße, dass er überhaupt nicht mehr sich selbst ähnelte, sondern einem Piraten (der Cowboyhut war zu einem dreieckigen Piratenhut geworden), der gerade seinen geliebten Papagei gegessen hatte, um dem Hungertod zu entfliehen, und nun wie blöd den Indischen Ozean anlachte.

Mit Müh und Not hatte der Akademiker die Hose hochgezogen. Er scannte die Umgebung durch die Türritze ab, huschte aus dem verfluchten Klo und wusch sich im Waschbecken die Hände. Ach, das Herkommen war das eine, aber das Verschwinden war umständlicher. Wie ließ es sich so hinbiegen, dass sein Abgang verständlich und ehrenvoll blieb? Er konnte ja schlecht sagen: »Ich bin Ihnen sehr verbunden, aber ich habe eine Reißzwecke im Arsch und kriege sie nicht mehr heraus, außerdem hab ich in mein Hemd geschissen und rieche nach Scheiße, deshalb muss ich das Feld räumen«. Es ist eine Misere ... In solch niedergeschlagene Gedanken versunken und mit ebenso niedergeschlagenem Gesichtsausdruck ging er an den Frauen vorbei, die um den großen Küchentisch, der im Hof stand, herumwuselten. Schüchtern wuselten sie etwas weniger und senkten die Köpfe, um ihn nicht anzusehen – wie Theatervorhänge ließen sie ihre langwimprigen Lider vor den neugierigen Augen nieder. Der Akademiker erkannte, dass er, trotz allem, immer noch zu lächeln und irgendetwas zu diesen Frauen zu sagen hatte; dabei sollte es kein gezwungenes, bitteres Lächeln sein, sondern ein Lächeln wie in alten Zeichentrickfilmen, wenn zum Beispiel ein Adler seine Beute anvisiert und die erschrockenen Reb- oder Birkhuhnweibchen schon im Voraus siegestrunken betrachtet. Zwar nicht ganz so schneidig wie ein Adler, aber zumindest halbwegs gelang ihm etwas. Er nickte ihnen zu, dann schnappte er nach frischer Luft und sagte:

»Ja, hier lebt sich's wahrlich wie an einem Kurort!«

Dann stieg er die Treppe hoch. Dabei versuchte er seine Fettschwanzbacken so zu halten, dass der dazwischengeklemmte, laminierte Edison Hearts nicht allzu sehr quietschte.

Danach kehrte er zur Festgesellschaft zurück. Anerkennenderweise (ein anderes Wort findet der Autor nicht) muss gesagt werden, dass er sich bei Tisch nichts anmerken ließ. Die Reißzwecke saß nicht tief im Gewebe – sie war nur verbogen wie ein Angelhaken und deshalb schwer zu entfernen. Wenn man nicht noch zusätzlich daran herumpulte, verursachte sie keinen übermäßigen Schmerz. Das einzige, was den Akademiker quälte, waren die außerordentlichen Trinksprüche, bei denen der Tischmeister von allen seinen Mitgästen verlangte, aufzustehen. Das ständige Aufstehen und Hinsetzen machte ihm zu schaffen. Er verhielt sich wie ein Schüler, der Kaugummi im Mund hat und vom Lehrer an die Tafel gerufen wird. Der Schüler kriegt aber nicht genug vom Kaugummi und will ihn nicht wegwerfen; aber genausowenig will er, dass der Lehrer etwas merkt. Und so klebt das Kind den Kaugummi mal an einen Zahn, mal unter die Zunge ... Der Akademiker verhielt sich ähnlich – er schob Edison Hearts mit seinen Arschbacken hin und her und hatte ihn förmlich so eingeklemmt wie eine ordentliche Bulldogge einen Knochen zwischen den Zähnen.

Nun ist aber wahrscheinlich endgültig genug und genug Schlechtes über diese Figur gesagt. Aber was solls, wenn er nicht die positivste Persönlichkeit war, und was solls, wenn wegen solcher Leute unser Leben manchmal verkehrt läuft? Nun zahlte er den kleinen, etwas lächerlichen Preis für seine unzähligen Sünden. Dennoch, trotz allem war er der Ehrengast eines anständigen und einfachen Mannes – Igor Kereselidses – und ungeachtet der heiklen Lage meisterte er die Sache gut. Der Autor und der Leser (Ersterer beim Erfinden dieser Erzählung, Letzterer beim Lesen) sind ebenso wie der Akademiker Gäste Igor Kereselidses. Und wieso sollte ein Gast den anderen auslachen? Hätten sie (der Autor und der Leser) es denn fertiggebracht, ihre Aufgabe so ehrenhaft zu erfüllen, wie es der Akademiker tat? Hätte der Autor, Reißzwecke im Arsch, diese Geschichte schreiben können? Nein! Hätte der Leser, Reißzwecke im Arsch, eine erstklassigere Geschichte lesen können? Nein! Was für eine Geschichte könnte schon erstklassiger sein als diese? Wenn es jemand ausprobieren will, soll er es tun: Er nehme eine beliebige, dicke Trilogie eines Klassikers aus dem 19. Jahrhundert samt ausführlichem Prolog und nicht minder ausführlichem Epilog, steche sich eine Reißzwecke in den Arsch und lese, was er wolle. Wollen wir mal sehen, wie gut das klappt.

Übrigens hat auch einmal eine anonyme Leserin mit sinnlich-samtener Stimme spätabends den Autor dieses zeitlosen

Werks angerufen und ihm schüchtern zugeflüstert, sie möge seine Werke so sehr, so sehr, dass sie sogar bereit wäre, sie mit einem Schiefernagel im Bürzel zu lesen und zu lesen und zu lesen ... Der Autor fühlte sich zwar geschmeichelt von einer derart ungewöhnlichen Treue seiner anonymen Leserin, riet ihr aber dennoch zu Vorsicht und zur Einhaltung gewisser Sicherheitsvorkehrungen während des Lesens, beispielsweise Jod, Verband und den »Gwasadjor«-Nagelzieher griffbereit zu haben. Und sowieso werden Bücher ja geschrieben, um Menschen Wissen zu vermitteln und nicht, damit sich jemand Nägel in den Arsch hämmert. Da haben wir sie, die soeben unwillkürlich dem Mund des Autors entsprungenen geflügelten Worte:

Bücher werden dafür geschrieben, Menschen Wissen zu vermitteln und nicht, damit sich jemand Nägel in den Arsch hämmert!

Der Akademiker trank bei einigen Trinksprüchen des Tamadas mit, er sang sogar (stellt euch vor!), segnete dem Gastgeber Haus und Hof und Stamm und Sippe, betonte noch einmal, dass es ein wahrer Kurort sei, dann entschuldigte er sich unter dem Vorwand, noch Sachen erledigen zu müssen. Zunächst wollten sie ihn nicht gehen lassen, doch dann gaben sie ihren Segen und verabschiedeten ihn unter großer Ehrerbietung.

Der Akademiker fuhr mit dem Auto. Zuhause angekommen, suchte er in seinem Arbeitszimmer Jod und einige medizinische Instrumente zusammen. Dann schloss er sich ins Bad ein, zog seine Hose runter und machte sich an die Arbeit.

Er wollte auf irgendeinem Wege die Reißzwecke rausziehen und sich von ihr sowie Edison Hearts' Bild trennen, doch das erwies sich nicht als leicht: Die Reißzwecke hatte sich tief ins Fleisch gebohrt und gab ihren Posten nicht frei, Edison aber wollte nicht reißen. Es bestand die Gefahr einer Infektion. Der Autor macht sich nicht über den Kurortologen lustig, aber der Spiegel im Bad hing auf Kopfhöhe und war deshalb schlicht und einfach unpraktisch, um einen Blick in den Arsch zu werfen. Es gab da auch noch einen kleinen Handspiegel, aber wie sollte der Patient mit einer einzigen Hand das bewerkstelligen, was er selbst mit beiden Händen zusammen nicht hinbekam? Er schnitt das Papier um die Reißzwecke herum weg, so weit er hinreichte, konkret – Edison Hearts' Beine, das Holzklo, der untere Teil der grasenden Kühe, ein wenig Dung und einige Morgen Weide. Er setzte sich mit heruntergelassener Hose auf die Toilette und heulte und sang. Unter normalen Umständen hätte er sich wohl anders verhalten, doch jetzt, betrunken, müde und gefühlsübermannt, verspürte er das Bedürfnis zu weinen. Er hatte sich ausgerechnet auf das Lied versteift, das er vor ein paar Stunden noch mit den anderen Gästen beim Festmahl von Igor Kereselidse gesungen hatte. Es war das Volkslied »Schawlego«.

Der folgende Teil der Geschichte ist etwas schwieriger zu schreiben, da sowieso schon viel Unangemessenes und Unpassendes vorkommt und der Autor selbst nicht so recht weiß, ob es sich hierbei um einen feierlichen harmlosen Scherz, bitteren Sarkasmus oder unverfrorenen Zynismus handelt. Aber sollen das Leser, Vorsehung und Autor doch selbst beurteilen. Von denen, die den Autor zu beurteilen wünschen, wird es beileibe nicht wenige geben – der Autor vermutet, dass sie verbissen und gnadenlos sein müssen, da er sich selbst gegenüber ja genau so ist, aber er vermutet ebenso Gnade, weil auch er diese seinerseits anderen und sich selber gegenüber walten lässt.

Kurzum, der Akademiker saß auf der Kloschüssel, heulte, sang und dachte sich, dass er trotz der vollkommenen Absurdität der Situation immer noch gut davongekommen war. Nicht mehr viel, und er hätte sich zum Trottel gemacht (»Clown« trifft es nicht ganz) – fürchterlich gedemütigt. Was ihm passiert ist, wird in der Menschheitsgeschichte wohl niemals wieder jemanden passieren: Er ließ sich dazu herab, sozial niedriger gestellte Menschen als Gast zu beehren; aber dann schiss er sich und sein Hemd ein; doch damit gab er sich nicht zufrieden und pinnte sich zur Krönung noch Edison Hearts' Bild an den Arsch. Offensichtlich war er für etwas bestraft worden, zumindest war das seine Erklärung. Doch von seiner Schande wusste nur er und sonst keine Menschenseele. Dafür, trotz allem, war er dem Schicksal unendlich dankbar. Kurzum: das Schicksal hat ihn für irgendetwas bestraft, gleichzeitig aber Gnade walten lassen. Durch diese Gnade gewann der Akademiker mehr, als er durch die Strafe verloren hatte. Und was ist schon eine kleine Reißzwecke im Arsch eines mannhaften Mannes? Dafür hatte er keine Demütigung erlitten. Deshalb saß er beschwipst auf dem Klo und trällerte:

Schawleg, deine schwarze Tschocha, Schawleg, heiii!
Im Blute hast du sie getränket, Schawleg, heiii!

Wenn auch unter großen Schmerzen, hätte er doch die verdammte Reißzwecke problemlos alleine herausreißen können – mit einer Pinzette oder zahnärztlichen Kneifzange, auch wenn dadurch bestimmt etwas Fleisch mitgekommen wäre. Dann würde er Brillantgrün oder Jod auftragen und es hätte einen Schluss und ein Ende gehabt. Doch in ihm erwachte ein bisschen das, was man Reue nennt. Der Akademiker war nicht gläubig genug, um etwa zum Priester zu gehen und Beichte abzulegen. Doch manchmal verspüren auch Atheisten das Bedürfnis, jemandem die Wahrheit zu erzählen und für ihre Sünden zu büßen. Der Akademiker stand auf, zog seine Hose hoch und ging vorsichtig aus dem Haus. Er ging zu seinem Kindheitsfreund, einem namhaften, stadtbekannten Chirurgen, um ihn um Hilfe zu bitten – nicht um zu beichten oder ähnliches.

Nun saß er in seinem neuen, prestigeträchtigen Auto, blickte schwermütig auf die Straße und sang »Schawlego«. Wie seltsam es auch klingen mag, dachte er über sein Leben, die vergangenen Jahre und Sünden nach, für die er noch nicht bestraft worden war und für die er nun bestraft wurde. Er dachte an seine arroganten Anwandlungen, seine Raffgier, Erbarmungslosigkeit, Sturheit und all das, was sonst noch in dieser graumelierten, kostbar bebrillten Hülle mit stahlgrauem Anzug, glattpolierten Schuhen, blitzender Manschette und intelligenter Erscheinung nistete. Er ging zu seinem Kindheitsfreund – einem berühmten Chirurgen (und ebenfalls Akademiemitglied), von dem er sich Hilfe und Begnadigung erhoffte. Schließlich waren sie Kindheitsfreunde und er brauchte ihn als Vertrauensperson. Manche finden das vielleicht lächerlich, aber für ihn war dieses Geheimnis eine Sache von einer solchen Dimension, dass er den Wunsch hatte, es mit jemandem zu teilen. Ein großes Geheimnis braucht ja genauso einen Teilhaber wie großes Leid oder große Freude. Großes Leid tötet den Menschen; großem und ungeteiltem Glück kann ein Mensch ebenfalls zum Opfer fallen. Aber das mit Abstand Unerträglichste muss ein ungeteiltes Geheimnis sein. Der Akademiker aber war soeben einer fürchterlichen Demütigung entronnen und das, was ihm passiert war, war sein unerträgliches Geheimnis.

***

»Was zur Hölle ist das, Mann?«, fragte der bis zur Fassungslosigkeit erstaunte Chirurg den Kurortologen, der die Hose heruntergelassen, sich vor ihm gebückt und – wir wollen nicht mehr lachen, werter Leser – Edison Hearts' Bild am Arsch haften hatte. Diese zwei studierten Menschen waren, wie bereits erwähnt, Kindheitsfreunde und sprachen trotz Alter oder Profession auch mal in so einem Ton miteinander.

Der Kurortologe bat den Chirurgen, an die Arbeit zu gehen, während er lachend berichtete. Ja, genau so muss man sich das vorstellen: ein Akademiker hatte die Hose heruntergelassen und war vornübergebeugt, der zweite bearbeitete die Wunde. »Mann!«, riefen sie immer wieder, lachten und reminiszierten über tausend ähnliche Geschichten. Doch keine davon war witzig – außer einer: Vor langer Zeit, als er noch jung und ein frischer, unerfahrener Chirurg war, hatte er einem Patienten bei einer Blinddarmoperation seinen eigenen Hoden angenäht. Die Operation verlief problemlos; der Blinddarm war hervorragend herausgeschnitten worden, doch der Chirurg hatte dermaßen viel Spaß an der Sache, dass er nicht einmal merkte, wie der weiße Knopf des Arztkittels beim Zunähen des Schnitts an die Eier gelangte; genauer gesagt, an den Hodensack ... und worüber beschwert ihr euch? Glücklicherweise war der Patient unter Narkose und schlief. Wäre er aufgewacht und hätte gesehen, dass ihm gerade der Arzthoden mit einem Knopf angenäht wurde, wäre er wohl ausgerastet. Professor Iwliane Paghawa, möge er in Frieden ruhen, half dem fürchterlich verwirrten und vor Scham über sein eigenes Werk im Boden versinkenden jungen Chirurgen. Er trennte den Faden durch und nähte die wahrlich ungewöhnliche, unglaubliche Naht von Neuem, mit welcher der Patient, der Arztkittelknopf (samt Kittel) und Arzthoden miteinander verbunden gewesen waren.

Der Chirurg nahm die Reißzwecke und verarztete die Wunde ordentlich. Im Laufe seiner langjährigen Chirurgenkarriere hatte er schon unzählige seltsame Operationen durchgeführt und als Erinnerung die unterschiedlichsten Andenken behalten. So zum Beispiel eine kleine Sicherheitsnadel, die er einer Braut aus der Lunge entfernt hatte. Die Braut hatte inmitten ihrer Hochzeitsvorbereitungen gesteckt. Sie saß vor dem Spiegel und probierte Kleider an, während sie eine Sicherheitsnadel zwischen den Lippen hielt. Die Ärmste war wohl in Eile, und als sie einatmete, gelangte die Nadel in die Luftröhre.

Der Chirurg hatte auch eine 50-Tetri-Messingmünze, die ein zwölfjähriger Junge ebenfalls in die Luftröhre bekommen hatte. Der Junge wollte im Auftrag seiner Mutter Joghurt kaufen. Sie hatte ihm eine Münze mitgegeben, die er unterwegs anscheinend hochwarf und mit den Zähnen wieder fing. Bei einem solchen Versuch verschluckte der Junge das Geld und es gelangte in die Luftröhre.

In seiner Kollektion hatte der Arzt auch einen aus verbogenem rostigem Draht gemachten sogenannten Anker, den ein Verdächtiger in Untersuchungshaft absichtlich verschluckt hatte, um im Krankenhaus zu landen. Dieser Anker wurde dem Patienten nach einer hochkomplizierten Operation mit Mühe aus dem Magen entnommen.

Kurzum, der erfahrene Chirurg-Akademiker hatte noch einige solcher Dinge aufbewahrt und alles in seinem Sprechzimmer auf einem Ständer an einem gut sichtbaren Platz ausgestellt. Der Chirurg ließ das Bild von Edison Hearts mit einer speziell gegen Fliegen entwickelten antiseptischen Lösung reinigen; ebenso kümmerte er sich um die Reißzwecke und ließ sie von seinen Assistenten geradebiegen. Das Bild wurde mit der Reißzwecke sehr zentral an die Wand des Sprechzimmers genau neben den Knopf geheftet, den als junger Chirurg an seinen eigenen Hoden zu nähen er die Ehre gehabt hatte. Edison Hearts sah nun nicht mehr aus wie ein kriegsgeschüttelter Pirat, der aus Hunger seinen geliebten Papagei gegessen hatte, sondern war wieder der allseits beliebte Edison Hearts. Das feste, beschichtete Papier glänzte wieder wie zuvor; die hartnäckige polygraphische Farbe hatte ihre Leuchtkraft noch nicht verloren. Es war nur so, dass das Bild mit einer minderwertigen, mehrmals hin- und hergebogenen Reißzwecke aus weichem Metalldraht in die Wand gepinnt war, und wer weiß, ob nicht der Lauf der Zeit dem Schreibwarenprodukt was anhaben konnte. Dann würde Edison Hearts' Bild zu Boden fallen, die Putzfrau würde es für gewöhnliches Toilettenpapier halten und wegwerfen.

Es hält sowieso nichts ewig, aber wäre es nicht besser, die minderwertige chinesische Reißzwecke gegen eine qualitativ hochwertige zu tauschen? Wäre es nicht besser, ein hochwertigeres Bild von Edison Hearts aufzuhängen, anstatt ein verdrecktes Bild mit antiseptischer Lösung zu reinigen? Nein, da das eine Fälschung wäre. Sind nicht in diesem konkreten Fall eben die imitierten und gefälschten Produkte – minderwertiges Toilettenpapier und eine aus viel zu weichem Draht gefertigte, verbogene Reißzwecke – das Echte?

P.S. Einmal erschien dem Autor im Halbschlaf kein Geringerer als der siebte Avatar des transzendentalen Unterbewusstseins von Edison Hearts, der ihn mit unzüchtigen Worten beleidigte:

»Fuck you, fuck you«, schrie er wie irre; er spuckte und mischte gebrochenes Georgisch mit fließendem US-Englisch. »Wieso hast du mich an eine Wand mit Scheiße und an den Harsch des Akademikers gepinnt? Fuck you!«

Der Autor antwortete zunächst höflich:

»Zum einen, ›Fuck you‹ kannst du deiner Affennase sagen ... Zum Zweiten, wozu braucht der Akademiker Harsch?« Doch dann konnte er sich nicht mehr beherrschen und legte nach: »Fuck you und steck dir halt noch eine motorisierte Ziege! Dir soll ein Feigenast abbrechen! Wen beleidigst du, Junge? Sag noch einmal ›Fuck you‹, und ich bespritze dir deine Wiesen und Weiden!«

Dann beschloss der Autor, die Situation nicht weiter zu verschärfen und wies ihn, um in Zukunft ähnliche Vorfälle zu vermeiden, auf eine Methode hin, derer sich seinerzeit schon Josef Wissarionowitsch Stalin höchstpersönlich bedient hatte. Das war es, was er Edison Hearts sagte:

»Stalin mochte es anscheinend nicht, seine Fotos in Zeitungen gedruckt zu sehen. Er hatte gewissermaßen eine ›Phobie‹, was sich in der Angst äußerte, irgendein armer Schlucker könnte sich nach dem Stuhlgang den Hintern mit ihm abwischen. Das erzürnte das große Oberhaupt dermaßen, dass er im Affekt alle umstehenden Menschen auf Trab hielt. In diesem Zusammenhang fand am 17. März 1948 eine geschlossene Sitzung des Politbüros des Zentralkomitees der KPdSU statt, in dem Genosse Stalin von den Teilnehmern kategorisch forderte, alles in ihrer Macht Stehende zu tun, um dieses Problem zu lösen. Das war kein leichtes Unterfangen, denn es wäre absurd gewesen, die Abbildung Stalins in Zeitungen und Magazinen zu verbieten – das Land brauchte ein Oberhaupt. Andererseits war es schwer, die Toiletten sämtlicher Bewohner eines so gewaltigen Landes zu kontrollieren, da zumindest bis jetzt noch kein Mensch geboren wurde, der nicht auf die Toilette muss; manche sogar viermal am Tag. Versuch da erstmal, Menschen auf einem Territorium so groß wie der Sowjetunion zu jagen.

Das wäre was ... Vor allem, wenn sie in ihren Sanitätskabinen sitzen und die Bomber auf dem Flugzeugträger landen lassen.

Auf der Sitzung sprachen sich mehrere Redner gegen die ›Anhänger des verrotteten Kapitalismus‹ und deren Spitzel aus, aber etwas Produktives sagte niemand. Der Älteste, Genosse Kalinin, riss das Wort an sich und verkündete:

›Genossen, ab heute erlasse ich eine Resolution, der zufolge nur die Zeitungen Prawda und Izwestia exklusive Rechte an Bildern von Genosse Stalin haben. Allerdings unter einer Bedingung: ihre Polygraphisten müssen eine große Menge schwarzen duftenden Pfeffer in ihre Farbe mischen, damit destruktive Kräfte das Bild des Anführers nicht für pseudohygienische Zwecke gebrauchen können. Und falls sie es doch wagen, werden ihre Ärsche gehörig brennen. Was andere Zeitungen anbelangt: Gebt ihren Redakteuren strenge Auflagen, dass von jetzt an nur noch Bilder des Genossen Stalin veröffentlicht werden, auf denen er mit brennender oder gerade angezündeter Pfeife zu sehen ist. Das wird antisowjetische Elemente, Konterrevolutionäre und Kulaks im Zaum halten. Sie werden sich den Hintern nicht mehr mit solchen Fotos abwischen und falls doch, bekommen sie eine brennende proletarische Pfeife in den Arsch.‹

Stille legte sich über den Raum und niemand wusste, was als Nächstes geschehen würde. Doch dann stand Genosse Stalin ruhig auf, nahm seine unzertrennliche Pfeife hervor, zündete sie an, paffte einen Zug und gebot:

›Hervorragend, Genosse Kalinin, hervorragend!‹

Woraufhin er gönnerhaft und würdevoll klatschte. Der

ganze Saal erbebte vor tosendem Applaus. Die Bolschewiken spendeten stehende Ovationen und schrien Bravo. Seitdem gab es auf dem Gebiet der Sowjetunion nur vereinzelte Vorfälle des Hinternabwischens mit Stalinbildern.«

Edison Hearts siebter Avatar seines transzendentalen Unterbewusstseins hörte dem Autor aufmerksam zu und versuchte sich nicht anmerken zu lassen, dass die Worte Balsam für seine Seele waren. Sein Ton wurde sanfter und er verkündete:

»Ich bin Democrat und kein Befurworter der Methoden Stalins, aber in diesem Fall scheint die Methode wirksam. Allerdings wurde ich, mit Ihrer Erlaubnis, keine Pfeife, sondern eine hawaiianische Sechs-Zoll-Cigar nehmen.«

Der Autor nickte dem siebten Avatar von Edison Hearts' transzendentalem Unterbewusstsein achtungsvoll zu und sagte nichts mehr, um weitere, unvorhergesehene Komplikationen zu vermeiden. Er dachte sich nur:

»Von mir aus kannst du auch ein rostiges Heizungsrohr nehmen.«

Seitdem bewirbt Edison Hearts die Klopapierwerbung nicht mehr ohne Sechs-Zoll-Zigarre im Mund. Das Holzklo steht wieder so schlank da wie zuvor. Gleich dort, nicht unweit ihrer Fladen, grasen genüsslich großeutrige, dicke Kühe. Es gibt auch eine Neuheit: Zwischen Kühen und Misthaufen steht jetzt ein rostiger Holzkohleofen. Die Werbeleute haben noch ein verschmutztes Blechrohr untergebracht, das unaufhaltsam qualmt.

***

Wir haben Hearts und werden dementsprechend auch Kino haben. Wir haben Kühe, Gott sei Dank, und werden Milch haben. Der Ofen sorgt für Wärme. Den Dung bewahren wir auf und verteilen ihn im Sommer auf die Felder. Im schlanken Klo verrichten wir unser Geschäft. Als Klopapier werden wir allerdings nicht (oder wenn, dann nur im äußersten Notfall) Portraits bekannter Menschen benutzen. Wir machen nur von hochwertigem, nicht-falsifiziertem Papier Gebrauch. Falls die Finger beim Abwischen aber doch dreckig werden sollten, behalten wir uns die exklusive Erlaubnis vor, diese höchst akademischen und satten, an Botticelli gemahnenden Pinselstriche an der Wand unserer eleganten Dorftoilette oder aber an den Nasen vereinzelter, übertrieben lästiger Literaturkritiker abzuputzen.

Kühlschrank gegen Sex

Ein alter, plumper Kühlschrank väterlicherseits der Marke »Apscheron« und ein einsamer Küchenstuhl – das war alles, was Karbelaschwilis Küche geblieben war. Den Stuhl hatte der Käufer damals dagelassen, weil er nicht zu den vier anderen passte, die er erworben hatte. Und auch der alte, plumpe »Apscheron«-Kühlschrank väterlicherseits war nur aus diesem einen Grund noch da: weil ihn niemand kaufen wollte. So haftete er der Küche, einem bösen Gespenst gleich, auf ewig an. Er hatte schon in der alten Vierzimmerwohnung der Karbelaschwilis gestanden, die Alberts Eltern vor langer Zeit verkauft hatten, um dafür in eine Dreizimmerwohnung zu ziehen. Von dort ging es in eine Dreizimmerwohnung in einem deutlich schlechteren Viertel. Anschließend siedelten Alberts Eltern nach und nach ins Jenseits über, die seinerzeit begründete Tradition des Wohnungs-, Möbel- und sonstigen Haushaltsverkaufs wurde von ihrem Nachkommen aber aufrechterhalten. Von Zeit zu Zeit verkaufte oder tauschte Albert Karbelaschwili Wohnungen gegen kleinere Wohnungen, verkaufte Haushaltsgegenstände und hielt sich mit dem restlichen Geld über Wasser. Unermessliche Wut überkam ihn, wenn er sich selbst immer wieder die Frage stellte, auf die er keine Antwort hatte: Wie lange noch?!

Bis zu genau diesem Punkt, bis zu dieser winzigen, tristen, im äußersten Randgebiet gelegenen Einzimmerwohnung. In einem Randgebiet, das unter Städtern aufgrund seiner Entfernung und Abgeschiedenheit als »Arsch der Welt« bekannt war; in einem Randgebiet, in dessen Straßen sich nachts Rudel halb verwilderter, hungriger Köter und halb gezähmter Schakale um den Inhalt überquellender, ranziger Müllcontainer zankten und einen Herrgottskrawall veranstalteten. Auch die bemitleidenswerten Einwohner wirkten beunruhigend – größtenteils arbeitslose Pechvögel, bei denen man sich fragte, womit sie sich über Wasser hielten. Im Sommer lungerten sie von früh bis spät vor der eigenen Haustür herum; im Winter – weiß der Teufel, wo sie im Winter waren und was sie taten. Der »Arsch der Welt« war der äußerste Außenbezirk der Stadt, jenseits derer nur noch Felder und Dörfer lagen und jenseits derer Albert nicht weiterziehen konnte. Er würde eher in der Stadt unter einer Brücke hausen als auf dem Dorf. Denn auf dem Dorf muss man arbeiten, und Arbeit hasste er wie die Pest.

Der einsame Küchenstuhl; das Metallbett, von dem der Lack schon abblätterte – und wo er abgeblättert war, kam Rost hervor; ein potthässlicher Schrank – seit Ewigkeiten aus der Mode gekommen; ein verstimmtes Klavier – Produkt einer erfolglosen Fabrik; der »Apscheron«-Kühlschrank väterlicherseits, angeschafft vor 30 Jahren, schon vor Alberts Geburt – das war alles, was Karbelaschwilis Wohnung geblieben war. Und das auch nur deshalb, weil niemand diese Hab-seligkeiten kaufen wollte. Ganz besonders nervtötend war der Kühlschrank. Immer wieder knallte unversehens etwas im Kühlschrank, woraufhin der Motor röhrend und polternd sei-ne Arbeit aufnahm. Der Kühlschrank polterte und brachte das ganze Geschirr in der Küche zum Poltern. Im Lauf der Jahre war das immer schlimmer geworden. Irgendwann humpelte der Kühlschrank durch die gesamte Küche, wenn der Motor lief. Alberts Vater packte schwere Kalksandsteine um den Fuß der Maschine, damit sie an Ort und Stelle röhrte und nicht durch die Küche spazierte, doch wusste der Kühlschrank nach einer Weile die Ziegelsteinfalle zu überwinden: Wie durch ein Wunder vermochte er über die Ziegelsteine zu hüpfen und weiter durch die Küche zu röhren. Bemerkenswert stark und eigensinnig, gelangte das scheinbar beseelte Wesen bisweilen auch in den Flur und in das Wohnzimmer, wo es gegen die Wände donnerte. Mit dem Kabel, das ihn ans Stromnetz band, sah er einem großen, weißen, angeleinten Hund überaus ähn-lich, der gelegentlich bellt und herumläuft, sich dann beruhigt und hinkauert, um anschließend wieder aufgebracht loszubel-len. Die Karbelaschwilis hatten sich damit abgefunden, dass es ein hoffnungsloses Unterfangen war, diesen Kühlschrank zu verkaufen; denn trotz seiner Unzähmbarkeit kühlte er immer noch recht gut.

Bewaffnet mit einem Kugelschreiber, durchforstete Albert eifrig die Rubrik der kostenlosen Anzeigen, wo mit großen dunklen Lettern das Wort »Kaufe« stand. Er suchte akri-bisch nach Abnehmern für einen gebrauchten Kühlschrank.

Einen solchen Abnehmer gab es tatsächlich. Ihr Name war Schuschuna, und sie gab bekannt, einen gebrauchten Kühlschrank zu einem günstigen Preis erwerben zu wollen. Eine Telefonnummer stand dabei. Albert markierte die Anzeige, nahm den Hörer in die Hand und wählte. Nach einigen erfolglosen Versuchen ertönte das Freizeichen und Albert wusste, dass er durchgekommen war. Schon wenige Augenblicke später nahm am anderen Ende jemand ab, und es erklang eine hohe oder affektiert hochgepresste Frauenstimme. In einer solchen Stimmlage und mit dieser außergewöhnlichen Intonation klang jedes ausgesprochene Wort befremdlich:

»Am Appa-ra-hat, hallo!«

»Hallo«, rief Karbelaschwili in der Hörer, nachdem er beim vorangegangenen »Am Appa-ra-hat« erst einmal hüsteln musste. »Hallo, ich würde gerne mit Frau Schuschuna sprechen, bitte!«

»Bin am Appa-ra-hat!«, kreischte die Stimme.

»Ich melde mich wegen der Anzeige, Frau Schuschuna. Ich habe einen Kühlschrank zu verkaufen.«

»Oh! Was für einen denn?«, freute sich Schuschuna.

»Apscheron! Einen Apscheron!«, rief Albert in den Hörer.

»Einen Ap-sche-ron? Für wieviel? Ap-sche-rons sollen nicht gut sein!«, quiekte sie.

»Die sind gut, sehr gut!«, lobte Albert.

»Für wieviel?«, fragte sie erneut.

»Günstig«, war die Antwort, »hundert Lari.«

»Hundert Lari? Hundert ist teuer!«, beteuerte sie.

»Dann eben achtzig.«

»Acht-zig? Achtzig ist teuer!«

»Dann siebzig!« Er senkte den Preis wieder.

»Für fünfzig nicht?«

»Nein!«

»Warum? Apscherons sollen nicht gut sein!«, quiekte sie.

»Egal ob gut oder schlecht – nein!«, schnauzte Albert. »Siebzig und keinen Lari weniger!«

»Und Sie liefern?« Sie ließ nicht locker.

»Nein, werte Frau, ich liefere nicht, was denken Sie denn!« Albert wurde aufbrausend. »Ich liefere absolut nicht!«

»Ist der Motor denn noch gut? Ist er in einem guten Zustand?«

»Der Motor ist gut, der Kühlschrank ist in einem guten Zustand!«

»Das muss überprüft werden!«, verkündete sie.

»Nun, dann kommen Sie doch und überprüfen Sie's!«

»Wo wohnen Sie?«

»Am Arsch der Welt«, antwortete er.

»Am Arsch der Welt?« Schuschuna kam ins Grübeln. »So weit weg! Da kostet mich ja schon der Transport ein Vermögen. Nein, danke!«

Karbelaschwili merkte, dass er seinen Kunden verlor, und rief verzweifelt in den Hörer:

»Na gut, für zehn weniger, Sie kriegen ihn für sechzig!«

»Was ist mit Helfern?«

»Sprechen Sie sich mit dem Fahrer ab, ich helfe beim Runtertragen.«

»Und beim Hochtragen?« Schuschuna hatte Blut geleckt.

»Nein, nur runtertragen und aufladen!« Das war Alberts letztes Wort.

Anschließend notierte Schuschuna Alberts Adresse, kündigte ihr Erscheinen in etwa anderthalb Stunden an und verabschiedete sich bis dahin – somit war das Telefonat beendet.

Nach anderthalb Stunden läutete es an der Tür, stärker als sonst. So stark, als würde jemand nicht nur die Klingel betätigen, sondern mit seinem Finger eine Wanze gewissenhaft in die Wand hineinquetschen. Albert öffnete und auf der Schwelle erschien eine rotbackige, großköpfige Frau – dick, hochgewachsen und ausladend. Diese Art Frauen, die groß, dick, großköpfig und rotbackig zugleich sind, sind oft Besitzerinnen einer quiekenden und schrillen Stimme. Sie vermuten wohl, dadurch gewissermaßen ihre Korpulenz ausgleichen zu können. Einer großen, dicken, großköpfigen, rotbackigen Frau, die zudem noch eine Reibeisenstimme hat, ist wahrlich nicht zu helfen. Eine geübte, affektiert hochgepresste Stimme, die an Ferkelquieken erinnert, gleicht die Korpulenz korpulenter Frauen zumindest ein wenig aus. Ähnliches gilt für glatzköpfige Männer, die sich aufgrund mangelnder Haare auf dem Kopf einen unersättlichen, voluminösen Schnauzer wachsen lassen; zu dem sich manchmal noch ein dschungelartig wuchernder Kinnbart gesellt, um zumindest auf diesem Wege die mangelnde Begrasung ihrer Köpfe auszugleichen.

Kurzum, Schuschuna gab ein für Frauen ihrer Art charakteristisches Quieken von sich und trat sich unachtsam die Schuhe auf der Fußmatte ab, was an das Hufescharren eines

Pferdes erinnerte. Albert bat sie hinein und führte sie zum Kühlschrank.

»Hier ist er, der Kühlschrank«, verkündete er.

»Oh ... aha!«, ließ die rosige Frau mit durchdringender, prätentiöser Stimme verlauten. Prätentiös, wie sie offensichtlich in allen Dingen war, vermutete sie Defekte am Kühlschrank. Einen Defekt fand sie nicht, dafür aber einen angebrochenen »Mimino«-Wodka, ein Stück Wurst und Senf in einem Plastikdöschen. Mit schlecht getarnter Genugtuung überflog sie die Leckerbissen und fragte Albert honigsüß nach seinem Familienstand. Als sie erfuhr, dass er ledig war, setzte sie ihn umgehend über ihren eigenen Status in Kenntnis. Sie habe einen Mann, eine kleine Wohnung und arbeite in irgendeiner Einrichtung als irgendwas. Der Mann Schuschunas war, nach Aussage derselben, ein ausgesprochen ungebildeter, ungehobelter Typ, und das einzige, was er scheffelte, waren Schulden. Regelmäßig bekomme er Besuch von Gläubigern. Ständig schmiede er neue Pläne, ständig mache er neue Schulden, um diese Pläne irgendwie umzusetzen, doch statt der Umsetzung kämen nur Schulden auf Schulden, und auch die Gläubiger kämen immer und immer häufiger. Immer häufiger und immer aggressiver würde Schuschunas Haustür mit Dreck besudelt. Der Mann stehle sich morgens aus dem Haus und kehre erst spätnachts zurück. Die (nach eigener Aussage) bemitleidenswerte Schuschuna war gezwungen, sich Beschwerden, Genörgel, Pöbeleien und Drohungen anzuhören. Sie liebe ihren Mann nicht und habe inzwischen auch den letzten Rest Achtung für ihn verloren, ein solcher Mann habe eine

Strafe verdient, auch wenn sie noch nicht wisse, was für eine. Schuschunas Wohnung liege im letzten, neunten Stock; bei Regen tropfe es bei ihr durch das unnütze Dach, die unnützen Hausnachbarn jedoch wollten kein Geld sammeln, um das gemeinsame Dach auch gemeinsam reparieren zu lassen. Der unnütze Job, den Schuschuna ausübe, sauge ihr Tag für Tag die Seele aus dem Leib – sie und ihre Kollegen bekämen kaum Gehalt, und zu tun hätten sie auch kaum etwas. Der Gerechtigkeit halber müssen wir hinzufügen, dass sie sich auch dann, wenn sie etwas zu tun gehabt hätten, nicht Arme und Beine ausgerissen hätten. Doch diese Gerechtigkeit nahm Schuschuna nicht zur Kenntnis, genauso wenig wie sonst alles, was ein schlechtes Licht auf sie warf. Jeder und alles um sie herum log, sie war die einzige Rechtschaffene vor dem Herrn. Diese Eigenschaft teilte sie mit Albert. Sie waren Seelenverwandte. Im Vergleich zu Albert jedoch besaß Schuschuna absolut alles im Überfluss. Doch das Wichtigste fehlte – die Liebe. Auch das hatte sie mit Albert gemein.

Schuschuna hatte einen Traum – sie wünschte sich sehnlichst einen betagten, reichen, motorisierten Liebhaber, unbedingt mit Familie. Einen Liebhaber, der sie mit Geld und Geschenken verwöhnte und der, wie sie es ausdrückte, einen sauberen und anonymen Treffpunkt zur Verfügung stellen konnte. Es war ein völliges Rätsel für die korpulente Mittvierzigerin, dass sie einen solchen Mann nicht abbekam – oder waren solche Männer überhaupt ausgestorben? Von diesen Männern gab es allerdings nur sehr wenige, und sie hatten keinen Mangel an Frauen zu beklagen, insbesondere an jüngeren und schöneren als Schuschuna. Schuschuna trank wie ein Mann. Sie vertrug dermaßen viel, dass sie jeden unter den Tisch soff, der es wagte, sie herauszufordern. Sie liebte lange, »wortgewaltige«, von Reimen durchzogene Trinksprüche. Rosig und augenfunkelnd pflegte sie ihren Tischgenossen zu erklären, was beispielsweise Geschwisterliebe sei und wie sich Geschwisterliebe anfühle. In derselben Manier pflegte sie über Elternliebe und Heimatliebe zu sprechen, und überhaupt über alle die Themen, die beim Trinken an der Festtafel als traditionsgemäß gelten. Sie konnte singen, und falls es am Ort der Festlichkeit ein Klavier gab, haute sie in die Tasten, ließ ihren Gefühlen freien Lauf und sang mit schriller Stimme. Wenn die Umstände es erlaubten, ließ Schuschuna beim Trinken Obszönitäten vom Stapel. Das liebte sie. Schuschuna liebte üppiges Essen. Sie besaß einen gesunden Appetit und pflegte sich bei Tisch scherzhaft dafür zu entschuldigen, bevor sie vor allem bei den Schweinefleischgerichten zugriff und sich den Ranzen vollschlug. Sie liebte Schweinefleisch.

Langsam und unbemerkt hatte sich zwischen dem Fastvierziger Albert und der Mittvierzigerin Schuschuna unterdessen ein Gespräch über Gott und die Welt entfaltet, dem eine von Schuschuna gut getarnte, doch zielgerichtete und geradlinige Intention zugrunde lag. Diese Intention beinhaltete Folgendes: Schuschuna und Albert würden sich den Schnaps und die Wurst einverleiben, danach im Bett landen; zur Krönung des Ganzen und aus purer Dankbarkeit würde Albert dann Schuschuna den Kühlschrank unentgeltlich überlassen.

Kurzum: Kühlschrank gegen Sex.

Der (wie alle Männer) begriffsstutzige Albert verstand nicht, was diese fremde Frau im Schilde führte. Wohl auch deshalb, weil den Hausherrn in diesem Moment eine ganz andere Sorge beschäftigte: Zwar kühlte der Kühlschrank noch gut und auch die Lampe funktionierte – aber wie würde die potenzielle Käuferin darauf reagieren, wenn erst einmal der Temperaturschalter und damit der Kühlschrankmotor anging? Konnte eine so prätentiöse Frau, die nie mit etwas zufrieden war, Interesse haben an einem wahnsinnig gewordenen Kühlschrank, der sich beileibe nicht um die ringsum liegenden Kalksandsteine scherte und wild im Zimmer herumsprang?

Unterdessen trieb Schuschuna Silbe für Silbe, Schritt für Schritt das »zielgerichtete«, doch als Alltagsgeplänkel getarnte Gespräch um das Ziel ihrer Wünsche voran: Kühlschrank gegen Sex .

Allerdings sollte die Initiative vom Kühlschrankbesitzer selbst ausgehen. Er selbst sollte dieses Geschäft vorschlagen (selbstverständlich in einer Art und Weise, wie es einer verheirateten Frau gegenüber angemessen war), und sie würde, nach großer Empörung ihrerseits und Überredungskunst seinerseits, dem Kühlschrankbesitzer Albert Karbelaschwili – dem Schelm und Verführer – schließlich nachgeben.

»Wenn mein Mann was taugen würde, wäre ich dann hier?«, räsonierte Frau Schuschuna, während ihr ständig die Frage im Kopf kreiste, wann der begriffsstutzige Gastgeber wohl endlich die Wurst und den Schnaps hervorholen würde. »Diese Klapperkiste soll ich kaufen? Wenn mein Mann was taugen würde, hätte er mich für einen Kühlschrank zum Arsch der

Welt fahren lassen? Aber nein, das Einzige was er scheffelt, sind Schulden! Frühmorgens stiehlt er sich aus dem Haus und kehrt erst spätabends zurück, und ich muss mich vor den Gläubigern rechtfertigen. Letztens erst habe ich den Fernseher mit eigenen Händen in die Werkstatt tragen müssen, zwei Wochen lang stand er vorher kaputt im Haus herum. Von meinem eigenen Geld habe ich ihn reparieren lassen! Was soll ich mit dem Kerl machen? Ich weiß nicht, was ich tun soll! Was ist das für ein Mann, was für einer?« Die korpulente Schuschuna brodelte, während sie in der winzigen Küche herrschaftlich auf und ab schritt. Beim Auf- und Abschreiten streifte sie Albert (immer wieder) verdächtig.

Wie durch Zufall tätschelte Alberts lauernde Hand immer wieder das Weib, das wie eine brünstige Stute schnaubte. Dann fasste er sich ein Herz und schlug ihr vor, ihren Mann zu züchtigen:

»Dein Mann ist in der Tat ein unseriöser Zeitgenosse«, sagte er und lächelte ihr zweideutig ins Gesicht, »so ein Mann hat alles verdient! So ein Mann muss nach Strich und Faden bestraft werden; und der beste Denkzettel für so einen Mann ist die Untreue seiner Frau! Oh ja, Untreue! Du musst ihn betrügen!«

»Untreue? Ich soll ihn betrügen?« Schuschuna tat überrascht und zog die makellosen Augenbrauen vertrauensselig hoch; sie war nicht einmal empört, es schien, als hätte ihr noch nie jemand einen derartigen Vorschlag unterbreitet oder als wäre sie selbst sogar im Traum nicht auf so eine Idee gekommen.

»Ich soll ihn betrügen? Ich würde ja, verdient hätte er es ... aber mit wem? Mit wem denn? Die Männer von heute wissen Frauen ja überhaupt nicht mehr wertzuschätzen!«

»Geh mit mir fremd! Ich schätze dich!«, schlug Albert Schuschuna vor und griff nach ihrer korpulenten Kruppe.

»Uh!« Ihre starken, plumpen Finger wehrten Alberts plumpe Hände ab. »Wie sollst du mich denn wertschätzen, du bist ja noch ärmer dran als mein Ehemann! Ein einziger Kühlschrank ist dir noch geblieben, und den verkaufst du!«

»Na und, Geld ist nicht das Maß aller Dinge!«, rechtfertigte sich Albert und blickte mit einem großnäsigen Grinsen auf die Stelle an sich herunter, die mit Geld tatsächlich nicht zu messen war, sondern ausschließlich mit Lineal, Messschieber und Winkelmesser.

Dann griff er wieder nach Schuschunas korpulenter Kruppe.

»Uh, lass mich in Ruhe, mein Süßer«, wehrte sie ihn erneut ab, »wer braucht schon einen mittellosen Mann? Ja, einen alten, reichen Mann, der mich finanziell unterstützt! Kennst du da vielleicht einen? Kannst du mir nicht jemanden vorstellen?«

»Wen soll ich dir denn schon vorstellen?«, grummelte Albert in sich hinein und verstummte.

Schuschuna kreiste gierig um den Kühlschrank. Immer wieder öffnete sie die Tür und steckte ihren verfressenen Kopf hinein. Scheinbar zum Austesten des Kühlschranks, geschah dies in Wahrheit jedoch in der ständigen Erwartung, der Gastgeber werde endlich darauf kommen, ihr Schnaps und Wurst anzubieten. Der Gastgeber aber kam nicht darauf – genauer, wollte nicht darauf kommen, Wurst und Schnaps anzubieten, da er keine hinreichende Garantie dafür hatte, dass sich die Dame nach entsprechender Bewirtung tatsächlich als dankbar erweisen und sein Angebot zur Bestrafung ihres Ehemanns annehmen würde. Ein Zucken des Temperaturrelais und das Zünden des Motors hätten diese kritische Situation womöglich entscheiden können. Der Kühlschrank aber machte keinerlei Anstalten, so dass niemand wusste, wann das bemerkenswerte Spektakel stattfinden würde. Albert Karbelaschwilis Kühlschrank väterlicherseits folgte keinem Zeitplan, der Motor schaltete sich frei Schnauze ein und aus. Schließlich ertönte ein explosionsartiges Röhren und der Kühlschrank erbebte in explosiv-epileptischem Getobe. Er versuchte, aus den ringsum gestapelten Kalksandsteinen herauszuspringen, schaffte es allerdings nicht, da Albert mit schweren Ziegeln diesmal nicht gegeizt und sie dicht aneinander gestapelt hatte. Vor Schreck schrie Schuschuna auf und warf sich Albert an die Brust. Dann stieß sie ihn wieder zurück und brachte kreischend ihre Empörung zum Ausdruck:

»Ooh! Was war das?«, schrie sie, »Ooh-jee! Was war das?« Kurzum, sie war nervtötend. »Ooh!« und »Ooh-jee!«

»Der Motor ist manchmal ein bisschen lauter, das ist alles!«, beruhigte Albert sie.

»Ooh-je, was ist das denn, das macht mir doch die ganze Nachbarschaft verrückt, wenn das nachts losgeht!«

»Gar nichts macht dir das verrückt!«, beruhigte Albert sie. »Oh-jee!«

Endlich schaltete sich der Kühlschrank wieder aus und

auch die Frau beruhigte sich ein wenig. Ab und zu platzte wieder ein »Oh-jee« aus ihr heraus, doch merklich leidenschaftsloser. Aufgrund des lärmenden Motors versuchte sie den Kühlschrank als möglichst nutzlos darzustellen; Albert jedoch versuchte, diesen Makel irgendwie zu entzaubern und als unwichtig, ja nicht einmal erwähnenswert herunterzuspielen. Letztendlich versuchten beide, durch ihre Argumente den Preis zu beeinflussen. Schuschuna peilte zwanzig Lari an, Albert aber mindestens fünfzig.

»Zwanzig!«, rief Schuschuna aus heiterem Himmel und setzte ihren Fuß auf den wackeligen, einsamen Küchenstuhl. Dann strich sie über ihre moppeligen Schenkel, schmiegte ihr Kleid an sich und wiederholte, teuflischen Blickes, mit honigsüßer Stimme: »Zwan-zig!«

Ohne Widerrede ging Karbelaschwili fünfzehn Lari herunter. Schmeichelnd hakte er sich unter den mächtigen Schenkel der Frau ein. »Fünfunddreißig.« Leidenschaft übermannte ihn, nun streichelte er den nackten Schenkel.

»Zwan-zig«, flüsterte sie ihm zu und biss ihn zärtlich in das Ohrläppchen.

»Na gut, dann dreißig?«, flüsterte Albert unterwürfig und griff noch tiefer zwischen ihre Schenkel.

Schuschuna nahm Alberts schwache Hand in ihre Handfläche und ließ sie über ihre Schenkel streichen, ungefähr so, als würde sie sich mit einem Badeschwamm einseifen.

»Zum Teufel, komm mit!«, platzte es aus Karbelaschwili heraus, der sich inzwischen mit seinem Schicksal abgefunden hatte. Seine langen Wurstarme schlangen sich um die triumphale Hüfte der Frau. Bereit, durch eine aufopferungsvolle Strafaktion den eigenen Familiensegen wieder herzustellen, stolzierte sie von der Küche ins Schlafzimmer. Er, der nachgekommen war, nickte zum Bett hin, doch Schuschuna rührte sich nicht. Sie rührte sich nicht, weil das Geschäft noch nicht zu seinem Abschluss gekommen war.

»Du wirst mir beim Runtertragen und Beladen helfen«, verkündete sie mit einem zärtlichen Flüstern.

»Ja, gut! Schon gut!«. Übermannt von Leidenschaft willigte Albert ein und deutete wieder auf das Bett.

»Zuerst trinken wir!«, erwiderte Schuschuna und deutete ihrerseits auf etwas, allerdings nicht auf das Bett, sondern in die entgegengesetzte Richtung. Mit unmissverständlichen Anspielungen scheuchte sie ihn zurück in die Küche; mit ebenso unmissverständlichen Anspielungen nötigte sie ihn, die Kühlschranktür zu öffnen. Karbelaschwili öffnete die Tür, musste in Ermangelung eines Tisches aber alles oben auf dem Kühlschrank ausbreiten. Danach ging er wieder ins Zimmer und entnahm dem Kleiderschrank, der abgesehen von seiner eigentlichen Funktion noch Lebensmittel beherbergte, ein abgebissenes oder abgebrochenes vertrocknetes Brot sowie zwei dreckige Gläser mit eingetrocknetem Bodensatz. Er stellte sie ebenfalls auf den Kühlschrank, hob auf einen Schlag alles miteinander hoch, pustete den Staub von der Oberfläche und stellte anschließend alles wieder drauf. Er schien dennoch unzufrieden, zog eine zusammengeknüllte Plastiktüte hinter dem ausgedienten Heizkörper hervor, breitete sie über den Kühlschrank aus und deckte die Tafel zum dritten Mal.

»Komm her!«, lud er Schuschuna zu einem festlichen Arbeiter- und Bauernschmaus am Kühlschrank ein.

Schuschuna reagierte mit spöttischem Protest und konnte sich angesichts der Option, am Kühlschrank stehend zu tafeln, auch einige bissige Kommentare nicht verkneifen. Zuerst verlangte sie die Verlegung der Tafel auf das Fensterbrett. Da sie jedoch sowieso nur einen Stuhl hatten, der zu allem Überfluss wackelig war, wurde dieser schließlich auf Schuschunas Anraten ins Schlafzimmer neben das Metallbett gestellt, mit der Plastiktüte überzogen und gedeckt. Gerade noch rechtzeitig, denn Albert hatte kaum Schnaps und Gläser vom Kühlschrank genommen, als sich der Motor zum zweiten Mal einschaltete und dieses Mal das einst weiße, jetzt gelbliche, scheinbar beseelte Wesen derart energisch wand und bebte, dass es Brot, Wurst und Senf in der ganzen Küche verteilte. Der Schnaps und die Gläser waren dem Zerbrechen nur knapp entronnen. Schuschuna und Albert sammelten die Lebensmittel vom Boden auf, stellten sie zu Schnaps und Gläsern auf den cellophangedeckten, wackeligen Stuhl und ließen sich nebeneinander auf das Metallbett mit dem abgeblätterten Lack nieder.

Albert schenkte den »Mimino« ein.

»Du hast das Salz vergessen!« Den Mund mit Wurst und Brot vollgestopft, kniff sie Albert ziemlich kräftig in den Hintern.

Albert stand auf und holte das Salz. Sie tranken den Schnaps, aßen und liebkosten sich – genauer gesagt, Albert liebkoste Schuschuna, sie aber kniff ihm fast das Fleisch aus der Haut. Zwischenzeitlich hatten sie auch Musik: ein kleines, billiges Vier-Volt-Radio, dessen Adapter angeschmort und dessen Batterien fast leer waren. Aufgrund dieser technisch bedingten Umstände funktionierte der Rundfunkempfänger nicht zuverlässig und der Akku hielt nur eine gewisse Weile. Danach musste der Empfänger ausgeschaltet werden, damit sich der erschöpfte Akku wieder sammeln konnte; anschließend konnte man den Empfänger für kurze Zeit erneut einschalten. Schuschuna konnte Klavier spielen, genauer gesagt: klimpern; da jedoch der einzige Stuhl als Festtafel fungierte und dem furchtbar verstimmten Instrument mehr als eine Taste fehlte, machte sie keine allzu großen Anstalten dazu. Beherzt trank sie vom Schnaps, fabulierte Trinksprüche wie ein Mann, würzte sie mit Gedichten namhafter Poeten und fluchte. Sie bedachte Ehemann, Kollegen, ihre Vorgesetzten sowie die Führungsriege des Landes mit Obszönitäten. Sie alle seien ihre Erzfeinde und Ursache ihres miserablen Daseins. Albert war in etwa derselben Auffassung.

Als sich der Schnaps niederschlug, genauer, als sich der berauschende Tropfen in Karbelaschwilis Fleisch und Blut niedergeschlagen hatte, klopfte er gegen seine Hosentasche und bot Schuschuna an, noch eine Flasche Mimino zu besorgen. Zunächst sträubte sie sich scheinbar, denn »mach dir keine Umstände«, aber es war offensichtlich, dass sie sich die Finger danach leckte.

»Hast du überhaupt Geld, dass du so rumposaunst?«, fragte sie zuckersüß und ließ seine Hand wie einen Badeschwamm über ihren Schenkel fahren.

»Geld? Geld hab ich nicht«, entgegnete Albert beschwipst, »aber du schuldest mir ja noch zwanzig Lari! Und davon kauf ich das.«

Schuschuna, die im Gegensatz zu Albert keinen Deut betrunken, sondern lediglich auf den Geschmack gekommen war, hatte das Angebot im Bruchteil einer Sekunde abgeschätzt und Gefallen daran gefunden, doch gab sie nicht sofort nach. Noch schien der Moment nicht gekommen, den Kühlschrank zu einem mickrigen Preis zu erwerben und zusätzlichen Vorteil daraus zu schlagen.

»Neeein, das brauchst du nicht. Lass gut sein«, flüsterte sie Albert zu und ließ Alberts plumpe Hand wie einen Badeschwamm über ihre Schenkel fahren. »Lass gut sein! Brauchst du nicht!«

»Doch, brauche ich!«, antwortete Albert, in liebliche Gedanken versunken, plötzlich reich und entsprechend hochmütig geworden. »Gib mir das Geld!«

»Nein, geb ich dir nicht!«

»Gibs her!«

»Nein!«

»Das wird uns guttun!«

»Nein, du Hengst!«

»Jetzt gib schon her!«

»Na gut, aber erst nur zehn ... du Hengst!«

»Gut, dann gib mir erst zehn, aber wieso, vertraust du mir nicht?« Albert klang enttäuscht.

»Ich traue dir, aber, pfffff.« Schuschuna schnaubte los, und unter Schnauben reichte sie Albert auch die zehn Lari.

Albert nahm das Geld, richtete seine Kleidung und ging zum Laden hinunter. Mit der leicht unbarmherzigen Aura eines sehr geschäftigen Mannes kaufte er Brot, eine Flasche »Mimino«, Wurst und Batterien für das Radio. Der Verkäufer verstaute alles in eine Einwegtüte und gab ihm zwei Lari fünfunddreißig Rückgeld. Albert kehrte zurück. Zuhause klimperte Schuschuna am verstimmten Klavier und sang mit nervtötender, gefühlsübermannter Stimme irgendein Liebeslied. Sie hatte die Überreste des Festmahls beiseite gestellt und auf dem Stuhl Platz genommen. Albert deponierte die Einkaufstüte auf dem Klavier. Er nahm die Batterien zur Hand und wechselte die Stromquelle des Radios, überprüfte seine Funktionstüchtigkeit durch Drehen an der Lautstärke, schaltete es anschließend wieder aus und schenkte sein Gehör ganz der Frau. Die Frau sang – sie sang lange. Dann verlor sie die Lust, rückte den Stuhl wieder zum Bett und deckte die Tafel erneut. Sie setzten sich und schmausten weiter. Sie fabulierte, das Radio tönte. Schließlich beendeten sie das Gelage, räumten den Stuhl ab, der als Tisch gedient hatte, zogen sich aus und legten sich hin. Albert sagte der Anblick der nackten Frau überhaupt nicht zu – bekleidet wirkte sie groß, weich, alles in allem: appetitlich; nackt stellte sie sich als schwabbelig und aufgedunsen heraus. Es ist mir etwas peinlich, so etwas anzusprechen, aber beim Entkleiden kam eine große Binde zum Vorschein. Die Frau war gewaltig, aber auf eine ungesunde Art und Weise. Ungesund war auch Karbelaschwili mit seinen Wurstarmen und großbefußten, dürren Beinen. Beim Ausziehen erfüllte Fußgeruch den Raum ... Kurzum, aus den bereits genannten und noch weiteren Gründen war Albert nicht unbedingt angetan. Zudem war er, im Gegensatz zu Schuschuna, ganz ordentlich betrunken. Wie man weiß, hat das Auswirkungen auf die männliche Potenz. Albert wollte diese Frau nicht mehr, und auch um das Geld, das er ihretwegen ausgegeben hatte, tat es ihm leid. Es tat ihm leid um den Kühlschrank väterlicherseits, den er für ein Butterbrot verscherbelt hatte. Während sie lagen, küsste Schuschuna ihn kräftig – sehr kräftig, doch ohne Leidenschaft. Sie war lediglich eine betrunkene Frau, deren sabbernde Lippen einem Mann das Gesicht kräftig ablutschten. Sie hielt seine Hand und ließ sie wie einen Badeschwamm über ihre Schenkel fahren, als stünde sie unter der Dusche und seifte sich gerade ein. Inmitten solcher unangenehmen Annehmlichkeiten erreichte Albert Karbelaschwili das, was in der Medizin als Orgasmus bezeichnet wird. Und in ebendiesem Augenblick berührte er versehentlich das rosinenartige Muttermal, der seiner weiblichen Gespielin weit innen am Oberschenkel, dicht an der Schambehaarung gewachsen war. Die Berührung des rosinenartigen Muttermals machte ihm die Frau endgültig zuwider. Albert entriss Schuschuna seine Hand, nahm einen Lappen unter der Matratze hervor und wischte sich das schmierige Glied ab. Danach warf er seiner Partnerin das Tuch zu; auch sie trocknete sich ab. Sie lagen eine Weile. Schuschuna versuchte Albert ein paar Mal zu küssen, aber er ließ es nicht zu. Er ließ ebensowenig zu, dass sie wieder seine Hand über ihren Körper fahren ließ, als sei sie ein Badeschwamm. Wieder lagen sie eine Weile. Albert rauchte. Sie streichelte ihm über den Kopf, weniger der Zärtlichkeit als der Beruhigung wegen.

Schließlich schlüpften sie wieder in ihre Kleider und Schuschuna rief ihren Mann an. Sie erzählte ihm, dass sie einen Kühlschrank gekauft habe, sagte ihm die Adresse und bestellte ihn her. Er kam etwa vierzig Minuten später mit einem Minibus, reichte Albert die Hand und stellte sich schüchtern an die Seite. Aus unerfindlichen Gründe gefiel er Albert – er gefiel ihm und tat ihm zugleich leid. Schuschuna nahm noch einen Zehn-Lari-Schein heraus und übergab ihn Albert, dann bat sie ihn kurz ins Zimmer, bedeutete ihrem Ehemann aber, in der Küche zu bleiben. Dann warf sie sich ein letztes Mal an Alberts Brust und gab ihm einen kräftigen, ungestümen Kuss. Schließlich ließ sie los und widmete ihrem mittlerweile beruhigten Liebsten noch einen kleinen, gezierten Kuss, bevor sie sich auf leisen Sohlen in den Flur begab. Als Nächstes schafften Albert und Schuschunas Ehemann den Kühlschrank unter Qualen und Stöhnen und Stöhnen und Qualen ins Treppenhaus und von dort, da der Aufzug außer Betrieb war, die ganze Treppe hinunter. Das Heruntertragen wurde vom nervigen Gekeife Schuschunas untermalt, die leidenschaftlich unnütze Ratschläge gab, ihnen im Weg stand und sie behinderte. Sogar das Licht knipste sie aus …

Zu guter Letzt luden sie den Kühlschrank auf das Minibusdach.

Albert schleppte sich das dunkle Treppenhaus hoch, betrat seine Wohnung, verriegelte die Tür, legte sich aufs Bett, schaltete das Radio ein, griff nach den Wurst- und Brotresten und begann zu kauen. So schlief er ein, inmitten von Essensresten und Brotkrümeln. Nach einer Weile wurde er von Kopfschmerzen und einer unangenehmen Trockenheit im Mund geweckt. Er erhob sich, trank Wasser, zog sich aus und legte sich erneut hin. Das Wasser schien eine beruhigende Wirkung zu haben, aber sobald er sich hinlegte, wurde ihm schwindelig. Seine Übelkeit zwang ihn hoch; er stürmte barfuß ins Bad und prallte an die Kloschüssel. Er musste sich einige Male übergeben und verdreckte den Schauplatz nicht unerheblich, obwohl er in die Schüssel gezielt hatte. Anschließend stieg er in die Badewanne, wusch sich lieblos Gesicht und Beine, die ebenfalls Erbrochenes abbekommen hatten, und schleppte sich wieder aus dem Bad. Er trank noch einmal Wasser und ließ sich aufs Bett fallen. Das Bett roch noch nach Schuschunas Parfüm, das Albert jetzt noch unangenehmer vorkam. In der Nacht hatte Albert einen deutlichen und widerlichen Traum: Er ging in die Küche zu seinem Kühlschrank väterlicherseits, dessen Motor gerade lief und fürchterlich röhrte, polterte und aufgebracht versuchte, die ringsum liegenden Kalksandsteine zu überwinden. Albert öffnete die Kühlschranktür und nahm die vibrierende Emailleschüssel heraus. In der Schüssel befand sich noch ein Gericht samt Esslöffel. Karbelaschwili rührte die Mahlzeit um und stellte zu seinem Erstaunen fest, dass sie noch warm war. Er schlürfte etwas von der Brühe und rührte auf der Suche nach Fleisch noch einmal um. Er fand zwar welches, doch beim Anblick stieß er einen markerschütternden Schrei aus: das Fleisch war aus Schuschunas dickem Leib geschnitten – mitsamt großem, rosinenartigem Muttermal, gekochter Haut und Haaren. Verstört vor Angst wachte Albert Karbelaschwili auf; beruhigte sich aber wieder, als sich alles als verflüchtigter Traum herausstellte, von dem einzig ein schaler Geschmack im Mund geblieben war. In anderer Hinsicht jedoch war das Leben noch in Ordnung, denn Albert Karbelaschwili hatte Geld: das Geld, das ihm der Kühlschrank väterlicherseits eingebracht hatte – 12 Lari und 35 Tetri.

Der große und der kleine Pimmel

Unser Tbilissi ist eine Stadt der Gegensätze: hier ist alles hübsch und hässlich zugleich; hier ist es mal heiß, mal kalt; ein- und dasselbe kostet mal einen Pappenstiel, mal ein Vermögen; die Einwohner – einige sind sehr reich, andere wiederum bettelarm. Kurzum, die Stadt kennt weder Maß noch Ziel, darum wundert euch nicht, dass sich folgende Geschichte in dieser Stadt zugetragen hat.

Obwohl – wahrscheinlich ist unsere Stadt kein Sonderfall, wahrscheinlich läuft es in anderen Städten ähnlich und auch dort hätte sich so etwas abspielen können, zumindest – wie man sagt – hypothetisch. In der Realität aber hat diese Geschichte eben bei uns stattgefunden, und wenn jemand sie als blanken Unsinn abtut, dann ist dieser Jemand es wohl einfach nicht gewohnt, der Realität und noch so manch anderem in diesem Leben ins Auge zu sehen.

Gotscha und Chwitscha T. waren Zwillinge. Sie hatten das Licht der Welt Kopf an Fuß erblickt, eigentümlicherweise gleichzeitig, so dass es ein Ding der Unmöglichkeit war, den Erst- und den Zweitgeborenen zu bestimmen. Abgesehen davon, glichen sie sich wie ein Ei dem anderen. Bekanntlich können zumindest Eltern ihre Kinder auseinanderhalten, egal wie groß deren Ähnlichkeit auch sein mag, da es doch kleine Unterschiede im Äußeren, im Verhalten und Wesen gibt. Diese zwei jedoch unterschieden sich weder im Erscheinungs bild noch in anderen Merkmalen, außer einem einzigen. Dieses einzige Unterscheidungsmerkmal der Brüder war der Pimmel.

Wie bereits erwähnt, kamen die Zwillinge gleichzeitig, Kopf an Fuß ineinander verschlungen auf die Welt. Als der Arzt – ein Hüne von Mann – dieses kleine, rosafarbene, lebendige Knäuel mit seinen großen Händen behutsam auflösen wollte, um die Zwillinge voneinander zu trennen, bot sich ihm ein ungewöhnlicher Anblick: Das Pimmelchen des einen war winzig wie ein Hemdknopf und schien zwischen den pummeligen Schenkeln beinahe zu verschwinden. Der andere hatte dafür (der Arzt maß es selbst nach) eine Größe von ungefähr anderthalb Handspannen bis unter die Kniekehlen, fast bis zu den Knöcheln an sich hängen (»schleifen« will ich nicht sagen). Es ist zum Schmunzeln, aber der Pimmel schien ein wenig erigiert zu sein, oder aber er war durch die Berührung in diesen Zustand gekommen, als der Arzt mit seiner Handspanne nachmaß. »Oh là là«, rief der Gynäkologe und blickte selbstgefällig zu den Hebammen hinüber, »als Träger solch einer Brechstange kann dir niemand was anhaben, Junge! Du aber, Kleiner«, und mit diesen Worten wandte er sich an den Zweiten und drückte mit seinem Zeigefinger sanft auf dessen knopfgroßes Glied, »auf dass du und dein Pimmel zu großen Burschen heranwachsen!«

Jedoch wächst alles nur soweit heran, wie es die Natur wünscht.

Gotscha und Chwitscha wuchsen gemeinsam und gleichartig auf. Sie schliefen und erwachten gleichzeitig, nahmen die gleiche Nahrung zu sich und legten an gleichem Gewicht zu, wobei Gotscha (aus offensichtlichen Gründen) stets 200–250 Gramm mehr wog als Chwitscha. Dies, selbstverständlich, nur in der Kindheit – in Knabenalter und Jugend waren es mindestens 800 Gramm.

Ohne diese Laune der Natur wäre wohl auch ihr weiteres Leben gleich verlaufen: sie hätten sich voraussichtlich an derselben Universität eingeschrieben, an derselben Fakultät studiert, dieselben Sport- und Musikkurse besucht, dieselben Erfolge erzielt. Doch die Verschiedenheit ihrer Pimmel wuchs sich schließlich zu einem derartigen Unterschied zwischen den Brüdern aus, dass sie zu Antipoden wurden. Aber dazu später mehr – wir wollen den Ereignissen nicht vorgreifen.

Je älter Gotscha wurde und je länger sein maulzerreißender Pimmel wuchs, umso arroganter wurde er. Unter Mädchen und Frauen (es ist verwunderlich, aber vor allem unter Frauen) hatte er sich einen Namen gemacht, zahlreiche Schönheiten unserer Stadt träumten davon, mit ihm zu schlafen. Und das keineswegs nur die leichtlebigen, sondern auch die mit Ehemann und Familie. Gotscha aber erfüllte ihnen, den Umständen entsprechend, all ihre Wünsche. Eigenartigerweise wirkte sich der offenherzige Umgang und die Beziehung zu den Frauen nicht negativ, sondern sogar positiv auf seine Beziehung zu Männern aus, unter anderem zu den Ehemännern der beschlafenen Frauen.

Kurzum, in unserer Stadt hatte Gotscha Freunde und Geliebte im Überfluss, und wer Freunde und Geliebte im Überfluss hat, der hat folglich auch Geld im Überfluss. Folglich ist dieses Land seins.

Gotscha hatte sich also sein Leben auf Grundlage seines Pimmels aufgebaut. Obwohl es fraglich ist, ob aufgebaut oder nicht. Dank seines Gliedes konnte er sich Frauen, Wein und Drogen hingeben und verstarb in sehr jungem Alter – lebenssatt, wie man sagt. Seine Freunde und Verehrer riefen angesichts seines Ablebens zunächst allgemeine Trauer aus, vergaßen das sprießende Original jedoch bald, da an ihm, wie oben bereits erwähnt, außer seinem Pimmel nichts Bemerkenswertes gewesen war.

Was den zweiten Bruder – Chwitscha – betrifft: er wurde verschlossen und grimmig, mied Menschen; sogar männlich zu pinkeln bereitete ihm Schwierigkeiten, da er seinen »Knopf« nicht einmal mit zwei Fingern ordentlich festhalten konnte. Er glitt ihm ständig aus den Händen und benässte im besten Fall die Finger, im schlimmsten Fall Unterwäsche, Hosenbeine, Socken und Schuhe. Aus diesem Grund war Chwitscha gezwungen, wie eine Frau zu pinkeln, hockend. Konnte der bemitleidenswerte Chwitscha denn, sagen wir nach einem Gelage am Busen der Natur, ebendort mit seinen Kameraden zusammen männlich pinkeln? Nein, konnte er nicht! Er musste sich entfernen, einer Frau gleich an einem Busch niederkauern und unter Gekicher und diversen Kommentaren der anderen bezüglich der Winzigkeit seines Pimmels bitteres Wasser lassen. Also bitte, auf so einen Genuss konnte Chwitscha nun wirklich verzichten! Ein solches Festgelage brauchte er nicht, erst recht keines mit Kameraden, bei denen man nicht einmal männlich pinkeln konnte. Nach und nach schottete sich Chwitscha ab, er wurde unnahbar und boshaft. Er trank. Er liebte nichts und niemanden mehr – nicht einmal die Sonne. Als Gotscha noch lebte, hatte er diesen Säufer von Zwillingsbruder, der sich in seiner Einsamkeit außer dem Trinken noch andere schlechte Gewohnheiten angeeignet hatte, nie ohne Aufmerksamkeit und sichtliche Fürsorge gelassen; doch seit er verstorben war, war es mit Chwitscha vollkommen den Bach runtergegangen. Er wurde obdachlos und Freunde und Familie hatten ihm schon lange den Rücken zugekehrt. Diese Jammergestalt wurde zum Bewohner des Flohmarkts auf der Trockenen Brücke. Hier handelte Chwitscha mit Fischködern und Haken, ging unweit der Brücke angeln und schlief ebendort zwischen den leeren Ständen. Er besaß einen alten Mantel und zwei Angelruten. Diese Besitztümer bewahrte er in einem Mülleimer auf und benutzte sie nach Bedarf: die Ruten – zum Angeln, den Mantel – zum Schlafen und bei Kälte. So lebte er und war bereits 50 Jahre alt geworden.

Lisiko B. ist die dritte wichtige, wohl richtig wichtige Hauptfigur dieser Geschichte. Sie war eine ehrfurchteinflößende und triumphale Frau, wahrlich eine Heldin. Jeder von uns kannte sie als führende Gestalt der Gesellschaft und außerordentlich großherzige Philanthropin, die sich selbstlos für unsere Leute mühte und aufrichtig versuchte, ihren Beitrag zur Wiedergeburt unseres Landes, insbesondere aber unserer Stadt, zu leisten. Lisiko – unter diesem Namen war Elisabeth B. den Menschen bekannt. Sie war ja allen wohlvertraut, jede Tbilisser Familie betrachtete sie als Familienmitglied. In unserer Stadt gab es wahrscheinlich keinen einzigen Menschen, um den sich Lisiko nicht gesorgt hatte. Ob Schriftsteller, Filmregisseur, Wissenschaftler, Lehrer, Polizist oder Handwerker – sie alle waren dieser wahrlich unglaublichen Frau dankbar. Sie schenkte der Stadt zwei große Hotels, ließ Schulen und Kindergärten bauen, finanzierte ein militärisches Trainings- und Rüstungsprogramm und schuf neue Bataillons, gründete ein Rehabilitationszentrum für Drogenabhängige, renovierte das heruntergekommene Gefängnis aus eigener Tasche, baute rings um Tbilissi Wald an, dessen ersten Baum sie selbst pflanzte ...

Lisiko war von klein auf aktiv gewesen. Dem Kind einer mächtigen und einflussreichen Familie stehen sowieso alle Türen offen, doch sie gab sich nie mit den ausgetreten Pfaden anderer zufrieden. Sie ebnete sich ihren Weg selbst: sie war ausnahmslose Einserschülerin, Vorsitzende der Pionierorganisation, Sekretärin des Komsomol, Abgeordnete und tausend andere Dinge; auch mit Politik kannte sie sich als gelernte Ökonomin und Juristin bestens aus. Eine wahre eiserne Lady.

Die eiserne Lady war Maximalistin. Da der Mensch nur einmal lebe und es ungewiss sei, was danach kommt, solle man in diesem Leben alles mitnehmen, was möglich sei, jede Minute nutzen, jeden Groschen zweimal auf den Kopf hauen, sich ekstatisch dem Vergnügen hingeben – passende Stimmung, Zeit und Mittel vorausgesetzt –, solle die Zitrone bis zum letzten Tropfen auspressen und den Knochen bis zum Ende abnagen.

Nun denn, was hatte Elisabeth B., Patriziersspross und Tochter des angesehenen Raschden B., mit irgendeinem Gotscha T. gemein?

... Eben an jenem Abend, an einem kleinen Kurort an der Meeresküste, vollzog sich ihr Akt. Lisiko machte dort Urlaub. Sie war ein junges, unverheiratetes Mädchen, wobei sie aufgrund ihres Äußeren und ihres Wesens keinen Mangel an Verehrern zu beklagen hatte. Dennoch war ihr Interesse geweckt, als ihr eine Freundin anvertraute, bei wem sie »letzte Nacht« gewesen sei und was er, bei dem sie »letzte Nacht« gewesen sei, für einen Schwanz gehabt habe. Lisiko nahm zur Kenntnis, dass »er«, bei dem ihre beeindruckte Freundin »letzte Nacht« gewesen sei, »morgen« schon wieder abzureisen plante, deshalb verlor sie keine Sekunde und setzte sich mithilfe derselben Freundin unmittelbar mit Gotscha in Verbindung, und zwar nicht in bloße Verbindung, sondern in geschlechtliche Verbindung. Lisiko und Gotscha schmeichelten ihren Gaumen mit Sekt, und sie schmeichelten ihm nicht nur, sondern kosteten dermaßen viel vom königlichen Tropfen, dass sie am Tag darauf, als sie auseinandergingen, nicht einmal mehr den Namen des anderen wussten. Gotscha vergaß das hochgewachsene, stämmige Mädchen mit den großen und festen Brüsten bald, gab es doch außer ihr noch unzählige Schönheiten in seinem Leben. Lisiko hingegen blieb »er« stets gegenwärtig. Zwar konnte sie sich nicht mehr an seinen Namen erinnern (Gotscha oder irgendwas in der Art mit -tsch am Ende), dafür aber umso lebhafter an »seinen« Schwanz. Abgesehen davon war Lisiko noch das Klappmesser geblieben, das Gotscha im Rausch liegengelassen hatte. Dieses Messer trug Lisiko als Andenken an jene feurige Nacht ihr ganzes Leben lang mit sich herum, da sie nie wieder mit einem Mann einen vergleichbaren Einklang erlebte, obschon sie, wie bereits erwähnt, keinen Mangel an Männern zu beklagen hatte. Dreimal war sie verheiratet gewesen. Jetzt kommt bestimmt wieder jemand daher mit diesem und jenem, aber wisst ihr was? Verzeihung, aber soll sich doch jeder um seine eigenen Angelegenheiten scheren und kein Wort über Lisiko verlieren! Sie war eine Frau – eine wahre Frau – und sie liebte Männer. So manche Frau interessiert sich überhaupt nicht für Männer, will nicht einmal ihren eigenen Ehemann: Der Ehemann stört, der Mann stört, der Sex stört, der Pimmel stört – alles stört. Dann kommen sie an und palavern was von »Anstand«, dies, das ... Wenn eine Frau keinen Spaß am Sex hat, dann ist sie wohl oder übel »anständig«, was zum Teufel sonst; aber dieser »Anstand« ist nicht wahrer Anstand, sondern – »sozusagen« Anstand. Wahrer Anstand ist es, sich als Mensch nicht dessen zu schämen, was man ist. Lisiko war eine sinnliche Frau, und sie schämte sich dessen nicht – sie war stolz darauf.

Nachdem Lisiko aus jener Sommerfrische am Meer wieder in die Stadt zurückgekehrt war, wurde sie als herausragende Studentin alsbald nach Moskau geschickt, um ihr Studium fortzusetzen. Bei jedem Heimatbesuch versuchte sie erneut, Gotscha ausfindig zu machen, doch wie hätte sie ihn finden sollen, wenn sie nicht einmal mehr seinen Namen wusste? Weder sie noch ihre Freundin noch sonst irgendjemand konnte sich an den Verbleib oder sonstige Umstände des großbepimmelten Jungen erinnern.

Doch Gotscha war, wie schon berichtet, tot. Inzwischen war viel Zeit vergangen. Lisiko ließ sich in Moskau nieder und gründete ein großes Unternehmen. Sie heiratete dreimal: zuerst einen Russen, dann einen Georgier, schließlich einen Juden. Alle drei hatte sie, wie man sagt, »verarbeitet«, sich ihrer Vermögen angenommen und war triumphierend in ihre Heimat zurückgekehrt – wohlhabend, einflussreich, stets von Beschützern und Verehrern umgeben. Nach ihrer Rückkehr aber pflanzte sie den bereits erwähnten Wald an, rüstete das Militär auf, verteilte Pensionen an die Alten und belebte das georgische Kino wieder.

Alle dachten (Lisiko selbst wohl auch), die Liebe zur Heimatstadt habe sie nach Tbilissi zurückgeführt. Doch niemand erkannte (Lisiko selbst wohl auch nicht), dass der eigentliche Beweggrund für ihre Rückkehr nicht so sehr die Liebe zur Heimatstadt, sondern die Liebe zu etwas ganz anderem gewesen war. Dieses »andere« jedoch war – nun, wahrscheinlich ist allen klar, was dieses »andere« war.

Als große Beurteilerin, Kennerin und Wertschätzerin der Männerwelt konnte sie den jungen Kerl, dessen Verbleib ihr unbekannt war, nicht vergessen. Sie konnte ihre einst durch ihn entfachte Brunst nicht vergessen (»Liebe« wäre das falsche Wort), die Brunst einer Wölfin, einer Büffelkuh, Stute oder Henne, dermaßen heftig und intensiv, wie sie nur eine wahre Frau beherrschen kann.

Unbewusst suchte Lisiko alles nach Gotscha ab. Sie sehnte sich nach ihrer Verschmelzung, und durchdrungen von dieser Sehnsucht rüstete sie in der Zwischenzeit die Armee auf, verteilte Rentengelder an die Alten, belebte das georgische Kino wieder und war in Gedanken bei dem Pimmel.

Jeder (oder vermutlich jeder) hat ein Hobby. Auch Lisiko hatte ein Hobby, und zwar Trödelwaren zu kaufen. Mit zahlreichem Gefolge frequentierte sie die Flohmärkte auf der Trockenen Brücke und in Nawtlughi, wo sie unter großem Trara und Gelächter mit den Händlern plauderte, sich mit ihnen und anderen Menschen fotografieren ließ, feilschte und tausenderlei Ramsch – altmodische Bügeleisen, Nähmaschinen, Vorhängeschlösser oder Petroleumkocher – kaufte. Es war ihr ein Vergnügen und Entspannung. Beim Vergnügen aber haben auch die seriösesten und einflussreichsten Menschen ein Recht auf Schabernack. Irgendein US-Präsident soll, sage und schreibe, als Hobby sogar Tischtennis gespielt haben. Was es nicht alles gibt – und wenn sogar der amerikanische Präsident anfängt, Tischtennis zu spielen, was will man dann noch von anderen verlangen?

An jenem Tag war Lisiko wieder auf der Trockenen Brücke unterwegs. Lebhaft wie immer ging und ging sie durch die Reihen der Gebrauchtwarenhändler. Ein stattlicher Leibwächter, der einen gerade erstandenen zweirädrigen Handkarren rumpelnd hinter sich herzog, hastete ihr nach. Auf diesem Wagen türmte sich das neuerworbene Gerümpel bereits: eine Rheinmetall-Schreibmaschine aus der Zeit der K.-u.-k.-Monarchie, ein Staubsaugerbürstenset für das

Modell »Rakete«, ein Klappstuhl sowie eine verbeulte Zinn-kanne.

An jenem Tag war der obdachlose, vereinsamte, arbeitslose Alkoholiker Chwitscha T. am Fluss Mtkwari angeln. Er war äußerst miserabel gestimmt, da er vom Polizisten Kotschlamasaschwili für unerlaubtes Angeln unter der Brücke einen Arschtritt kassiert hatte. Im Umkreis von 40 Metern um die Brücke war das Angeln strikt verboten, Anglern wurden Geld-bußen aufgebrummt und die Angelruten weggenommen. Chwitscha eine Geldstrafe aufzuerlegen wäre albern gewesen, hatte er doch nie Geld in der Tasche. Ihm aber die Angelru-ten abzuknöpfen, schien dem Polizisten Kotschlamasaschwili ein Ding der Unmöglichkeit: Chwitscha gab seine Ruten nicht so einfach her, und jedem Versuch seitens des Gesetzeshüters leistete er Widerstand auf Leben und Tod. Der Polizist, der Chwitscha seinen einzigen Besitz – seine Angelruten – entrei-ßen kann, muss erst noch geboren werden. Was den Arschtritt betrifft, der geht klar. Wie jeder Mensch wie Chwitscha, war auch Chwitscha übermäßig empfindlich, wenn es um seine Ehre ging. Es herrscht eine offenkundige Diskrepanz, wenn ein Mann sich – trotz seiner Lage – als männlichen Mann sieht, die Gesellschaft ihn aber – entsprechend seiner Lage – als Taugenichts. Der Polizist Kotschlamasaschwili gab dem Taugenichts Chwitscha einen Arschtritt; der männliche Mann Chwitscha aber nahm diesen Arschtritt als Frevel auf. In die-sem Trubel ließ der entnervte Chwitscha einen Teil seiner Kö-derbüchsen, nämlich die mit den dreitägigen weißen Maden ins Wasser fallen. Die Sache war die, dass Chwitscha die Köder selbst züchtete: er wickelte faulenden Fisch in Mull ein, und sobald der Fisch madig wurde, nahm er diese Maden als Köder und angelte und handelte mit ihnen. Mit den kleinen, zweitägigen Maden fing er Karpfen, mit den mittleren, dreitägigen Maden fing er Barben und mit den großen, viertägigen Maden – Zander. Da Gotscha in seinem Zorn über Polizist Kotschlamasaschwili die dreitägigen Maden ins Wasser hatte fallen lassen, war er nun gezwungen, mit den zweitägigen statt den dreitägigen zu angeln. Jeder Tbilisser Angler weiß, dass an der Trockenen Brücke nur Barben anbeißen, und auch das nur mit dreitägigen Maden. Zweitägige Maden mag die Barbe nicht besonders, sie sind ihr wohl zu mickrig; die viertägigen aber führt sich nur die männliche Barbe zu Gemüte. Wütend auf Polizist Kotschlamasaschwili und die ganze Menschheit, saß Chwitscha auf dem Ufergeländer, grummelte vor sich hin (»Sch…! Sch…!«) und angelte mit ungeeigneten Ködern nach dem gerissensten aller Fische, der Barbe. All das untermalt von chronischer Wut und Verbitterung, die aufgrund der Winzigkeit seines Pimmels in den fünfzig Jahren seines Hundelebens stets gewachsen waren.

Zwischen den Marktreihen erstarrte die so tatkräftige, fröhliche, souveräne und großzügige Lisiko in Demut. Sie erkannte, nein – spürte ihn, dessen Erinnerung sie schon ihr ganzes bewusstes Leben lang um den Schlaf brachte. Sie kannte nicht einmal mehr den Namen des Burschen genau und selbst wenn sie ihn noch gekannt hätte – sah der Junge von damals diesem Penner denn ähnlich? Doch trotz allem wusste Lisiko, dass er es war. Sie spürte es.

Tänzelnd näherte sie sich dem Penner und flüsterte ihm liebevoll ins Ohr:

»Клюёт?«

»Не клюёт!!!«, antwortete der verärgerte Penner gereizt.

Die Sache ist die: »клюёт – не клюёт« ist russischer Fischer-
jargon und lässt sich in etwa übersetzen mit: »Pickt der Fisch
den Köder?« »Nein, pickt er nicht!«

»Und wieso pickt er nicht?«, richtete sie sich erneut liebevoll an den Penner.

Der angelnde Penner musterte die aufdringliche, parfüm-
und salbengetränkte, kräftige Frau mit ihrem Lippen-, Wim-
pern- und Backenkleister von oben bis unten, bis er sich unter
grummelndem Fluchen (»Sch...! Sch...!«) entfernte. Lisiko
sagte nichts mehr zu dem verärgerten Angler, doch ihr genüsslicher Blick folgte seiner gewölbten Hose. In dieser gewölbten
Hose vermutete Lisiko den ersehnten Pimmel, doch in Wahrheit hatte die Wölbung eine ganz andere Ursache. Wie schon
gesagt, besaß Chwitscha zwei klappbare Angelruten – an einer
war ein genehmigter Einzelhaken befestigt, an der anderen jedoch ein verbotener Drillingshaken. Den Drillingshaken konnte Chwitscha nicht immer benutzen und versteckte ihn deshalb
stets im Hosenbein, wenn sich das Fischeramt in der Nähe
herumtrieb. Auch an diesem Tag hielt Chwitscha seine antennenartige Angelrute im Hosenbein versteckt, was eben jene Wölbung verursachte, die die verzauberte Lisiko auf dem Floh-
markt der Trockenen Brücke schmachtenden Blickes verfolgte.

Der Vorfall erregte keine Verwunderung: die Altwarenhänd-
ler und Sicherheitsleute wussten genau, wie gerne sich Lisiko

mit den einfachen Menschen auf dem Markt unterhielt. Selbst der Umstand, dass irgendein Penner Chwitscha nicht mit ihr zu reden wünschte und ihr obendrein noch »Sch... Sch...« an den Kopf warf, versetzte niemanden in Aufregung. Im Gegenteil: es stand ja in ihrer Macht, den unverschämten Penner mit aller Härte bestrafen zu lassen (ein Wink an ihre Leibwache hätte genügt), aber das tat sie nicht. Stattdessen folgte ihr gekünstelt empörter, leicht naiver und enttäuschter Blick Chwitscha. Dann warf sie den Umstehenden ein freundliches Lächeln zu, womit sie ihre Herzen im Handumdrehen für sich gewann. Damit war der Vorfall für alle gegessen, nicht aber für Lisiko, selbstverständlich.

Lisiko rief den Chef ihrer Leibwache zu sich und flüsterte ihm den Befehl zu, den Penner unter keinen Umständen fliehen zu lassen. Der Chef wiederum gab seinen Kollegen ein Zeichen und sie nahmen die Verfolgung auf. Lisikos Leibwache bestand aus Privatdetektiven und ehemaligen Mitarbeitern von Polizei und Staatsschutz – Verfolgung und Beschattung war Teil ihres Jobs, so dass es ihnen ein Leichtes war, dem Befehl Folge zu leisten. Wie Spürhunde jagten sie Chwitscha nach und beschatteten ihn abwechselnd; untereinander sowie mit Lisiko kommunizierten sie per Walkie-Talkie. Lisiko hatte angeordnet, ihn ohne viel Trara umgehend zu fassen, sobald sich die Gelegenheit bot.

Obwohl Chwitscha Alkoholiker war, fiel es ihm auf, dass er von jemandem beschattet wurde. Dieser Jemand, jeder einzelne von ihnen, war von eiserner Miene und stattlicher Natur, ausgerüstet mit Walkie-Talkie und Waffe. Chwitscha hielt die

Verfolger für das Fischeramt und versuchte lange, sie auf eine falsche Fährte zu locken; doch wohin er auch kroch und kraxelte, hindurch- und hinausschlüpfte, er vermochte die Meisterverfolger nicht abzuhängen. So trottete er schließlich wieder zur Trockenen Brücke zurück, wo er in die Enge getrieben und gefasst wurde. Chwitscha hatte es sogar noch geschafft, in den Mtkwari zu springen. Dies versetzte Lisikos Wachen in Rage – schließlich mussten ihm nun zwei von ihnen hinterherspringen. Sie zerrten ihn aus dem Wasser und kickten ihn wie einen Ball auf seinen zugewiesenen Platz in Lisikos Wagen, einem »Hummer«.

»Auftrag erledigt, Chef!«, rief der Operationsleiter ins Walkie-Talkie. »Danke, Schawlego. Bringt ihn in meinen Bungalow!«, tönte es zurück.

Chwitscha wurde mit dem »Hummer« in Lisikos Bungalow gebracht und gemäß ihrer Anweisung an der Decke festgekettet. Verängstigt wie er war, kam Chwitscha nun kein »Sch...! Sch...!« mehr über die Lippen; er röchelte und wimmerte nur noch unverständlich.

Unterdessen lag Lisiko in der imposanten Marmorbadewanne und konnte ihren wahrgewordenen Traum kaum fassen. Konnte es nicht fassen, obwohl sie es doch wusste, dass der Fisch nun endlich ins Netz gegangen war. Am liebsten wäre sie aufgesprungen und in den Raum gestürmt, wo sich ihr lang, lang ersehnter, an die Decke geketteter Gefangener befand. Doch sie hielt sich zurück, denn sie wollte die Vorfreude bis aufs Äußerste auskosten – wie beim Genuss von Halwa; Halwa, das im Mund so süß zergeht, und doch kann dieser Vorgang durch einen langsamen Verzehr noch ausgedehnter und lieblicher werden. Aber wieso war es überhaupt nötig, Chwitscha anzuketten? Auch dies bedarf einer Erklärung. Die Sache ist folgende: Die gute Frau Lisiko B. hatte gewisse sadistische Vorlieben. Sex war für sie vor allem dann gut, wenn sie ihren männlichen Konterpart einerseits ordentlich auspeitschen, andererseits mit ihren hochhackigen, spitzen Schuhen in den Arsch treten konnte. Lisiko gefiel es, wenn ihr männlicher Konterpart schrie und grölte, fluchte und bettelte, wenn er mit blutigem Gesicht auf allen Vieren kroch. Ja, so ein Mann war der ideale Sexpartner für eine triumphale Frau wie Lisiko, da es ihr so gut wie unmöglich, mindestens aber beschwerlich war, sich einem Mann einfach hinzugeben – sie musste ihn beherrschen, und auch das erst nach seiner vorheriger Demütigung, so dass der Mann niemals sagen oder denken konnte, er habe Lisiko »benutzt«, sondern – ganz im Gegenteil – war er von Lisiko benutzt worden. Um auf Chwitscha zurückzukommen: Natürlich hätte man ihn waschen, kämmen, (unbedingt) behandeln und in Ordnung bringen sollen, aber Lisikos unterdrückte Lust war nach der unendlich langen Trennung derart unbändig, dass sie sich nun vollkommen ihren Gefühlen überließ und sich dem an die Decke geketteten Chwitscha offenbarte, augenfunkelnd und sichtlich aufreizend. Sie trug einen roten BH, einen roten Tanga, rote Strümpfe und rote Schuhe der Marke »Chikopitata« sowie einen roten Sombrero; dazu blutroten Lippenstift und im gleichen Rot lackierte Fuß- und Fingernägel. In der einen Hand hielt sie das größte verfügbare »Sico«-Kondom, in der anderen eine schwere mongolische

Peitsche. Wie schon gesagt, war Lisiko in ihrer Jugend eine hochgewachsene und stattliche junge Frau gewesen, jetzt aber war sie wahrlich ein Berg von Frau – ein breithüftiger, etwas ungelenker Berg. Unter tosendem Gekreische des breithüftigen, etwas ungelenken Bergs, Gestampfe der roten, hochhackigen Schuhe und Geschnalze der mongolischen Peitsche näherte sie sich Chwitscha, dem vor Angst das Herz beinahe stillstand. Sie verpasste ihm gekonnt einige Peitschenhiebe, stieß ihm danach den beschuhten Fuß in den Bauch und die spitzen Fingernägel ins Ohr. »Aaah!« brüllte Chwitscha und versuchte sich zu befreien, aber da verschmolzen Lisikos glühende Lippen schon mit den seinen und schränkten damit seine Möglichkeit zum Schreien erheblich ein, obwohl zwischendurch dennoch einige »Sch…! Sch…!«-Laute zu vernehmen waren. Durch Chwitschas Hosenbein hindurch spürte Lisiko eine ihr wohlbekannte Härte. Ihr Herz raste. Und der arme Chwitscha, dessen Herz nicht weniger raste, machte sich vor Angst in die Hose (und zwar im wahrsten Sinn des Wortes).

Es ist schwer niederzuschreiben, was Lisiko alles an ihm verübte: Sie riss dem angeketteten Chwitscha das Hemd vom Leib; küsste, kniff und schlug ihn. Schließlich riss sie ihm die Hose samt Unterwäsche herunter, entblößte seine untere Hälfte, und dann …

Unter den ergrauten Schamhaaren war Chwitschas knopfgroßes Pimmelchen nicht einmal sichtbar. Das jedoch, was Lisiko für den Pimmel gehalten hatte, entpuppte sich als antennenartige Angelrute.

Lisikos Herz durchfuhr ein fürchterlicher Schmerz. Ihr

wurde schlecht; sie schleppte sich mühsam zu einem nahegelegenen Sessel, ließ sich fallen und wurde ohnmächtig. Chwitscha, verängstigt, eingeschissen, die Hose in den Kniekehlen, schwieg eine Weile, schrie dann aber um ein Zehnfaches lauter. Währenddessen spielten die Wachen jenseits der verschlossenen Tür Domino und höhnten über Lisikos sexuelle Eskapaden – sie verglichen sie mit Katharina der Großen.

Etwa fünfzehn, zwanzig Minuten später kam Lisiko wieder zu Sinnen. Sie nahm sofort etwas von den Herztropfen, die auf dem Tisch standen, und richtete ihren benebelten Blick auf den eingeschissenen Chwitscha.

»Wer bist du?«, fragte sie ihn, leise und lallend.

»Sch...! Sch...!«, antwortete Chwitscha.

»Wer zur Hölle du bist, frag ich dich!«, donnerte sie ihn erneut an.

Dieselbe Antwort: »Sch...! Sch...!«

Lisiko drückte einen Knopf, woraufhin die wattierte Tür augenblicklich aufging und Schawlego im Trainingsanzug eintrat, angetan mit leichter, sportlicher Kluft.

»Wer ist dieser Mann, Schawlego?«, fragte sie ihn und zeigte auf Chwitscha.

Verwundert sah Schawlego zu Chwitscha, dann zu Lisiko, dann wieder zu Chwitscha.

»Was wollen Sie von mir, Chef?!«, brüllte Chwitscha los, »Ich habe nicht mit Zwillingshaken geangelt, ich hatte nur einen Haken an der Leine! Ich hab auch noch nie im Leben Drillinge benutzt! Ich bin kein Wilderer, was wollen Sie, was wollen Sie von mir?!«

Schawlego zuckte mit den Schultern und blickte verwundert zu Lisiko. Lisiko näherte sich Chwitscha, sah ihn herausfordernd in die Augen und senkte dann ihren Blick zum Pimmel.

»Bist du Gotscha?«

»Ne-hein, ich bin Chwitscha!« antwortete Chwitscha entgeistert.

»Was hat du dann mit Gotscha zu tun?«

»Bruder! Leiblicher Bruder! Zwilling!«

Lisiko horchte auf; ihre Augen funkelten.

»Gotscha – wo ist er?«

»Gotscha – ist tot«

»Er ist tot?«

»Er ist tot!«

»Gotscha ist tot«, murmelte Lisiko in die Leere. »Gotscha ist tot und du bist geblieben!«

»Ja. Ja. Gotscha ist tot, und ich bin geblieben! Sch…«

Aber Lisiko hörte Chwitscha schon nicht mehr.

»Lassen Sie uns alleine, Schawlego!«, sagte sie und kehrte nach diesen Worten allen und jedem den Rücken zu.

Lisiko taumelte zum Schreibtisch, nahm das Klappmesser aus ihrer Handtasche – jenes Messer, das Gotscha in der Nacht ihres Zusammenseins vergessen hatte, öffnete es und rezitierte ein Volksgedicht:

Das Messer, das du mir schenktest, an meiner Brust ich berg's,
ich nehme es heraus und stoß' es in mein Herz.

Drauf und dran, sich das Messer ins Herz zu stoßen, hob sie es empor. Doch Schawlego, der heimlich durch das Schlüsselloch gespäht hatte, eilte ins Zimmer und riss der mit entblößter Brust dastehenden Lisiko das Messer aus der Hand. Er hob sie hoch und legte sie aufs Sofa. Die anderen Leibwächter stürmten herein und versuchten, ihre Chefin zur Besinnung zu bringen. Aber Lisiko kam nicht mehr zu Sinnen. Sie hatte den Verstand verloren, und das einzige Wort, das sie von nun an ununterbrochen von sich gab, war »Pimmel«. Auf jede Frage und jede Anrede antwortete sie, bedauerlicherweise, mit »Pimmel«. Ungefähr so:

»Lisiko, wieviel Uhr ist es?«

»Pimmel!«

»Welches Jahrhundert haben wir?«

»Pimmel!«

»Wieviel ist zwei mal zwei?«

»Pimmel!«

Ein Unglück kommt selten allein, und so wurde es auch für Chwitscha nur schlimmer. Als Lisiko ihrem Leben durch Selbstmord ein Ende setzen wollte, war Chwitscha, wie bereits gesagt, mit halb heruntergezogener, eingeschissener Hose an die Decke gekettet. In diesem Moment interessierte sich zunächst natürlich niemand mehr für ihn; er wurde losgebunden und mit einem Stoß ins Genick hinausgeworfen. Chwitscha stolperte – weil ihn die Angst lähmte, weil ihm die eingeschissene Hose in den Kniekehlen hing und weil ihm die Wildererrute im Hosenbein steckte. In höchstem Maße aufgewühlt und verwirrt vom Geschehen, wurde Schawlego nun plötzlich wieder hellwach. Er packte Chwitscha am Schlafittchen, griff in seine dreckige Hose und tastete ihn ab. »Was ist das?!« Er nahm ihm die versteckte Angelrute gewaltsam ab. Der an einer festen und widerstandsfähigen Rosshaarschnur befestigte Wilderer-Drillingshaken verfing sich dabei in Chwitschas klitzekleinem Pimmel und riss ihn von der Wurzel ab. Sie beförderten beziehungsweise zerrten Chwitscha aus dem Bungalow, vor der Tür bekam er dann von Schawlego seine Angelrute samt daran baumelndem Pimmelchen in die Hand gedrückt. Schawlego fluchte und scheuchte den Ärmsten weg.

Chwitscha hatte kaum Blut vergossen, auch spürte er keine besonderen Schmerzen, doch der Verlust seines Pimmels betrübte ihn. Der Pimmel, der Ursache all seines Unglücks gewesen war; der Pimmel, der ihm, man kann es schon so sagen, das Leben zur Hölle gemacht hatte, wand sich nun arglos am Drillingshaken. Chwitscha tat es dennoch leid um ihn. Allerdings wusste der Unglückselige auch, dass es niemanden gab, der ihm helfen, ihm Geld oder Trost spenden würde. Niemand wusste und niemanden juckte, was mit seinem Pimmel passiert war. Selbst der größte Wohltäter auf Erden – der namhafte Professor Iwa Kusanow – hätte ohne angemessenes Honorar keinen Finger gerührt und Chwitschas kleinen Pimmel nicht angerührt. Wo aber sollte der Ärmste auch ein entsprechendes Honorar hernehmen?

So fügte er sich in sein Schicksal. Er ging zum Mtkwari-Ufer hinunter, klappte seine Rute mitsamt Boje und pimmelbehangenem Drillingshaken auf und warf sie aus. Chwitscha war ein erfahrener Angler – er hatte in seinem Leben schon mit tausenderlei Ködern gefischt: weißen Maden, Regenwürmern, Kakerlaken, Feldmaikäfern, holländischem Käse, Räucherwürstchen ... Aber mit dem eigenen Pimmel angelte er zum ersten Mal. Der Pimmel flappte im Wasser, als etwas nach ihm schnappte, dann noch einmal, noch einmal; bis der Köder schließlich hinuntersank. Chwitscha spannte die Leine und spürte einen ungewöhnlich starken Widerstand. Nun dachte er an nichts anderes mehr als ans Angeln. Er krallte sich an seine Wildererrute und setzte alles daran, den Fisch aus dem Wasser zu zerren. Eine halbe Stunde dauerte dieses Ringen. Der Fisch gab nicht nach und versuchte zu entkommen, aber weder riss die Schnur noch brach die Rute. Schließlich zerrte Chwitscha den Fisch an Land. Es handelte sich um einen sieben Kilo schweren Flusswels – ein für diese Gefilde außergewöhnlich großes Exemplar. Angler und Passanten in unmittelbarer Nähe waren erstaunt und begeistert beim Anblick eines Fisches dieser Größe, was sie mit Händeschütteln und Schulterklopfen zum Ausdruck brachten. Chwitscha lächelte bitter. »War wohl schwul, der Wels«, dachte er. Vielleicht war er das auch. Heute sind das doch die meisten – Frauen, Männer, Literaturkritiker und Welse … auf dieser Welt gibt es nur noch mich, dich und noch ein, zwei Menschen, die so sind wie wir, mein treuer, lieber, objektiver und aufrichtiger Leser. Oh ja!

So nahm die durch Größendifferenz ausgelöste, wahrlich tragische Geschichte ihr Ende:

Ein Mensch kam verfrüht ums Leben, ein zweiter verlor den Verstand, ein dritter verlor zwar weder Leben noch Verstand, fristete aber ein Dasein, das nicht wirklich Sinn hatte.

Die Moral von der Geschichte:

Man sollte keinen sehr großen oder sehr kleinen Pimmel haben; gut ist ein Pimmel mittlerer Größe.

Ein Becher Blut

Ich schreibe was ... Falls man das überhaupt schreiben nennen kann, wenn einer noch nicht mal richtig mit dem Schreiben angefangen hat und schon nicht mehr weiß, welches Wort er in Anführungszeichen und welches er in Klammern setzen soll – so wie ich gerade. Was soll ich z.B. mit dem russischen Wort »Kruschka« anstellen, das wir im Georgischen für »Becher« verwenden ...? Oder nehmen wir den Namen der Stadt »Winniza« – da bin ich mir sogar unsicher, wie ich ihn überhaupt schreiben soll: mit einem »n« oder mit zwei? Im Georgischen gibt es ja keine zwei gleichen Konsonanten direkt hintereinander. Dementsprechend müsste ich, eigentlich, »Winiza« schreiben statt »Winniza«. Und wer weiß, vielleicht könnte ich dann gleich meine ganze Geschichte mit einem doppeldeutigen Wort beginnen – mit »Winiza«, das ungefähr so klingt wie »wer weiß« auf Georgisch. Ja, wer weiß es? Die Großtante meiner Oma vielleicht ... Wer hat sich diese Regel überhaupt ausgedacht? Kam das irgendeinem herausragenden Team von Wissenschaftlern in den Sinn? Ich gebe nichts auf ihre Wissenschaft, genauer, auf denjenigen Teil ihrer Wissenschaft, demzufolge im Georgischen anscheinend keine zwei gleichen Konsonanten hintereinander ausgesprochen oder geschrieben werden dürfen. Ich bin mit dieser ungerechten Regel, die sich die Schöpfer der georgischen Grammatik ausgedacht haben, nicht einverstanden. Und wisst ihr, warum? Zum Beispiel darum: Welches ist die korrekte Form – Anna Karenina oder Ana Karenina? Was ist Ana Karenina schon im Vergleich zu Anna Karenina? Aber lassen wir Anna Karenina und alles Sonstige mal beiseite: Was mache ich denn nun mit »Kruschka«? Wenn wir dem Russisch-Georgischen Lexikon glauben, bedeutet »Kruschka« dasselbe wie Krug. Aber wie soll ein Krug denn dasselbe wie ein Becher sein? So werden diese sowieso schon buntscheckigen Seiten hier ja noch unübersichtlicher. Na gut, hols der Teufel, Kruschka wird auch in Afrika verstanden. – Aber jetzt das hier, guckt euch mal an, was »Saradschi« ist: in diesem Moment lese ich nämlich wieder in jenem Russisch-Georgisch-Wörterbuch. Meine Güte – ein georgischer Schriftsteller, der Georgisch aus dem Russischen lernt, während er die georgische Entsprechung zum russischen »Schornik« (Sattler) im Wörterbuch sucht. Ich dachte bislang nämlich, »Saradschi« sei dasselbe wie »Siradschi«, und wisst ihr wieso? Weil die Familie der Saradschischwilis Winzer waren (zumindest meiner Kenntnis nach), und deswegen dachte ich, »Saradschi« und »Siradschi« seien dasselbe. Aber kaum fange ich an, meine Geschichte zu schreiben, da erfahre ich, dass ein »Saradschi« (Sattler) gar kein »Siradschi« (Winzer) ist, sondern in Wahrheit ein »Schornik« – ein Sattler! Anscheinend waren die Saradschischwilis tüchtige Leute, die ihr Geschick in beiden Disziplinen unter Beweis stellen konnten.

Doch ich wende mich lieber wieder meiner Erzählung zu: Ein »Saradschi« ist also Sattler und wenn dem so ist, meine gnädigen Damen und Herren, dann war ich auch einmal einer ... und was für einer, oh ho ho, was für einer! Ich fertige Fuß- und Handbälle, die bestenfalls an einen Rugbyball erinnerten, schlimmstenfalls aber an ein menschliches Organ – Kopf, Hintern oder Hoden –, amputiert und traurig ... Und doch, was ist denn letztendlich an diesem Saradschi so Besonderes, dass ich euch mit meiner langwierigen banalen Erudition quäle? Nun, ein Saradschi ist ein Mensch, der Sattel, Zaumzeug und andere Kavallerieausrüstung sowie Boxerhandschuhe, Bälle und tausend andere Dinge aus Leder herstellt.

Kurzum, das reicht wahrscheinlich. Falls jemals jemand diesen Text in eine andere Sprache übersetzen sollte, empfehle ich, alles bisher Gesagte auszulassen und von hier an zu beginnen:

***

In der »Schwejka«, der Gefängnisschneiderei von Winniza, arbeiteten wir zu etwa fünfzehn Mann – Maschinenschneider, Sattler, Nähmaschinen-Schlosser und nichtsnutzige »Abschneider« wie ich. Die Sattler nähten Bälle, die Maschinenschneider nähten Zuschnitte für die Schuhfabrik, die Abschneider aber schnitten den überschüssigen Stoff der Zuschnitte der Maschinenschneider ab.

Einmal rief mich mein unmittelbarer Vorgesetzter zu sich – Ingenieurkapitän Gismund Ewlentiewitsch Wowka, genannt

Waltscharam (»Wowki« bedeutet Wolf auf Ukrainisch) –, drückte mir meinen zusammengenähten Ball in die Hand und fragte mich wütend:

»Scha-schwi-a-schwi-li, was ist das?!«

Ich betrachtete den Ball, den mir der Ingenieurkapitän in die Hand gedrückt hatte, und musste so bitter lachen, dass ich mir fast in die Hose machte … Unsere genähten Bälle wurden geprüft, indem sie aufgepumpt und die Luft anschließend wieder abgelassen wurde. Wenn ihnen auch nur einer davon nicht gefiel, wurde anschließend die gesamte Partie bis auf die letzte Naht kontrolliert. Anscheinend hatten sie auch einen meiner Bälle aufgepumpt und verschmäht. Dann entdeckten sie offensichtlich, dass es mehr Mängel gab, und pumpten kurzerhand alle auf. Neugenähten Bällen sieht man vor dem Aufpumpen ihre Ungleichmäßigkeit nicht unbedingt an, im aufgeblasenen Zustand jedoch – Grundgütiger! – erweisen sie sich manchmal als ungeahnt stur- und starrsinnig.

»Bisher hast du dich ja immer schön rausgeredet: Dies sei eine Banane, jenes ein Kohlkopf! Und was ist das, ist das auch ein Kohlkopf, oder der Arsch einer Frau? Ist ihre Gebärmutter rausgefallen, oder was, gottverdammt?«

Tatsächlich war der eine Ball, aus welchem Grund auch immer, zweiteilig geworden. Aus der etwa halb handspannenlangen Spalte zwischen diesen beiden Teilen (oder besser gesagt Sphären) war etwas von der Gummifüllung wie eine dritte Sphäre herausgequollen. Hinzu kam der bemerkenswerte Zufall, dass der Ball selbst weizengelb und die zwischen beide Teile eingebettete, aus der halb handspannenlangen

Ritze herausquellende Gummisphäre rosafarben war. Auch die Kombination der Lederfalten an der Ritze (samt einigen lose herausstehenden Fäden) erinnerte der Idee nach an etwas Gewisses ... Rechnet es mir nicht als Zynismus an, aber mein Werk – Sünden sollten gebeichtet werden – sah tatsächlich aus wie das, womit es der erzürnte Waltscharam verglichen hatte – ein Frauenarsch, gottverdammt ...

Danach entspann sich ungefähr folgender Dialog:

Ich: »Sie müssen die Sache philosophisch betrachten, Bürger Ingenieurkapitän!«

Wowka (mit heruntergefallener Kinnlade): »Was muss ich philosophisch betrachten, gottverdammt?«

Ich: »Dass, Bürger Ingenieurkapitän, dass ... mmh ... selbst ein vom Sattler genähter Ball manchmal unglückliche Formen annehmen kann.«

Wowka (mit dem Zeigefinger wedelnd und auf den Tisch klopfend): »Fängst du damit schon wieder an! Scha-schwi-a-schwi-li! Du kriegst mich nicht wieder in deine verfluchten Sandalen, verdammt!«

Ich: »Verzeihung?«

Wowka: »Ich schreibe jetzt einen Bericht und dann landest du für fünfzehn Tage im Karzer! Ich ficke deine Großmutter!«

Ich (ohne mich entmutigen zu lassen): »Wowka, jetzt übertreibst du aber. Fick doch deine eigene Großmutter!«

Wowka: »Ich schreibe jetzt den Bericht und dann sehen wir ja, wessen Großmutter gefickt wird! Du bist sowas von talentiert, wenn du erstmal im Karzer sitzt wegen M-m-materialbeschädigung, komponierst du wahrscheinlich noch ein Lied über deine gefickte Oma!«

Ich: »Wowka, bester Waltschara, was willst du eigentlich von mir, du Halsabschneider?«

Wowka: »Ich sag dir, was ich will, ich erlöse dich von der Schneiderei und verlege dich zu den Abschneidern. Oder aber, du gehst in den Karzer!«

Mir kam die »Abschneiderei« gar nicht gelegen, aber was blieb mir übrig – ich log. Ich konnte mich mit dem Bällenähen nicht anfreunden und meine Erzeugnisse waren wirklich minderwertig. Der Nachteil beim Abschneiden jedoch war, dass es als demütigende, schlecht bezahlte Arbeit galt. Ein Abschneider musste überschüssiges Leder von den geschneiderten Latschen der Maschinenschneider abschneiden. Die Maschinenschneider produzierten in großen Mengen Zuschnitte, die anschließend in Schuhfabriken geschickt wurden. Als Bällenäher hatte man es nur mit einem Meister zu tun, als Abschneider musste man sich von allen was sagen lassen: vom Meister, den Maschinenschneidern, der Gütekontrolle und von nichtsnutzigen Abschneidern wie einem selbst, die es kaum erwarten konnten, sich zum Kartenspielen oder Tschifirtrinken zu verdrücken und jemand anders ihre Arbeit anzudrehen. Die Tätigkeit an sich war ebenfalls beschwerlich und unerträglich: Nach Beendigung der Arbeit setzen die automatisierten Finger die Bewegung manchmal noch eine ganze Weile fort. Man sagt, dass nach langer Schifffahrt auch Matrosen an Land eine ganze Weile so gehen, als seien sie noch an Deck und das Meer schaukelte sie. Traktorfahrern passiert tatsächlich ähnliches –

ich weiß nicht, wie es andernorts mit Traktorfahrern ist, aber wenn ein sowjetischer Traktorfahrer nach einigen Stunden Arbeit vom (im Vaterland produzierten) Traktor abstieg, bebte und brodelte er noch gut fünfzehn Minuten lang selber wie ein Traktor. Und beim »Abschneiden« verhielt es sich nun mal ähnlich: Die Finger führten die Arbeit nach Feierabend noch fort. Kurzum, es war nicht in meinem Interesse, vom Schneider zum Abschneider degradiert zu werden, aber was hatte ich für eine Wahl – das war mir allemal lieber, als im Karzer zu sitzen. Ihr hättet sehen müssen, wie aufgebracht Wowka mich anschrie, aber Karzerberichte schrieb er nie oder so gut wie nie. Nur, wenn ein Vorgesetzter ihn dazu zwang; und auch dann versuchte er sie zu vermeiden. Warum? Weil er ein Mann mit Arsch in der Hose war, darum!

Die Bälle aus unserer Werkstatt zeichneten sich nicht gerade durch übermäßige Qualität aus und manche »Schneider« wie ich fabrizierten welche, die tatsächlich eher einer Banane oder einem Kohlkopf glichen. Aber dieser hier ... Das war ein nicht von Menschenhand geschneidertes Kunstwerk. Und ich verstand auch, dass alles seine Grenzen hatte. Das Ballmaterial kostet Geld, und Ingenieurkapitän Wowka konnte beschädigtes Material nicht aus eigener Tasche bezahlen. Die Verwaltung drückte bei kleineren Fehlern und Normabweichungen meist ein Auge zu. Nicht nur das, sie ermutigten uns sogar dazu, bestimmte Standards zu brechen, denn wenn wir sämtliche Standards ausnahmslos eingehalten hätten, wäre der »staatliche Plan« gar nicht zu erfüllen gewesen und wir hätten statt der 100 geforderten Bälle vielleicht nur 60 hergestellt. Diese minimalen Normabweichungen äußerten sich folgendermaßen: Die Bälle wurden aus fünf- und sechseckigen Lederwaben zusammengenäht, dafür mussten von beiden Seiten mit Ahlen Stiche in die Säume gesetzt werden, und zwar exakt elf – aber wir machten, mit dem Segen der Verwaltung, nur neun Stiche. Außerdem lösten wir den Nylonzwirn zum Zusammennähen auf. Der Zwirn bestand aus drei ineinander verschlungenen Fäden, die einzeln natürlich noch geschmeidiger durch die ahlengestochenen Löcher im Leder rutschten, wodurch die Arbeit einfacher wurde. Wowka erlaubte es uns nicht, mit nur einem einzigen Faden zu nähen; aber zwei Fäden mit Wachs zusammenzukleben und damit zu nähen war uns erlaubt. Auch das bot schon einen großen Vorteil, da es kein Leichtes war, Bälle mit einem Dreifachzwirn zu nähen. Kurzum, unsere Methode des Bällenähens wich von der Norm ab, da ein solcher Ball signifikant früher kaputtging als einer, der korrekt genäht worden war. Doch die Verwaltung ließ unsere Schummelei durchgehen.

***

… Allerdings gab es bei uns da noch einen ungewöhnlich anständigen Mann mit dem Spitznamen Matil (Mückenmade), der seine Zeit für Mord absaß (wen er wohl umgebracht hatte?) und der trotz inoffizieller Bewilligung von oben nie die Fäden auseinanderzwirbelte und auch nie neun statt elf Stichen setzte. Anständig wie er war, arbeitete er mit dem dicken, rauen, durchgewachsten Dreifachzwirn aus Nylon und setzte mit seiner Ahle elf statt neun Stiche in die Wabensäume. Diese Stiche setzte er nicht mit der dicken Ahle, die wir verwendeten, sondern mit einer merklich dünneren. Matil arbeitete gewissenhaft, ruhig und fleißig. Er nähte nicht viele Bälle, erfüllte aber seine Tagesnorm, und sein Werk war wahrlich lobenswert. Die von ihm genähten und prall aufgepumpten Bälle waren eine Augenweide – es waren gleichmäßige, feste, hochwertige Bällchen. Wowka selbst (ich habe es mit eigenen Ohren gehört) bat ihn bisweilen, den Vorgang zu beschleunigen und die Bälle abweichend von der Norm zu nähen, also so, wie wir es taten. Doch Matil war unbeugsam und gab dazu gewöhnlich nie einen Kommentar ab. Nur ab und zu, beim Tschifir, sagte er ungefähr so etwas:

»Ich bin jetzt fünfzig Jahre alt und habe noch fünfzehn Jahre Knast. Ich habe kein Haus, keinen Hof. Wahrscheinlich sterbe ich hier im Knast. Das einzig Gute, was ich bis dahin machen kann, sind diese verfickten Bälle. Mit diesen Bällen spielen die kleinen Jungs da draußen in der Freiheit. Und ich frag euch, ist es das wert, für ein, zwei Kopeken mehr, die auf mein Konto verbucht werden, die Gassenjungs zu enttäuschen? Wenn ihnen beim Spielen der Ball zwischen den Beinen zerplatzt, werden sie dann nicht denken, welche verdammte Schwuchtel diesen Dreck zusammengenäht hat?«

Das sagte er in so selbstverständlichem Ton und so beiläufig, dass man ihm zunächst kaum widersprechen konnte. Danach zuckten freilich alle mit den Schultern, weil es doch ein wenig ungereimt wirkte und weiterer Erklärungen und Erläuterungen bedurft hätte. Aber Matil gab weder weitere

Erklärungen noch Erläuterungen. Seine Erklärung bestand meistens darin, ein »Scher dich zum Teufel« oder »Fick dich« oder etwas in der Art zu grummeln. Er war ein großer, dünner, gelblicher, grimmiger Mann mit starken Händen und slawisch-tatarischer Erscheinung, der in einer Notlage problemlos einen Menschen töten, aber unter keinen Umständen kleinen Kindern einen minderwertigen Ball zumuten konnte. Er redete wenig und log wahrscheinlich nie, gehörte allerdings leider zu der Kategorie Mensch, mit denen man praktisch keine Freundschaft schließen kann.

***

Es war ein besonderer Tag. Im Schneidereilager hatten wir zwischen den Stoffen in einer großen Plastiktüte Maische gären lassen. Diese Maische war schon fertig und nun brannten wir sie zu Schnaps. Die einfachste Methode, um im Gefängnis Schnaps zu brennen, ist folgende: Ein Blecheimer wird zu ungefähr zwei Dritteln mit Maische gefüllt. Dann hängt man in diesem Eimer an vier Fäden eine Aluminiumschale auf, in der sich ein kleiner Holzsplitter befindet – ein Streichholzstiel tut es auch. Als Nächstes legt man ein größeres Stück stabile Folie über den Eimer und zurrt sie ringsherum mit einer Schnur tüchtig fest, und zwar so fest, dass aus dem Eimer beim Kochen kein Dampf entweichen kann. Anschließend wird der Eimer auf die Heizplatte gestellt. Man klappt die überstehenden Teile der Folie nach oben, damit eine Rinne entsteht, durch die Wasser auf der einen Seite zu- und auf der anderen abfließen kann, aber nicht die Heizplatte trifft. Nachdem der Eimer auf der Platte steht und alles ordnungsgemäß eingerichtet ist, wird die Folie oben durch einen Stein oder ähnliches beschwert. Danach lässt man testweise Wasser von oben über die Folie laufen, es sollte nicht die Heizplatte benässen, sondern in einen Abfluss ablaufen. Wenn alles richtig funktioniert, kann man die Heizplatte an den Strom anschließen. Das Arbeitsprinzip eines solchen Apparats ist folgendes: Die Maische auf dem Herd beginnt zu kochen und das verdampfende Ethanol wird von der Folie aufgefangen. Von oben wird die Folie mit kaltem Wasser begossen, was den Dampf wieder flüssig werden lässt. Diese Flüssigkeit setzt sich in Tröpfchenform auf der Innenseite der Folie ab und wird durch den Stein, der die Plastikhaube in der Mitte beschwert, in die Schale geleitet, die im Eimer hängt. Der Holzsplitter in der Schale schwimmt oben auf dem Ethanol, so dass man erkennen kann, wieviel sich davon schon gesammelt hat. Wenn die Schüssel voll ist, schaltet man die Heizplatte aus, zieht die Folie ab, nimmt die Schüssel mit dem Alkohol heraus und gießt die Maischereste aus dem Eimer weg. Dann wird die gesamte Prozedur so lange wiederholt, bis keine Maische mehr vorhanden ist. Jetzt kommt wahrscheinlich die absolut gerechtfertigte und logische Frage: Wo sind in der ganzen Zeit die Aufseher? Wo ist in dieser Zeit die Gendarmerie? Sie waren, wie sonst auch immer, im Arsch – wo sie auch so lange bleiben werden, wie es unsere berühmte und tapfere Gendarmerie und selbstverständlich auch Ärsche auf der Welt geben wird. Der diensthabende Fähnrich mit Spitznamen Dummbatz, der an dem Tag Schicht hatte, war auch keine Ausnahme und weilte, treu dem ungeschriebenen Gesetz, ebenfalls im Arsch. Er schlenderte im Gang herum, lugte gelegentlich durch die Gucklöcher und gähnte.

Die Maischegärung dauert in der Regel vier Tage, aber wir bereiteten sie in einem beschleunigten Verfahren zu. Nur wenige von uns wussten von ihrer Existenz, aber am Tag der Destillation erfuhren es selbstverständlich alle. Jedenfalls stand der Apparat mit sämtlichen zuführenden und ableitenden Gummischläuchen nun hübsch und etwas abgeschirmt auf der Heizplatte. Sanft plätschernd benetzte das Wasser, das durch die Schläuche floss, die Folie. Die Alkoholrinnsale auf der Innenseite der Folie vereinigten sich an einem Punkt und träufelten zu unserer Freude von dort rasch in die Aluminiumschüssel. Die sachkundigen Branntweinproduzenten Mariak und sein Assistent Wiala umsorgten den Apparat. Wir hatten alles untereinander abgesprochen und verhielten uns so, dass die Bullen nicht misstrauisch wurden: Galawanow, Druschinin und Muchin ließen ihre Schneidemaschinen aufgrölen, Ukuschennij (»Der Zerbissene«) und Kaiser saßen an den Schneidemaschinen und machten sich ans Bällenähen, der Vorzeigetechniker (als hätte er Ahnung) stocherte an der zerlegten Nähmaschine herum, Budalow bearbeitete seinen selbstgemachten Boxsack mit Fäusten; ich und einige andere nichtsnutzige Abschneider schnitten mit unseren Scheren überschüssigen Stoff von Zuschnitten ab, Maloi und Matil droschen Karten. Für einige mag es wohl ungewöhnlich klingen, dass Gefangene Schnaps brennen, während einer von ihnen seinen Boxsack bearbeitete und zwei von ihnen Karten spielen, aber auch das war Teil des

Plans. Wenn wir uns alle hingesetzt und stumm vor uns hingenäht hätten, hätten die Bullen sofort Verdacht geschöpft und wären eingefallen.

In einer großen, selbstgemachten Pfanne brutzelten Kartoffeln, die wir aus dem Borschtsch rausgepickt hatten, und die Werkstatt war erfüllt von einem Duft, der jeden auch nur halbwegs hungrigen Menschen in gute Stimmung versetzt hätte.

Matil und Maloi spielten Terz. Über Matil wissen wir bereits einiges, nun erzähle ich euch ein wenig über Maloi. Er war der jüngste unter uns. Er hatte in einer Hochsicherheitskolonie jemanden umgebracht, weshalb verschärfte Haftbedingungen über ihn verhängt wurden. Es war eigentlich nicht außergewöhnlich störend, dennoch wirkte er bisweilen wie ein Fremdkörper in diesem Umfeld und war schon mit einigen von uns aneinandergeraten. Immer wenn die Sprache auf ihn kam, beteuerten alle, sie persönlich hätten noch nie ein Problem mit ihm gehabt, aber irgendwie nervte sie »dieser Typ« doch. Allerdings muss auch gesagt werden, dass im Knast so gesehen jeder jeden nervte. Ich persönlich konnte seinem lauten und zumeist widerlichen Gerede, das sich meistens auf Frauen bezog, nicht viel abgewinnen. »Uuh, was würde ich der einen reinbuttern ... Uuh, was hab ich der einen reingebuttert ... Uuh, wie die lutschen kann mit ihrem Zahnrad.« Nun, wir waren Männer, die auf einem Haufen zusammengeworfen waren und manchmal sagten wir ähnliche Dinge, aber bei ihm war es zuviel des Guten; außerdem nervte sein Grinsen. Er hatte sich in verschärfter Haft selbstgemachte Zähne aus Beryllkupfer eingesetzt und seinen Körper mit Tätowierungen verziert.

Wenn er lachte, blitzten seine Zähne unverschämt auf, und in dem Moment war er nicht gerade ansehnlich. Deswegen ging ich ihm aus dem Weg.

Maloi und Matil – diese zwei Menschen schienen einerseits absolute Antipoden zu sein, andererseits ähnelten sie sich auch auf eine gewisse Art und Weise – wahrscheinlich aufgrund ihres Äußeren. Beide hatten eine ungesund gelbliche Gesichtsfarbe und eine slawisch-tatarische Erscheinung, dünn und etwas höhergewachsen als der Durchschnitt. Obwohl Matil tatsächlich sehr groß war, zumindest viel größer als Maloi und zudem etwa zwanzig Kilo schwerer. Auch seine Hände waren größer und kräftiger. Er war ruhig und sprach stets langsam und grummelnd. Maloi sprach kurzatmig und hastig und verteilte in dieser Hast öfter tropfenweise Spucke über die Gesichter seiner Konversationspartner. Er versuchte sich mit jedem anzufreunden, wirkte dabei aber bloß als Schleimscheißer und Arschkriecher. Im Gegensatz dazu gehörte Matil zu den Menschen, die kaum Freunde haben und die man partout nicht zum Freund gewinnen kann. Obwohl die beiden so verschieden waren, traf man sie oft zusammen an. Schwer zu sagen, wieso. Wahrscheinlich deshalb, weil Maloi sich, wie schon gesagt, mit allen anzufreunden versuchte. Viele brauchten seine Freundschaft nicht und hüteten sich davor, zu vertraut mit ihm zu werden; als würden sie ahnen, dass von ihm eine Gefahr ausgehen konnte. Matil allerdings schienen solche Gefahren nicht zu jucken. Er war ein Mann, der sich nur für sich selbst verantwortlich fühlte und sich um die Probleme anderer nicht kümmerte. Ich will mit einem Beispiel erklären, was ich damit meine: Es gibt Menschen, denen vom Beichtvater, Vorgesetzten oder Anführer die Lektüre bestimmter Bücher untersagt wird, da sie gefährlich seien und sich negativ auf ihren Glauben, ihre politische Gesinnung oder Arbeitsmoral auswirken könnten. Aber es gibt auch jene, die weder Beichtvater, noch Anführer oder Vorgesetzten haben – und dementsprechend auch keine Angst vor dem Verlust von Glauben, Gesinnung oder Arbeitsmoral. Solche Menschen sind ihre eigenen Beichtväter und Anführer und lassen sich überhaupt nicht von jemandem beeinflussen. Sie haben eine eigene Sichtweise auf alles. Sie mischen sich nicht in die Angelegenheiten anderer ein und lassen auch andere ihre Nase nicht in ihre Angelegenheiten stecken. Doch wozu das ganze Herumphilosophieren, wenn doch Matil und Maloi gerade Karten spielen.

Sie spielten Terz. Maloi spielte leidenschaftlich und auf Risiko. Manchmal stieß er leise einige Silben aus. Matil spielte gewissenhafter. Das Gespräch zwischen ihnen verlief in etwa so:

»Hmm, wie das riecht!«, sagte Maloi, »Das wird ein Fest, die Kartoffeln!«

»Ja, wird es, wird es«, kommentierte Matil emotionslos, prüfte sein Blatt wie ein Kurzsichtiger über seine Brille, die lustig auf seiner Nase heruntergerutscht war, und saugte dabei beständig an seinem unvermeidlichen, langen Sträflingsmundstück mit der stinkenden Zigarette.

»Hmm, und dann tu ich ordentlich schwarzen Pfeffer dran!« Maloi kam nicht weg vom Thema.

»Ja, wirst du, wirst du, natürlich. Du bist so ein Höhlenmensch, womit kriegt man dich schon satt? Du bist einfacher totzuschlagen als sattzukriegen!«

»So eine Scheiße, dass es kein Fleisch gibt, sonst könnten wirs reinschneiden! Das wär's doch!«

Matil musste über das gefräßige Gerede des jungen Insassen schmunzeln.

»Dann schneid dir doch was vom Fettsteiß ab und tus dazu, schmeckt bestimmt!«, meinte er.

»Wieso soll nur ich mir was abschneiden? Schneid du doch was von deinem eigenen Fettsteiß ab!«, antwortete Maloi mit einem Gesichtsausdruck, als wollte er sagen: »Du bist mir ja ein ganz Schlauer!«

Matil lächelte.

»Wie soll ich das denn machen, Junge, mein Arsch sieht aus wie zwei Schachteln Tabak! Meine Rippen kann ich aber rausnehmen, wenn du willst. Ein, zwei Rippen rausnehmen, hacken und zu den Kartoffeln geben!«

»Eeeh, Rippen, Rippen. Wer will schon deine Rippen? Du bist doch wie ein alter Elch, nichts als Sehnen!«, sagte er, während er Matil mitleidig betrachtete. »Ach, auch einen brennenden Schnapsbrenner werden wir trinken, trinken, trinken!«

»Ja, wirst du, wirst du, aber wenn du spielst, spiel gefälligst!«, beschwerte sich Matil. »Du nervst, hast du da einen Mund oder einen Wasserfall, dass du ihn nicht zukriegst?«

Kurzum, wir waren alle mit unserem eigenen Kram beschäftigt. Nebenher plauderten und scherzten wir. Wir taten alles, um die Bullen nicht auf die Destillation aufmerksam zu machen. Nur ab und zu riefen wir uns mit lauterer Stimme was zu, baten einander um Hilfe, tauschten Anweisungen und Ratschläge aus: »Reich mir mal den Schlauch«, »Lass doch den Sack in Ruhe«, »Pass auf das Guckloch auf, dass uns keiner überrascht« ... So ungefähr redeten wir.

»Uuh, wenn sie wenigstens manchmal Mädchen herbringen würden!« Maloi gab keine Ruhe. »Ficken würd ich die, dass hier bloß noch nach verbranntem Gummi riecht! Und dann würd ich unsre gestählten Proben mal an ihren Zahnrädchen ausprobieren, das würd ich! Habt ihr schon mal gesehen, wie die Popeditzähne vonner Fräse zerbröseln, wenn die Probe zu hart ist? Mit einem Wahnsinnsknall, dass die ganzen Spingel platzen ...«

Ich weiß ja nicht, aber was ich hier geschrieben habe, gefällt vielen Lesern und Hörern wahrscheinlich nicht besonders. Es ist ja auch nicht wirklich etwas Gefälliges dabei – aber der Gestörte sagte nun eben einmal all das und sogar noch viel Schlimmeres, was kann der Autor dafür? Soll er behaupten, Maloi hätte Gedichte rezitiert, zudem noch patriotische?

»... und dann würde ich noch ganz andere Sachen mit ihnen machen: was denn sonst; ihre Kinder, die winzigen Spätzchen, sollen ja schließlich keine Angst haben, wenns kracht. Dafür brauchts bei ihren Mamas ganz bestimmte Eingriffe: prophylaktische Heizarbeiten brauchen die! Die Gören, die Schlampen, müssen befeuert werden, sonst verrußen ihre ganzen Abgasrohre ...«

»Ist gut, dir fault ja schon das Maul ab!«, mischte sich nun auch Budalom schroff in das Gespräch ein und unterbrach das Boxen kurz. »Wenn ich dich so höre, frag ich mich, ob wirklich eine Frau so eine Natter wie dich auf die Welt gebracht hat!«

»Was für eine Frau, was für eine Frau denn?« Maloi kicherte. »Klar hat mich keine Frau geboren ... mich hat ein Päderast beim Bäumefällen auf die Welt geschissen!«

Als er das sagte, fletschte er seine Zähne und ließ sie unverschämt hervorblitzen. Ich sah währenddessen auf die Schere in meiner Hand, die von meinen Fingern wie von selbst betätigt wurde. Bislang hatte ich nicht das Bedürfnis verspürt, ihm meine Schere in den Mund zu rammen. Aber als ich jetzt meine Schere und meinen krummen Mittelfinger betrachtete, wollte ich ihm mit eben dieser Schere und eben diesem krummen Finger einen bitteren Stoß in seine unverschämte Fresse geben, genauer – in seine selbstgemachten Beryllkupfer-Zähne. Ich wollte ihm einen derart starken und treffsicheren Stoß verpassen, dass ihm die Zähne direkt in die Leber hinunterbröckelten. Selbst wenn mein Finger in seinen Mund bröseln und sich seine Zahnsplitter in meinen Finger bohren würden, so dass ich sie Stück für Stück und Splitter für Splitter hätte herausziehen müssen – selbst dann wäre es mir das wert gewesen, diesem Bedürfnis nachzugeben. Ich wollte es so sehr, traute mich aber nicht: »Was willst du machen, das ist halt der Knast. Hier ist das so und muss es wohl auch sein«, dachte ich im Stillen.

Wir sprechen und denken fast immer so: »Ach, so ist der Knast eben!«, »Ach, so ist das Leben eben!«, »Ach, so ist die Straße eben«, »Ach, so ist die Familie eben!« ... Und das Resultat dieser Denkweise ist dann, dass die Straße tatsächlich zu unserer Familie wird und der Knast zu unserem Haus. Das Leben aber wird zur Hölle.

Nun, wie hat sich ein rechtschaffener Mann und mehr oder minder inoffizielle Person zu verhalten, wenn er das unstillbare Bedürfnis hat, jemandem seine Faust mit ausgestrecktem Mittelfinger in die Zähne zu hauen? Nun, wie wohl? Wenn er das unstillbare Bedürfnis hat, dann muss er ihm eine reinhauen, was soll die Frage überhaupt ... Falls er sich aber gerade noch zurückhalten kann, dann sollte er sich besser zurückhalten und die Hoffnung nicht aufgeben, dass er das, was er jetzt tun will, auch später noch in die Tat umsetzen kann. Oder aber jemand anderes setzt es um, denn der Gedanke, den er in diesem Moment hegt, ist einem anderen schon längst gekommen und in ihm gereift. Durch Zurückhaltung könnt ihr die Unannehmlichkeiten vermeiden, die der aggressive Akt unweigerlich mit sich bringt, könnt euren Seelenfrieden bewahren sowie eure Mittelfingerknochen unbeschädigt lassen. Der die Prügel verdient, wird schon nicht ungeschoren davonkommen – allerdings ist auch der zu bemitleiden, der das an deiner Statt übernimmt.

Kurzum, der Schnaps träufelte flink in die Schüssel, die Fluraufsicht Dummbatz ließ sich kaum oder nur selten blicken, Maloi gab stur keine Ruhe, wodurch das unvermeidbare Anschwellen seiner Nase immer näherrückte. Er schwadronierte:

»War das ne Zeit, nich? Früher, in den Fünfzigern und Sechzigern, die ›Dienstreisen‹ in den Norden ... Gabs doch in den Gulags, dass Menschen abhauten und einen anderen Menschen als Proviant mitnahmen. Drei hauten ab, der vierte war die lebende Fleischkonserve. War dann kein Essen mehr da, wurde das Lämmlein, hihi, geschlachtet und in der Taiga, am Busen der Natur verschmaust. Menschenfleisch soll etwas süßlich schmecken, aber sonst wärs in Ordnung, sagt man. Habt ihr schon mal Mensch probiert? Oder kennt ihr Menschen, die schon mal Menschenfleisch gegessen haben, na?«

Das war eine spannende Frage und urplötzlich wurden alle still.

»Menschenfresser nicht, aber Hunde-, Katzen- und Krähenfresser sind mir schon untergekommen! Hund hab ich selbst auch schon gegessen. Vorzügliches Fleisch, da leckt man sich die Finger danach«, sagte Budalom.

»Ja, Hund ist eine Delikatesse, vor allem perfekt für Tuberkulosekranke«, schaltete sich Galawanow ein.

»Wie wohl Katze und Krähe schmecken? Fangen wir doch eine, hier fliegen doch auch immer wieder welche herum. Wir fangen eine und braten sie mit Kartoffeln«, gab Maloi seine Meinung zum Besten.

»Katze soll wie Hase schmecken, aber igitt, wie soll man das denn runterkriegen«, sagte Budalom angewidert, »sowas frisst höchstens du, Maloi. Saatkrähen sind fett, sollen aber bitter schmecken, sagt man. Einmal waren Pastuch und ich mit unserer Etappe in Berdytschew und wir trafen Kirimoscha, der dort als Junge für alles herumgurkte, etwas wirr. Weißt du noch, Matil? Ja, und ich rief ihm vom Wagen aus zu, ›Kirimoscha, du Schwuchtel, hol uns ein, zwei Tee zum Aufbrühen und was zu essen!‹

›Woher soll ich denn Tee besorgen‹, rief er, ›ich hab ja heute selber noch keinen Tschifir gehabt! Zu essen habe ich auch nichts, es gibt keinen Kiosk. Wenn ihr wollt, bring ich euch einen Vogel!‹

Ringsum nichts als Kornfelder und Taubenschwärme. Wir dachten, er würde uns eine Taube bringen, und warteten auf Taubenfleisch. Dann sehen wir, wie er einen Sack herschleppt, und im Sack bewegt sich was. Er kommt her, macht ihn auf, und was sehen wir: Der Sack ist vollgestopft mit halbtotem Krähenzeugs, manche mit gebrochenen Flügeln oder Beinen, andere mit verbogenen Hälsen. Winden sich erbärmlich hin und her und machen ein Riesenspektakel.

Wir sagen:

›Kirimoscha, du Schwuchtel, was bringst du da?‹

›Wie, was ich bringe? Ich hab euch doch gesagt, ich bringe euch Vögel?!‹

›Ja und, du Schwuchtel, aber das sind ja Krähen!‹

›Das sind keine Krähen, sondern Saatkrähen!‹

›Und was ist der Unterschied, du Drecksack, obs Krähen sind oder Saatkrähen?‹

›Pff, was das für ein Unterschied ist?‹, rief er. ›Ich bring euch solche Saatkrähen, und ihr fragt, was der Unterschied ist. Krähen sind mager und zäh und stinken, aber die Saatkrähen sind fett und haben zartes Fleisch. Zwar etwas bitter, aber was solls – dafür könnt ihr euch den Pfeffer sparen!‹

Wir sagen:

›Du Dreckskerl, zieh los und fang uns ein paar Tauben, deine Saatkrähen kannst du selber fressen!‹

126

›Pff, Tauben, Tauben! Wo soll es so viele Tauben geben? Ich hab drei Tauben, aber die sind für mich und meinen Herrn Brigadegeneral.‹

›Was für ein Herr Brigadegeneral, hol die Tauben ran, du Päderast!‹

›Und was leg ich dann meinem Herrn Brigadegeneral vor?‹

›Das hier legst du ihm vor, und dann sagst du noch, dass Pastuch und ich seinen Mund ficken! Den Mund, direkt in den Mund! Alle direkt in den Mund!‹

›Ja, gut, ist ja gut, ich sag ihm, dass ihr mir die Tauben weggenommen habt! Für ihn fange ich später noch welche. Wollt ihr die Saatkrähen sicher nicht? Wenn ihr wollt, könnt ihr ein, zwei mal probieren. Die drei Tauben reichen euch ja sowieso nicht.‹

Pastuch sagt:

›Die Saatkrähen kannst du selber futtern, du Knecht, gib uns die Tauben!‹

›Tauben, Tauben … alle wollen immer nur Tauben. Soll ich die ganzen Saatkrähen denn alleine essen? Wissen nicht mal, dass die viel zarter sind als Tauben und dazu noch so schön bitter, dass man keinen Pfeffer mehr braucht. Ich kann sie ja nicht wegschmeißen …‹«

Nachdem er das erzählt hatte, wollte Budalom sich wieder ans »Boxen« machen, aber Malois Interesse war geweckt.

»Stimmt es eigentlich, dass ihr früher um Menschenblut gespielt habt? Der Verlierer musste sich Blut abzapfen lassen, der Gewinner hat seinen Becher druntergehalten und es getrunken oder vor aller Augen in der Pfanne gebraten und gegessen?«

Das stellte er so in den Raum, spielte danach noch eine Weile mit Matil weiter und fragte ihn dann plötzlich:

»Matil, sollen wir nicht auch mal um Blut spielen? Wir nehmen einen Etappenbecher, wo vierhundert Gramm reinpassen. Wir machen drei Partien Terz und wer zweimal verliert, muss sich 'nen Becher Blut aus der Ader zapfen, dann braten wir das Blut mit den Kartoffeln zusammen und schon haben wir ein schönes Scharkoje. Und dann haben wir alle was davon!«

Matil sah Maloi ruhig über den Brillenrand hinweg an. Er hielt die Karten noch in beiden Händen.

»Meinst du das ernst?« fragte er ihn leise und gelassen.

»Ja, klar! Aber ja! Klar! Was solls, soll der Verlierer doch einen Becher Blut lassen, was macht das schon?«, sagte Maloi, leicht verunsichert.

Im Terzspielen war Maloi nicht unbedingt besser als Matil. Letzterem fehlte zwar die Schneidigkeit, er hatte dafür aber ein gutes Gedächtnis. Er beschiss nicht, ließ sich aber auch nicht bescheißen. Insgesamt war Matil ein besserer Terzist als Maloi. Mit starken Gegnern spielte er nie um Geld. Ein Depp wie Maloi aber konnte, wenn überhaupt, dann nur aus Zufall gegen ihn gewinnen. Das war Maloi durchaus bewusst, aber für ihn war das hier jetzt ganz großes Gefängnistheater und er wollte bloß später mal damit angeben, er habe um Blut gespielt und verloren – oder Blut gewonnen und es anschließend mit anderen zusammen gegessen.

Matil hatte größere Chancen, zu gewinnen, hatte aber anscheinend bislang noch keine große Lust, sich auf die Sache einzulassen.

»Also geben wir das Blut zu den Kartoffeln und essen es, ja?«, fragte er Maloi schließlich mit einem aufgesetzt arglosen Lächeln, als könnte er sich nun doch allmählich mit dem Vorschlag anfreunden.

»Jaa …«, meinte Maloi zunächst etwas zögerlich, doch Matils aufgesetzt breites Lächeln beruhigte ihn.

»Wir essen es, das Scharkoje wird gut, das gebratene Blut wird uns nur so durch die Zähne flutschen, und mit den Zwiebeln wird das Ganze ein Gedicht«, schwärmte Matil.

»Hee, Matil, du bist anscheinend auch ein Gourmet wie ich!«, rieb Maloi erwartungsvoll die Hände aneinander, wahrscheinlich hast du schon viel Blut getrunken, du Alter! Ja, du bist so einer, du wirst nicht nur Blut, sondern auch Menschenfleisch probiert haben! Worauf wartest du, mein Freund, her mit den Karten! Ich hab schon Herzsausen!«

Matil hantierte mit den Karten herum, machte aber noch keine Anstalten, sie auszuteilen. Er betrachtete Maloi mit raubtierhaften, funkelnden Augen, als wollte er mit ihnen den Geschmack seines Blutes erforschen.

»Was denkt ihr eigentlich, Brüder, ob das Blut von einem von uns wohl gut zu Kartoffeln passt? fragte Matil nun uns andere, lachte und musterte uns mit einem Blick, der so unverschämt war wie der von Maloi.

Einige Sekunden lang herrschte Stille, doch dann lächelte Budalom frech, dann ein anderer, dann noch einer, und schließlich lächelten wir alle – doch keins davon war ein freundliches Lächeln – es war ein maloihaftes Lächeln.

Matil ließ diesen unverschämten Blick über jeden einzelnen von uns gleiten, als wollte er uns sagen: Nun haben wir einen Deppen gefunden, Jungs, gleich fütter ich euch mit seinem Blut – und als wollte er uns zugleich auf den Zahn fühlen, ob wir auch tatsächlich Blut essen würden. Dann wurde er wieder ernster und blieb mit seinem Blick ausgerechnet an mir hängen.

»Was grinst du denn so?«, fragte er mich. »Hast du auch Lust auf Menschenblut bekommen?«

Ich sah mich um und merkte, dass zwischen Matil und den anderen die Luft inzwischen gewaltig geladen war. Er suchte nicht nach meiner Unterstützung, aber unerklärlicherweise interessierte ihn ausgerechnet meine Meinung. Das war eine schwere Aufgabe für mich: Ich musste wählen zwischen Matil und der Gruppe. Ich wählte die Gruppe.

»Willst du auch Menschenblut probieren?« Er sprach jetzt russisch und benutzte dabei das Wort »menschlich«. Er stellte seine Frage diesmal in deutlich strengerem Ton. »Antworte!«

»Nein, will ich nicht!«, antwortete ich.

»Was grinst du dann so, wenn du nicht willst?«

»Ich grinse … weil ich Brutus bin!«, antwortete ich mit bitterer Gelassenheit und recht unverfroren, maloihaft lächelnd.

»Und was soll das jetzt wieder heißen?«, fragte er barsch.

Ich überlegte eine Sekunde und begann dann:

»Es gab einmal einen Dramatiker Shakespeare …«

»Das ist nichts Neues!«, unterbrach mich Matil.

»Dieser Shakespeare hat ein Stück über Julius Caesar gemacht, in dem beschrieben wird, wie sich seine Freunde gegen ihn verschwören. Sie treiben ihn in einen Hinterhalt und hacken heimtückisch mit Messern und Dolchen auf ihn ein. Von den meisten hatte Caesar sowas schon erwartet, aber unter den Verrätern war auch Brutus – sein engster Freund, und dem hatte er das nicht zugetraut. Als der ihm den Dolch in die Seite sticht, ruft ihm Caesar verzweifelt zu: ›Auch du, Brutus?‹«

Matil sah zum Tisch, der neben dem Hocker stand, legte seine Karten drauf, setzte sein Brille, die ihm die Nase heruntergerutscht war, behutsam ab und legte sie auf die Karten. Mit kurzsichtigen, spöttischen Augen sah er Maloi in die Augen und bohrte ihm jede einzelne Silbe bis ins Herz hinein:

»Du Schwuchtelsohn, ich fick dich in deinen Hals, in deine Seele und in dein Blut! Was ist bei dir schiefgelaufen, dass du Menschenblut essen willst?«

Es herrschte Totenstille.

»Hee, was sagst du da, Matil?« Maloi war entgeistert.

»Hast dus nicht verstanden? Ich wiederhole es nochmal ganz langsam für dich!«, antwortete Matil völlig ruhig. »Du vollgepisste Schwuchtel von Schwuchtelsohn, was ist bei dir schiefgelaufen, dass du Menschenblut essen willst?«

Maloi, der sich auf den Hocker rübergesetzt hatte, kippte entgeistert nach vorne. So etwas Niederschmetterndes hatte er nicht erwartet, und man sah ihm an, dass Matils Worte ihn schockiert, verstört und entsetzt hatten. Er ging instinktiv nach vorn in Angriffs-, eigentlich Verteidigungsposition und wollte die Fäuste ballen, doch er war so perplex, dass er nicht einmal die Karten ablegte – er zerknüllte sie in seiner Hand. Er war halb aufgestanden, schaffte es aber nicht, ganz aufzustehen. Matil hatte ihn festgebannt wie ein Kaninchen. Und tatsächlich sah Matil in dem Moment aus wie eine Schlange, die ihr Opfer fixiert und gleich nach ihm schnappen wird.

Dann packte er Maloi mit seiner Linken blitzschnell im Nacken und schüttelte ihn mit einer unvorstellbaren Kraft, wirbelte ihn wie ein Katzenjunges in die Luft und schmetterte ihm anschließend die offene Hand ins Gesicht, als wäre sein Kopf ein Volleyball. Maloi fiel mit gebrochener Nase vom Stuhl und knallte auf den Boden. Er verlor zwar nicht das Bewusstsein, war dafür aber endgültig schachmatt gesetzt. Er richtete sich auf. Er bekam den Blutfluss nicht unter Kontrolle.

Matil ging vor Maloi auf und ab und blieb schließlich an einem Werktisch stehen. Darauf war eine Nähmaschine zur Reparatur zerlegt, ringsum lagen ihre verschiedenen Bauteile verstreut. Matil wischte die Teile angewidert weg (wahrscheinlich, weil sie ölig waren) und pickte die Achse der Maschine heraus. Das war ein etwa fünfzig Zentimeter langer, ölgetränkter Stab mit Stahlkopf, der von einem kindsfaustgroßen Zahnrad gekrönt war. Matil näherte sich Maloi und hielt den nicht ungefährlichen Stab unter sein Kinn. Dann holte er aus und es wirkte so, als würde er damit auf den bemitleidenswerten Maloi eindreschen, aber in Wahrheit krachte das Teil gegen den Werktisch. Das Laminat zersprang, die Sperrholzplatte unter dem Laminat verbog sich. Anschließend musterte Matil uns alle feindlich und schließlich blieb sein angewiderter Blick auf mir ruhen. Dann verkündete er:

»Kann sein, dass Julius Caesar das zu irgendwelchen Schwuchteln gesagt hat, aber euch Schwuchteln sag ich was ganz anderes: Das Blut von Menschen isst und trinkt man nicht! Solange ich hier bin, rührt keiner von euch das Blut eines Menschen an! Und ich fick euch Brutusse allesamt!«

Danach schwang er noch einmal die Nähmaschinenachse, als wolle er uns damit drohen. Er ging zum Fenster, nahm eine Zigarette und sein unvermeidliches Mundstück heraus, setzte die Zigarette ein und qualmte los.

Es waren die letzten Maitage, und sie hatten die Fensterscheiben bereits herausgenommen. Jenseits der Gitter, durch die von unseren Brechstangen verbogenen Ziehharmonika-Jalousien konnte man den grimmigen, hohen Betonzaun samt seiner Stacheldrahtrollen erkennen; davor befand sich die »Sperrzone«. Zwischen dem Zaun und der Sperrzone, direkt am Fuße des Zauns, wuchs ein kleiner wilder Hagebuttenstrauch. Die Bullen rupften oft an ihm und anderem Wildwuchs herum, die zuständigen Sträflinge mussten ihm sogar mit Spaten, Hacke und Harke zusetzen, aber anscheinend hatte der Hagebuttenstrauch vor unserem Fenster so feste Wurzeln geschlagen, dass er hartnäckig weiterwuchs und neue Äste und Blätter trieb. Soviel Hartnäckigkeit und Lebenswille versetzten alle in Erstaunen und wahrscheinlich ließen die Bullen ihn auch deswegen ungeschoren. Wir betrachteten unseren Hagebuttenstrauch oft und zählten seine Blüten und Knospen. Matil blickte durch das Fenster, besser gesagt durch die ans Fenster montierte, mit der Brechstange verbogene Ziehharmonika-Jalousie, und rauchte seine stinkende, filterlose Zigarette. Er versuchte den Qualm nach draußen zu pusten, aber der Wind wehte in die entgegengesetzte Richtung, so dass sein Qualm in die Werkstatt zog. Beim nächsten Zug versuchte Matil erneut, nach draußen zu pusten, aber der Wind blies den Rauch erneut hinein. Matil erfreute sich am Anblick des Hagebuttenstrauchs und beruhigte sich langsam.

Wir machten uns an die Arbeit. Es war etwas Unvorhergesehenes geschehen und fast wäre das Fest ins Wasser gefallen. Im Flur schlenderte der leicht gestörte Fähnrich Dummbatz herum, und sollte er etwas merken, würde er zweifelsohne die Teileinheit rufen. Wir wischten Malois Blut auf, und Budalom und ich richteten mit Müh und Not seine demolierte Nase, wenn auch nicht ganz. Budalom beschwerte sich grummelnd bei Matil, was das Ganze denn jetzt gebracht hätte, aber Vorwürfe brachten nun auch nichts mehr.

Der Schnaps war fertiggebrannt, ganze zwei Liter waren es geworden. Wir mussten an dem Tag fast alle arbeiten und zwei Liter Schnaps waren natürlich nicht gerade viel. Aber doch immerhin genug, um einen Menschen in gute Stimmung zu versetzen – vor allem im Knast. Die Kartoffeln und Zwiebeln rochen hervorragend, wir schnitten ein wenig Speck, Knoblauch, Äpfel, Sardellen, leicht stinkenden eingelegten Kohl, ein, zwei Konserven aus der »Kombüse«, und nun konnte der Tisch gedeckt werden.

Wir stellten das aromatisch-dampfende Resultat unserer Bemühungen in die Tischmitte, die restlichen Viktualien ringsum und setzten uns. Nur Matil und Maloi kamen nicht. Der eine qualmte aus dem Fenster, der andere hatte sich in die Ecke gekauert und pfiff aus der Nase. Er drückte ein Taschentuch gegen seine gebrochene Nase; seine heillos geschwollenen Lippen erinnerten stark an etwas Gewisses.

»Kommt jetzt, kommt«, rief Budalom, »braucht ihr alle eine persönliche Einladung? Matil, du hast uns ja alle schon genug verflucht – komm jetzt wenigstens her. Komm jetzt!«

»Esst nur, esst, guten Appetit«, grummelte er am Fenster.

»Ja, wir essen, wir essen ja, aber nur mit dir zusammen! Komm jetzt, reicht jetzt mit dem Scheiß!«, rief Budalom. Aber da Matil nicht kam, stand er auf und brachte ihn, naja, mit Gewalt an den Tisch.

Matil ergab sich, erinnerte sich dann aber, dass er noch einen Löffel brauchte, doch Budalom ließ ihn nicht mehr aufstehen. Er setzte ihn auf den Ehrenplatz und bedeutete jemand anders, ihm seinen Löffel zu bringen. Jemand stand auf und brachte Matil seinen Löffel. Wir aßen.

Wir tranken jeder ein Glas und aßen still. Mit Zwiebeln gebraten und rotem Pfeffer gewürzt, waren die Kartoffeln ganz besonders aromatisch geworden, deshalb konzentrierten wir uns alle auf das Mahl und schöpften mit unseren Löffeln gierig aus der tiefen, selbstgemachten Pfanne.

»Wir sind schon richtige Schwuchteln, was? Jetzt schmaust du ja ganz prächtig mit uns aus derselben Pfanne!«, beschwerte sich Budalom bei Matil.

Matil blickte säuerlich auf, guckte zu Maloi, dann wieder in die Pfanne und grummelte kauend: »Holt den da auch her.«

Sie riefen Maloi, doch der lehnte grummelnd ab. Budalom rief ihn noch einmal, doch Maloi grummelte erneut. Da rief Matil ihm zu:

»Komm, komm jetzt und iss was, sonst bleibt nichts mehr übrig!«

Nun erbarmte er sich und kam zu uns, nahm seinen Löffel und mampfte von den heißen Bratkartoffeln, unerachtet des Umstands, dass sie an etwas Gewisses erinnerten.

Der Schnaps beschwipste uns nicht allzu sehr, doch besserte er merklich unsere Stimmung, und als wir fertig gespeist hatten, lösten sich unsere Zungen. Die einen erzählten dies, die anderen das ... Matil jedoch stand schon wieder am Fenster, qualmte seine Zigarette und steckte seine Nase durch die verbogene Jalousie. Er betrachtete den Hagebuttenstrauch. Ich fühlte mich ihm gegenüber schuldig. Er hatte ja ausgerechnet mich gefragt, wieso ich grinsen würde. Für ihn war ich also ein Mann, der sich von den anderen unterschied. Einer, der ihm ähnlich war, wenigstens ansatzweise. Ich aber ... Ich hatte ihm dreist ins Gesicht gelacht und erzählt, ich sei Brutus. Und als er wissen wollte, was der Quatsch solle, lachte ich ihm noch einmal dreist ins Gesicht und erläuterte ihm, wer Brutus sei, statt die Wogen ein bisschen zu glätten. Wenn ich das nicht gesagt hätte, hätte er Maloi vermutlich gar keine reingehauen. Eigentlich hätte ich den Schlag verdient gehabt und nicht Maloi. Ich wusste nicht, wie ich mich verhalten sollte: Sollte ich hingehen und mich irgendwie entschuldigen, oder sollte ich warten und später mit ihm reden? Wir hatten beide zwar nicht viel, aber dennoch Schnaps getrunken. Das Gespräch konnte falsch verlaufen und in einen Streit münden. Der Mann stand für sich am Fenster, zählte die Hagebuttenknospen und tat niemandem was zuleide. Was war das schon für ein Aufwand, kurz hinzugehen und sich zu entschuldigen? Ich gab mir einen Ruck, stellte mich neben ihn und sagte:

»Matil, das kam falsch rüber. Ich weiß nicht, warum ich das gesagt habe, aber ich bin nicht Brutus. Ich will auch kein Menschenblut trinken oder mit Kartoffeln oder sonstwas braten. Die Jungs sind eigentlich auch keine Blutsauger. Es hat sich halt so im Gespräch ergeben, die Jungs haben Scherze gemacht. Maloi ist auch bloß ein Schwachkopf, sie haben ihn halt vom ersten Vollzug gleich in Hochsicherheit gesteckt und jetzt hält er sich für was Besseres. Für den ist das alles doch großes Theater.«

Er schien mich kaum zu hören.

»Und hier, unsere Wildrose«, murmelte er kaum hörbar, lächelte dabei aber augenscheinlich zufrieden, »sie hat schon die neunte Blüte geöffnet.«

Wie jeder impulsive, aber nicht boshafte Mensch hatte er sich längst beruhigt und dachte nicht mehr an das Geschehene. Er ergötzte sich nun nur noch an der Schönheit der blühenden Wildrosenblüten am Fuß der Betonmauer.

Ich entschloss mich, es ihm gleichzutun und das schleppende Gespräch auf den Hagebuttenstrauch zu lenken.

»Was sagst du, ganze neun? Gestern waren es nur sechs, woher sollen denn jetzt plötzlich neun kommen?«

»Woher und von 'nem Kamel, guck es dir an, wenn dus nicht glaubst!«

»Es sind sieben.«

»Sieben, hast du sie noch alle? Es sind neun!«

»Du hast sie selbst nicht alle. Es sind sieben!«

»Nein, neun!« ...

Matil war nicht mehr böse. Er streckte seine Schnauze aus

der mit der Brechstange gehörig verbogenen Jalousie und zählte die still und heimlich knospenden hellrosa Wildrosenblüten und nichts sonst juckte ihn auf der Welt.

Ich kann nicht behaupten und damit prahlen, dass Matil mein Freund gewesen sei, denn dieser unnahbare Mann – wie er sich selbst bezeichnete – hatte keine Freunde. Aber ich kann immerhin sehr wohl stolz darauf sein, dass er ausgerechnet mich fragte, wieso ich so grinsen würde. Für mich war das eben so: Auch wenn er nicht mein Freund war, war ich seiner. Was macht es schon, dass er weder meine noch irgendeine andere Freundschaft annahm? Selbst wenn er zu Freundschaft nicht fähig war, war ich es ja doch ... Dafür war er ein seltener Mann – ein Mann, der es nicht über sich brachte, mit entzwirbelten Fäden Bälle zu nähen, die für kleine Jungs gedacht waren; neun statt elf Stiche in die Lederzuschnitte zu machen und der es vor allem nicht aushalten konnte, dass es Menschen gab, die das Blut eines anderen Menschen essen und trinken wollten.

Das Leben aber, wie man so sagt, ging seinen Gang: Es war ein schöner Maitag, eine frische Brise wehte durch das Fenster; der Schnaps war feurig und klar, da wir, um nicht aufzufliegen, ihn nicht zu lange hatten kochen lassen; die gepfefferten Bratkartoffeln waren so schmackhaft, dass man sich die Finger leckte.

Nur eins fehlte diesem Gericht: ein Becher Menschenblut.

Samanthas unpassende Pose

Ich saß in einer Einzelzelle in der Sechsundfünfzigsten und hatte noch zwei Wochen vor mir, bevor ich wieder zurück in die Gemeinschaftshaft kam.

Da öffnete sich die Durchreiche, Aufseher Makucha steckte den Kopf herein und machte mir mit seiner kristallklaren Stimme eine ungeheure Freude:

»Scha-schwi-a-schwi-liii, packen!«

Zuerst dachte ich, dass er mich von meiner Zelle in eine andere verlegen wollte; danach dachte ich, sie wollten mich vielleicht früher freilassen, doch keine zehn Minuten später öffnete sich die Tür und der Anführer der Teileinheit – Oberfähnrich Schurba, genannt »Leisetreter« – und der Hauptstellvertretende Leiter der Strafkolonie – Major Karol – betraten die Zelle. Früher, so wurde es erzählt, soll der Major einfach nur Krol geheißen haben – russisch für »Kaninchen«. Dann habe er seinem Nachnamen einen Buchstaben hinzugefügt und aus Krol wurde Karol – russisch für »König«. Er war ein Kaninchen und hatte sich mit nur einem Buchstaben zum König gemacht. Zwar war er nun König, aber wer diesen Bescheuerten, im Suff gezeugten, dieser wahrhaftigen Schwuchtel von

Hundesohn einen Majorsrang gegeben hat, dessen Stamm und Sippschaft besteht wohl auch nur aus Kaninchen. Karol war ein unvorstellbarer, unfassbarer Idiot. Um einen angemessenen Eindruck von diesem Mann zu bekommen, müssen wir ein wenig ausholen und von einem Vorfall berichten:

Einmal während der allgemeinen Kontrolle im Winter bemerkte Karol, wie ein frierender Sträfling mit seinen Armen wedelte und den Füßen stampfte. Er rief ihn zu sich und fragte streng:

»Wieso wedeln Sie mit den Armen und wieso stampfen sie mit den Füßen, Bürger Strafgefangener?«

Der Sträfling grinste frech und antwortete:

»Das geht Sie überhaupt nichts an, wieso ich mit den Armen wedle und mit den Füßen stampfe, Bürger Major!«

Karol erstarrte, entrüstete sich und brüllte:

»Was soll das heißen, das geht mich nichts an? Was soll das heißen, das geht mich nichts an! Wissen Sie, wer ich bin? Ich bin Karol, Major Karol!«, brüstete sich der selbsternannte König.

»Na und?«, antwortete der Gefangene verschlagen, »und ich bin ein verurteiltes Ass! Was ist höher, König oder Ass? Und was das Stampfen angeht: Ich stampfe deshalb mit den Füßen und wedle deshalb mit den Armen, weil ich hier wegfliegen will!« Daraufhin zeigte das Ass ihm die angenähte Kennzeichnung auf der Brust und machte einen Hofknicks, als sei er ein Adeliger aus der Provence.

Dieser Mann hieß mit Nachnamen tatsächlich Ass und dementsprechend stand auf seiner Marke, abgesehen von Einheit und Abteilungsnummer, auch der Name »Ass«. In der Regel würde ein solcher Zufall jeden normalen Menschen – sogar einen Mitarbeiter des Innenministeriums – zum Lächeln, Lachen oder Losprusten bringen, doch nicht Karol – er war ein Idiot, woher sollte er den Sinn für Humor nehmen? Erzürnt befahl er den Fähnrichen, das Ass in Isolationshaft zu bringen, und verschrieb ihm eine vierundzwanzigstündige Verordnung für den Karzer; danach schrieb er dem Kolonieleiter einen Bericht darüber, wie an diesem und jenem Tag in diesem und jenem Jahr, um diese und jene Uhrzeit der Verurteilte Ass gegen die vorschriftsgemäß vorgeschriebenen Vorschriften verstoßen habe: Während der allgemeinen Kontrolle habe er mit den Armen gewedelt sowie mit den Füßen gestampft und auf diese Weise versucht, aus der Arbeits- und Korrektionsanstalt wegzufliegen. Doch die Straftat des Verurteilten Ass sei durch den Major Karol und die Teileinheit rechtzeitig aufgehalten worden. Nach Entscheidung des diensthabenden stellvertretenden Kolonieleiters werde der Verurteilte Ass bis auf weitere Verfügung des Kolonieleiters in den Karzer verlegt.

Der Kolonieleiter Oberstleutnant Kasakow las den Bericht, verstand aber nicht, was für ein Wegfliegen Karol dem Sträfling Ass zur Last legte. Er beorderte beide in sein Kabinett, und als er die Geschichte »von König und Ass« hörte, musste er anscheinend viel lachen, befahl die Aufhebung der Isolationshaft und bezeichnete Karol vor den Augen aller als Idiot und Dummkopf.

»Du bist kein König, sondern ein Hausknecht!«, soll Kasakow zu Karol gesagt haben; ein Spitzname, der an ihm haften blieb.

Major Karol versuchte, das Image eines strengen, geschäftigen Befehlshabers zu bewahren und veranstaltete deshalb wegen jeder Kleinigkeit ein riesiges Aufhebens, womit er nicht nur den Gefangenen, sondern auch den Mitarbeitern der Strafanstalt auf die Nerven ging. Eine außergewöhnlich erbarmungslose und feindselige Einstellung legte der Hausknecht, weshalb auch immer, pornographischen Fotos und ihren Besitzern gegenüber an den Tag. Wenn er bei irgendjemandem ein solches Foto fand – Gott bewahre: er machte ihm die Hölle heiß. Er konnte sich dermaßen hineinsteigern, dass man glauben musste, auf den Fotos seien keine Schlampen und Weibsstücke, sondern seine Mutter, Schwestern, Tanten, Ehefrau oder Töchter abgebildet. Manche munkelten auch, er sei vermutlich schwul und würde beim Anblick nackter Frauen eifersüchtig. Und tatsächlich zerriss und zerfetzte er die Fotos derart wutschäumend und gnadenlos, als sei er eine alte, neurotische Lehrerjungfer, die Schülern was wegnimmt.

Ich besaß ein altes Zigarettenetui aus Plastik. Darin bewahrte ich hinter einem der Gummibänder Fotos auf, die mir regelmäßig weggenommen wurden oder die ich selbst tauschte und verschenkte. Auf diesen Fotos waren vornehme Damen in den unterschiedlichsten Posen abgebildet, untenrum frei, mit ihren gespreizten botanischen Gärten auf dem Präsentierteller, mit Brüsten so groß wie Milchkanister; Gegenstände schonungslos in den Körper gesteckt oder bananenförmige »Mikrofone« in Mundnähe. Kurzum, das waren die schwarzweißen pornographischen Kunstwerke, die früher von halblegalen Taubstummen-Kooperativen in den Eisenbahnen feilgeboten wurden und gegen die Hausknecht, der große Moralist der sechzundfünfzigsten, und seinesgleichen so gnadenlos vorgingen. Die in die linke Seite des Zigarettenetuis sortierten Damen waren, sagen wir, meine temporären Schwärmereien, da sie mir, wie schon gesagt, von erbarmungslosen und neidischen, frauenhassenden Aufsehern wie Karol regelmäßig weggenommen wurden; andere wiederum verschenkte oder tauschte ich gegen andere, ähnliche Fotos, wenn ich ihrer überdrüssig wurde. In der rechten Seite des Plastik-Zigarettenetuis aber, oh ja, hielt ich meine ewige Liebe versteckt – ein Foto, das ich mit niemandem tauschte und niemandem auslieh. Es handelte sich um einen kleinen, hübschen, farbigen Kalender mit dem amerikanischen Fotomodell Samantha Fox. Samantha Fox war eines der berühmtesten Fotomodelle dieser Zeit und alle Zeitungsbuden und Läden während der Perestroika waren förmlich vollgekleistert mit ihr. In den unterschiedlichsten Posen dargestellt, hatte Samantha stets ein herzliches Lächeln auf den Lippen. Und bemerkenswerterweise war sie – in welcher Pose auch immer – auf keinem einzigen Foto vollkommen nackt. Sie trug stets Höschen und BH.

Es handelte sich um einen gewöhnlichen (nichtpornographischen) Kalender, auf dem ein schmuckes Mädchen – eben Samantha Fox – in hellblauem Badeanzug an einem goldenen Meeresstrand lächelnd neben einer Palme lag. Ihre Arme waren in den Nacken gelegt und ihre sonnengebräunten Beine leicht gespreizt. Ich, meine werten Leser, bin wahrscheinlich der erste oder einer der ersten in der Sechsundfünfzigsten, der so einen Kalender besaß. Das war etwas Neues, staatlich gefertigt und genehmigt, und da die Genitalien des abgebildeten Mädchens bedeckt waren, hatten weder Karol noch Kreaturen seinesgleichen das gesetzliche Recht, sie mir wegzunehmen.

»Zusammenpacken« ...

Aber was hätte ich schon an Zeug haben sollen außer dem bereits erwähnten Zigarettenetui, einer Plastikschüssel, einem Blechbecher, zwei Büchern sowie einer frisch gewaschenen, zum Trocknen über die Gitter gehängten schwarzen partisanenhaften Unterhose. Einen Teil dieser Besitztümer nahm ich in die Hand, einen anderen Teil steckte ich in die Hosentasche, die nasse schwarze Unterhose jedoch legte ich über meinen Arm, so wie es Kellner früher mit ihrem Serviertuch zu tun pflegten. Kurzum, ich hatte mich auf den Umzug von Zelle zu Zelle vorbereitet, doch anscheinend sollte die Sache eine andere Wendung nehmen.

»Lass alles liegen und hol deinen Beutel aus dem Speicher. Dann gehst du in den Waschraum und duschst dich, aber dalli, die Etappe wartet nicht auf dich!«, überbrachte mir der Hausknecht die guten Neuigkeiten.

»Meine Etappe?« Ich war verblüfft. »Ja aber, wohin schickt ihr mich denn?«

»Isjaslaw, du gehst nach Isjaslaw, Schaschwiaschwili, um deine Großtaten fortzusetzen!«, antwortete diesmal Schurba.

»Ja aber, in zwei Wochen endet meine Einzelhaft, wieso komme ich denn jetzt nach Isjaslaw?« Ich hab meine Freunde nicht mal gesehen, was für 'ne Etappe denn?!«, protestierte ich.

»Macht nichts«, antwortete wieder der Leisetreter, »deine Freunde siehst du auch in der Etappe wieder, eine fünfundzwanzigköpfige Gruppe fährt los, andere lernst du dort kennen, in Isjaslaw! Los jetzt, los, keine Zeit zum Reden! Nimm deinen Beutel und marsch ins Bad!«

Was blieb mir übrig, ich folgte Makucha in den Speicher, nahm meinen Beutel vom Regal und kehrte in die Zelle zurück. Ich war drauf und dran, den Sack zusammenzubinden, als Karol mich unterbrach und mit seinen üblichen Eigenarten begann:

»Stopp!« Er wandte sich zum Oberfähnrich und Makucha und fragte: »Habt ihr den Beutel gefilzt?«

»Nein«, antwortete Makucha.

Schurba zuckte mit den Schultern.

»Und was, wenn er darin eine Mauser hat? Wieso filzt ihr ihn nicht?!«

»Die Wachsoldaten werden ihn doch sowieso durchsuchen«, antwortete Schurba etwas verärgert.

»Was die Soldaten machen, ist deren Angelegenheit und nicht meine, aber hier hast du deine Pflicht zu erfüllen und ihn zu filzen, und das wirst du auch!«

Daraufhin schmiss Karol Makucha den Beutel zu und griff ausgerechnet nach dem Zigarettenetui in meiner Brusttasche, fischte es heraus und klappte es auf ... Es war mir nicht einmal in den Sinn gekommen, das Etui zu verstecken, da ich, wie bereits gesagt, davon ausgegangen war, nur von Zelle zu Zelle umziehen zu müssen.

»Waaas zur Hölle ist das, gott-ver-dammt?!«, brüllte Karol und ließ das Etui so vor meiner Nase kreisen, als wollte er es mir in die Nase hineinschrauben. »Was ist das, zur Hölle?!«

Dann zielte er mit dem Etui auf Makucha, kurz davor, es auch ihm reinzuschrauben. »Ver-damm-te Scheiße! Verfickte Scheiße! Aaaah!« Er drehte sich mit dem Zigarettenetui in der Hand im Kreis und schraubte es mal mir, mal Makucha und dem Oberfähnrich Schurba ins Gesicht.

Als Erster fasste sich Schurba:

»Ja, was solls, ist 'ne Frau, hast du noch nie 'ne Frau gesehen?«

»Eine Frau? Das sind Frauen?!« Karol brüllte.

»Ja, Frauen, oder sind das etwa Männer?« Schurba brüllte jetzt auch.

»Und wieso sind sie nackt, wieso?!« Karol ließ nicht nach.

»Nackt ist nur eine davon!«, schaltete ich mich ein.

»Was weiß ich, warum sie nackt sind? Weil sie geile Ärsche haben, darum!«, brüllte Schurba, außer sich vor Wut.

Dieser betagte, doch recht lebhafte und körperlich starke, temperamentvolle Anführer der Teileinheit konnte es trotz seines arglosen Spitznamens »Leisetreter« nicht hinnehmen, angeschrien zu werden. In solchen Fällen gab er Vorgesetzten nicht nach und widersprach ihnen, einen derart tölpelhaften Vorgesetzten wie den Hausknecht aber hätte er im Eifer des Gefechts sogar verprügeln können. Karol nahm Kenntnis von Schurbas Rage, ließ vom Oberfähnrich ab und ergoss seinen geballten Zorn stattdessen vollkommen über mich. Er brach das geöffnete Zigarettenetui fast entzwei.

»Nein, nein, nein, Bürger Major, neeein!«, entfuhr es mir aus tiefstem Herzen. »Wollen Sie mein einziges Zigarettenetui zerstören?«

»Ein Zigarettenetui, das ist es also, was das ist, ja?«, schnaubte Karol; er hatte sich ein wenig gefangen.

Er war ein gesetzestreuer Mann, ein wahrhaftiger Gesetzeshüter und er verstand, dass er nicht das Recht dazu hatte, das Etui zu zerstören. Deshalb nahm er damit vorlieb, Makucha das Etui angewidert vor die Füße zu werfen.

»Nimm diese abscheulichen Fotos heraus!«, befahl er.

Ich empfand diesen Befehl als rechtswidrig und protestierte. Nicht nur das, ich war drauf und dran, es Makucha aus der Hand zu schnappen, doch ich schaffte es nicht. Das Etui landete wieder bei Karol. Folgender Dialog entwickelte sich zwischen uns:

»Bürger Strafgefangener, in Arbeits- und Korrektionsanstalten der Sowjetunion ist es untersagt, pornographische Fotos zu besitzen«, legte er los.

»Bürger Major, wer hat ihnen denn erzählt, dass diese wundervollen erotischen Bilder Pornographie seien?« Ich antwortete würdevoll und gefasst.

»Ach, Ihrer Meinung nach sind diese abstoßenden Bilder also nicht pornographisch?! Hier sieht man den ganzen Gemüsegarten und die Fensternische ist sperrangelweit offen! Die zweite hier, gottverdammt, trägt zwar ein bisschen was am Leib, aber wenn Scham und Leistengegend nicht rasiert wären, dann würde ihr goldenes (er bediente sich hier eines besonders erlesenen russischen Worts), gelocktes Dreieck doch zu zwei Dritteln herausgucken aus diesem Höschen – einem sogenannten Höschen, das vorn bloß aus einem dreieckigen Fetzen Stoff besteht, und hinten

stecken ihr wahrscheinlich nur Schnüre im Arsch, gottverdammt.«

Der Major fand Gefallen an derartig intellektuellem und
hochtrabendem Austausch mit Gefangenen, deshalb versuchte
ich mich weitestgehend nicht von den Emotionen mitreißen
und zum Fluchen verleiten zu lassen. In so einem Fall, also in
dem Falle, dass ich mich nicht zurückhalten, sondern Fluch-
tiraden und Panik lostreten sollte, würde der Major unsere in-
tellektuelle Unterhaltung abbrechen, die Fotos zerfetzen, mich
wegen meinem Geschwätz in die Seite stoßen und am Schlafittchen von der Einzelzelle auf die Wache schleifen. Deshalb
riss ich mich zusammen und versuchte den Anschein eines
möglichst ernsthaften und rechtschaffenen, doch ob des vorge-
fallenen Missverständnisses verunsicherten Mannes zu erwecken. Ich sah Karol in die Augen und richtete das Wort an ihn:

»Bürger Major, Sie sind professioneller Erzieher, doch
scheinen sie die tatsächliche Rolle der Erotik in der ästheti-
schen Erziehung des sowjetischen Gefangenen nicht angemessen einschätzen zu können –«

Doch Karol ließ mich nicht ausreden:

»Iiich? Gott-ver-dammt!«

Schurba wiederum ließ seinerseits Karol nicht ausreden,
wandte sich zu Makucha und warf ihm mein Etui zu:

»Basta jetzt, ich hab keine Zeit mehr für euer Geschwätz!
Nimm das eine, wo ihr der botanische Garten aus der Fensternische quillt, und zerreiß es, und lass ihm halt in Gottes Namen das andere farbige mit BH und Unterhose und Schenkeln, es reicht jetzt!«

Diese Entscheidung gefiel weder mir noch Karol. Allerdings hatte Schurba das in einem Ton gesagt, der uns klarmachte, dass weitere Diskussionen sinnlos waren. Karol versuchte Schurba trotzdem zu widersprechen, denn er war ihm trotz allem in Rang und Amt übergeordnet.

»Die mit dem Höschen hat die Haare rasiert, wenn sie nicht rasiert wären, würde man ihren Garten genauso gut sehen! Und dann guck doch bloß mal auf ihre Brüste – ist das ein BH? Man kann die Nippel halb sehen, gott-ver-dammt, und dann auch noch richtige Euter …«

»Jetzt kommen Sie mal, Genosse Major, reicht jetzt! Das Mädchen hat hervorragende Euter, zudem handelt es sich um einen staatlich gefertigten und genehmigten Kalender, soll ich jetzt mit der Lupe gucken, ob die Haare zwischen den Beinen rasiert oder ausgezupft sind, oder was? Los jetzt, nimm Seife, Handtuch, was du brauchst, und dann ab in den Waschraum!«, schrie Schurba.

Genau das tat ich auch. Ich schnappte nach dem Etui, nahm alles, was nötig war, rannte in das Bad (der Einzelzellen) und badete mich ordentlich, ging beim Wachtdienstraum vorbei, wo mich Monia Achtelman, der raffinierteste Friseur der Kolonie, unter der Aufsicht Makuchas rasierte. Danach drückten sie mir meinen Beutel in die Hand, nahmen mich auf die Wache, filzten mich lieblos und warfen mich in den Gefangenentransporter, wo bereits einige Kinderchen auf der Rückbank saßen – auf die nächste Etappe vorbereitete Wiederholungstäter. Drei Stunden später waren wir bereits im Gefängnis von Sumy, wo wir nur eine Nacht verbrachten, am nächsten Morgen fuhren sie uns mit dem Knastwagen nach Kiew.

In Kiew dauerte das Filzen fast bis zum Abend, medizinische Kontrollen und so weiter. Anschließend folgte ein ausführliches Bad, und dann ging es in eine große, frischrenovierte Zelle für die Transitgefangenen. Die Jungs hatten außer Tee noch Bonbons, Margarine und zahlreiche Kringel dabei. Irgendwelche Untersuchungshäftlinge im »Stolypin« steckten uns Speck und Wurst zu. Auf der Zellentoilette flackerten gelegentlich die aus Stofffetzen und zerrissenen Zeitschriften improvisierten Fackeln auf, im Tschifirkocher wurde fast ununterbrochen Tschifir gebrüht. Eine laute, lebhafte Unterhaltung voller Anekdoten und Witze ergab sich, wir alle trugen frische Kleidung und hatten keinen Schmutzfink unter uns. Ich spürte mein Zigarettenetui in der Hosentasche – im Etui steckten auf der einen Seite die Filterzigaretten, auf der anderen der Samantha-Fox-Kalender. Ich war siebenundzwanzig Jahre alt und wohlgemut – nichts schien besser zu sein als das hier. Es war mir vollkommen egal, dass ich von einem Irrenhaus des siegreichen sowjetischen Staates, dem sechsundfünfzigsten, in ein anderes, nicht minder schlimmes oder noch schlimmeres Irrenhaus verlegt wurde – ins berüchtigte Isjaslaw, wo hungrige Insassen (was wohl auf eine grässliche Art und Weise auch wieder zum Lachen ist) sogar mal einen Mitinsassen gegessen haben. Das ist lange her, fünfzehn, zwanzig Jahre, aber es ist wahr. Sie saßen zu dritt im Karzer und nachts kam es zum Streit. Zwei prügelten den dritten tot, schnitten ihm das Fleisch vom Leib und brieten es anschließend in einer Aluminiumschüssel über Fackeln, die sie aus Kleidungsfetzen des Opfers gerollt hatten. Der Nachtwächter roch die verbrannten Lumpen und das gebratene Fleisch und rief sofort den Oberfähnrich. Als sie in die flüchtig verbarrikadierte Zelle eindrangen, war der schummrige Raum von Brandschwaden erfüllt, auf dem Boden lag der seiner Kleidung und seines Fleisches entledigte Tote; zwei blutbesudelte, wahnsinnig dreinschauende vampirische Häftlinge schaufelten sich die halbgaren Menschenfleischstücke rein.

Sie schaufelten sie sich rein, na und – das war früher, irgendwann einmal gewesen. Dafür war jetzt alles gut und in Ordnung: Ich war frisch geduscht und rasiert, satt, überzeugt, tschifirverköstigt, ich trug unvergleichliche, nagelneue gestreifte Kluft des »Kolonieschneiders« Schapka sowie eine diebische, aerodromgroße Schiebermütze desselben. Ich ließ den Rosenkranz mit den Hartgummi-Totenköpfen durch meine Finger klimpern und in meiner Hosentasche befand sich das Zigarettenetui mit den Filterzigaretten und dem farbigen Samantha-Fox-Kalender. Nur eine Sache trübte meine Laune: Ich war zu zehn Monaten Einzelhaft verdonnert worden, bis zum Ende der Einzelhaft blieben noch zwei Wochen. Eben per Etappe aus der Sechsundfünfzigsten angekommen, verspürte ich keinen Wunsch danach, nun zwei Wochen lang eine Einzelzelle in Isjaslaw schrubben zu müssen. Über kurz oder lang würde mich auch das ständige Filzen auf die schwarze Liste der neuen Administration bringen. Angesichts der Tatsache, dass ich noch elf lange Jahre vor mir hatte, war das gar nicht gut. Ich erzählte auch einigen der Jungs davon und jeder, dem ich davon erzählte, riet mir zu einer »Bremsung« im Gefängnislazarett von Kiew. Für eine »Bremsung« im Gefängnislazarett von Kiew war ihrer (und meiner) Meinung nach eine »Mastirka« erforderlich. Dieses Wort hat unterschiedliche Bedeutungen, heißt im direkten Sinne aber so etwas wie das Einführen, Einarbeiten, Einmassieren bestimmter Dinge. Durch Mastirkas versuchen einige Gefangene Krankheiten zu simulieren. Manchmal erkranken sie dadurch tatsächlich. Es gibt vergleichsweise harmlose, temporäre Mastirkas, aber auch solche, die eine dauerhafte Erkrankung oder den Tod zur Folge haben. Am einfachsten und effizientesten sind die Mastirkas für Magen-Darm-Infektionen oder Geschlechtskrankheiten. Jedoch haben auch diese Mastirkas ihre Nachteile: Im Falle längeren Durchfalls kannst du in die Dysenteriezelle gesteckt werden, im Falle einer simulierten Geschlechtskrankheit besteht eine große Chance, in der hochgeachteten Syphilitikerzelle oder aber in der noch fürstlicheren Tripperzelle zu landen. Nun ja, die »Hochgeachteten« mal beiseite, aber ich persönlich könnte mich durchaus damit anfreunden, bei den »Fürsten« zu landen. Ich war (und bin) der Auffassung, dass diese Krankheit im Gegensatz zu anderen Krankheiten harmlos ist; sie ist nur durch Sex übertragbar und dementsprechend ist es ungefährlich, Zelle und Sauerstoff mit »Fürsten« zu teilen.

Kurzum, eine Tripper-Mastirka war vonnöten, aber was für eine? Es gab so viele davon, und jeder kannte unterschiedliche Methoden. Zum Glück war der unerreichte Mastirka-Expertensträfling für Magen-Darm-, Geschlechts- und Hautkrank-

heiten, Tuberkulose und chronische Hypertonie, Gelenker-
krankung und -verrenkungen, Fieberhebung und -senkung
sowie Schwächung von Seh- und Hörkraft anwesend: Kartoscha-Pratoscha. Er war mit unserer Etappe unterwegs. Herr
Pratoschkin hatte eine Knollennase, die ihm seinen Spitznamen eingebracht hatte: Kartoscha-Pratoscha (von Kartoschka,
russisch für Kartoffel). Kartoscha-Pratoscha war ein schmäch-
tiger und etwas ulkiger Mann. Ich glaube, er war beleidigt,
wenn er mit der Kurzform seines Spitznamens angesprochen
wurde, also nur Kartoscha oder nur Pratoscha. Dagegen
schwoll seine Brust vor Stolz, wenn man ihn mit seinem vol-
len Spitznamen ansprach – dann war er bereit, dem Bittsteller
für sein »Kartoscha-Pratoscha« jeglichen Wunsch zu erfüllen.
Bekanntlich muss russischer Tradition gemäß ein Mensch
entweder nur mit dem Vornamen, nur mit dem Vaternamen
oder aber, zum Zeichen besonderer Höflichkeit, mit beiden
zugleich angeredet werden. Letztere Variante ist ein Ausdruck
immensen Respekts. Etwas Ähnliches fand statt, wenn Kartoscha mit vollem Spitznamen angeredet wurde: anscheinend
kam es ihm in diesen Momenten vor, als würde er mit Vor- und
Vatername angesprochen.

»Kartoscha-Pratoscha«, sprach ich ihn gefasst an, während
ich mich bei ihm unterhakte und zur Seite nahm, »du musst
mir eine einfache Mastirka für Tripper zeigen, damit ich für
ungefähr zwei Wochen im Lazarett in Kiew bremsen kann.
Das ist extrem wichtig für mich, da ich, wie du weißt, aus der
Einzelhaft komme, und wenn ich weiterhin mit eurer Etappe
weiterreise, in Isjaslaw wieder in Einzelhaft lande!«

»Kruzifix nochmal, nichts einfacher als das!«, antwortete Kartoscha-Pratoscha lebhaft, »du brauchst eine Tripper-Mastirka, alles klar, es gibt viele Mastirkas für Tripper, aber meine ist absolut harmlos und macht dir bloß eine vorübergehende Entzündung in der Harnröhre, ein paar Tage lang.«

»Und wie? Und wie? Wie macht man diese harmlose Mastirka, werter Kartoscha-Pratoscha?«

»Wie, wie man sie macht? Man macht sie so: Du nimmst ein kleines Stückchen von der Kernseife (keine andere, nur Kernseife), feuchtest es an, machst einen kleinen Zylinder draus und steckst ihn nach dem Pinkeln in die Harnröhre. Nachts musst du dich zurückhalten und nicht pinkeln, damit die Seife nicht herauskommt; dass es dir unangenehm ist und du vielleicht auch Schmerzen hast, musst du eben aushalten. Am Morgen kannst du dann ganz normal pinkeln gehen, der Strahl wird die Seife rausholen. Und dann wird aus deiner Harnröhre Schleim austreten, der wird ganz so ausschauen wie der Ausfluss bei Gonorrhoe. Dann bringen sie dich zur Diagnose und Laboruntersuchung ins Lazarett. In der Zwischenzeit vergehen einige Tage und du wirst deine Etappe verpassen, dann denkst du dir noch irgendetwas aus und die Einzelhaft ist so gut wie rum.«

»Danke, werter Kartoscha-Pratoscha, du bist ein wahrer Freund!« Ich dankte meinem Lehrer und reichte ihm die Hand. Der nicht minder erfreute Kartoscha-Pratoscha war zum einen zufrieden, weil ich durch diesen Händedruck meine herzliche Wertschätzung seiner geleisteten Arbeit zum Ausdruck brachte; zum anderen auch deshalb, weil er nicht mit

Kartoscha oder Pratoscha, sondern mit seinem vollständigen Spitznamen angeredet wurde. Er gab mir seinerseits einen festen Händedruck und sah mir mit dem Blick eines rechtschaffenen, starken und geradlinigen Menschen in die Augen. Sein Blick und sein Verhalten schürten meine Hoffnung, die Mastirka würde funktionieren. Mich beschäftigte bloß noch ein wenig, wie ich die Seife in eine so kleine Öffnung bekommen sollte. Ich weiß nicht, ob es der Wahrheit entspricht oder nicht, aber ich hatte gehört, bei manchen seien die Harnröhre und natürlich auch das ganze beheimatende Organ dermaßen flexibel und elastisch, dass ein Arzt im Falle eines Nierensteins einfach seine Hand in die Röhre stecken und den eingeklemmten Stein herausholen könne. Vielleicht stimmt es ja auch. Einmal habe ich einen bekannten BBC-Dokumentarfilm gesehen, in dem eine winzige, fingerdicke Schlange ein Truthuhnei schluckt. Ihr Rachen weitet sich, umgreift das Ei und stülpt sich schließlich wie ein Gummischlauch langsam darüber. Dabei befinden sich im Körper einer Schlange doch Hirn und Knochen, vor allem im Kopf. Aber ihr Körper dehnt sich aus und umschließt in sich das ganze Ei; es passt in die Schlange hinein und bewegt sich in diesem fingerdicken Körper, oder der Körper bewegt sich an dem Ei entlang – was macht das für einen Unterschied ... Wieso sollte dann nicht auch eine Arzthand in das normale Geschlecht eines Mannes hineinpassen, wenn dieses doch weitaus dicker ist als ein Finger, zudem knochenlos und im Gegensatz zur schlauen Schlange absolut hirnlos? Nach einer ordentlichen lokalen Betäubung würde ein selbstloser Arzt vermutlich nicht nur die Hand einführen, sondern selbst in die Harnröhre eines Patienten hineinkriechen und von dort Steine, Kiesel, Geröll, Felsen und Schotter herausholen. Für das Wohlergehen des Menschengeschlechts und eine Verminderung meines Strafmaßes würde ich mich persönlich für so ein Experiment zur Verfügung stellen – die Ärzte könnten ihre Hände in meine Harnröhre stecken, und wenn sie ganz reinpassten, würde ich sie auch ganz hineinlassen. Sie könnten dort ihr Labor einrichten und in aller Ruhe erforschen, wodurch Nierensteine verursacht werden. Die Menschheit wäre ein für allemal von Nierensteinschmerzen befreit und die dankestrunkene Menschheit würde meinem Phallus ein Denkmal errichten. Selbstverständlich handelte es sich hierbei um ein monumentales Skulpturenensemble: Ein ungefähr dreißig Meter hoher, wie eine Zarenkanone emporragender Bronzestamm mit Zarenkanonenkugel-Eiern. Am Kanonenrohr eine entsprechend große Bronzetreppe, von der junge Menschen in weißen Arztkitteln herabsteigen – ein Mann und eine Frau. Der männliche Wissenschaftler steht einige Stufen unter der Frau und blickt ein wenig erstaunt drein, denn das wilde und impulsive Talent des Bildhauers fand seinen Ausdruck, nun, beispielsweise in einem unsichtbaren und ebenso wilden Windstoß. Dieser lüsterne Wind hat den weißen Kittel der Medizinerin hochflattern lassen und weht zwischen ihren schneeweißen Schenkeln hindurch, die die Aufmerksamkeit nicht nur des weiter unten positionierten Bronzearztes, sondern eines jeden nichtimpotenten männlichen Betrachters der Skulptur auf sich ziehen. Zur Unterstreichung ihrer wissenschaftlichen Tätigkeit halten sie Glaskolben und Reagenzgläser in der Hand. Einige Meter unweit der Treppe, die am Phallus lehnt, steht ein großer Bronzebetonbrecher, um den junge wissenschaftliche Mitarbeiter und Laboranten aus Bronze herumwuseln. Sie tragen medizinische Helme, die mit ihren Stirnlampen denen von Minenarbeitern ähneln. Einer trägt einen Presslufthammer auf der Schulter, der zweite, sichtlich erschöpft, lehnt sich auf eine Schaufel, der dritte leert gerade die Schubkarre mit den Steinen aus meiner Harnröhre. Der genialen Idee des Bildhauers gemäß befindet sich der Chef der Mediziner- und Forschertruppe an der Phallusspitze, erst halb aus der Harnröhre herausgestiegen. Er ist, wie die anderen, in einen weißen Kittel gekleidet – ein älterer, doch energiegeladener Akademiker mit elegantem, grauem Kinnbart. In einer Hand hält er irgendein medizinisches Instrument (ausgenommen ein Skalpell zum Knorpelschneiden, solche Dinge mag mein Schaft nicht), in der zweiten aber einen Eimer voller Geröll. Der Virtuosität des Bildhauers geschuldet, wirkt der Wissenschaftler erschöpft und schwitzend, zugleich aber unermesslich zufrieden und stolz ob seiner Tätigkeit. Gierig atmet er den unsichtbaren Wind des Bildhauers ein. In der Mitte des Ensembles würde ein ewiges Feuer brennen unter dem Schutz würdiger Wächter – zweier kraftstrotzender, stattlicher Sanitäter der psychiatrischen Klinik. Die Wächter wären selbstverständlich echt, also lebend, und nicht aus Bronze.

Der kategorischste Punkt meines Testaments würde besagen, dass es jedem ansässigen Penner oder Obdachlosen und jedem arbeitslosen Schlendrian erlaubt sein muss, sich an diesem Feuer zu wärmen, hinzulegen, einen Topf Würstchen zu kochen und seine nassen Socken zu trocknen – ihre Rechte wären ungeachtet jeglicher dadurch verursachten Geruchsbelästigung gewährleistet. Abgesehen davon wäre es Menschen obiger Gruppen bei chronischen Prostataerkrankungen erlaubt, rings um das Denkmal zu pinkeln. Von denselben Rechten könnten Regierungsmitglieder, hochrangige Mitarbeiter von Stadtamt und Ständeversammlung, nichtparlamentarische Oppositionsführer sowie ausländische Diplomaten Gebrauch machen.

Am Sockel meines Zarenkanonen-Phallusmonuments wären hier und da einige wunderschöne Blüten verstreut. Auf dem Sockel aber würde mit großen, ornamentalen Lettern die goldgeprägte Inschrift prangen:

SCHIEBT EUCH EURE BLUMEN IN DEN ARSCH

Das alles sollte in Zukunft geschehen (und tat es auch). Jetzt aber öffnete sich im übelriechenden Gefängnisflur eine Durchreiche nach der anderen und die liederliche Stimme irgendeines Arztgehilfen grüßte die Gefangenen flüchtig und unaufmerksam, er verabreichte ihnen abgelaufene Medikamente, notierte sich die Namen derer, denen nicht gut war, schloss die Durchreiche achtlos wieder und öffnete die nächste genauso achtlos. Schließlich öffnete sich unsere.

»Guten Morgen, sind Kranke hier?«, rief er herein.

»Ja, sind wir, sind wir!«, plärrten die Liebhaber der Krankenstuben und Lazarette, Mastirkas und Kompressen, die sich bereits um die Durchreiche geschart hatten. Sie klagten dem Arztgehilfen abwechselnd ihr Leid und baten um verschiedene

Mittel. Zwei vereinbarten auch einen Termin zur Kontrolle. Nun war auch ich an der Reihe:

»Guten Tag, Herr Doktor«, sprach ich den Arztgehilfen an und setzte ein ernstes und zugleich wohlwollendes Gesicht auf; explizit wohlwollend dem Arztgehilfen gegenüber. Selbstverständlich bezeichnete ich ihn absichtlich als Doktor, da ich wusste, wie gerne Arztgehilfen, Schwestern oder Sanitäter »Doktor« genannt werden. Danach erzählte ich ihm voll affektierter Begeisterung und Empörung zugleich, dass ich unerträglichen Juckreiz und Schmerzen in der Harnröhre sowie schleimigen Ausfluss zu beklagen hatte. Der Arztgehilfe stellte mir daraufhin achtlos ein, zwei Fragen und setzte mich anschließend auf die Liste derer, die am Tag darauf vom Arzt kontrolliert werden sollten.

Ich wollte die Mastirka vor dem Schlafengehen machen, da die Untersuchung erst für morgen anstand und ich mir – besser gesagt, meinem Schaft – keine verfrühte Unannehmlichkeit bereiten wollte. Doch Kartoscha-Pratoscha meinte, ich solle die Mastirka lieber nicht verschieben und bereits jetzt durchführen, damit sich die Entzündung bis zum nächsten Tag angemessen entwickeln könne. Seinem Rat entsprechend nahm ich Haushaltsseife, pulte vorsichtig ein rosinengroßes Stück ab, weichte es in der Hand auf, ging aufs Klo, das glücklicherweise Trennwand und Tür hatte, öffnete den Wasserhahn, feuchtete die Seifenrosine an und weichte sie noch ein bisschen mehr in der Hand auf. Danach knöpfte ich meine Hose auf, nahm mein Gerät zur Hand und versuchte, die Seife hineinzumastirken. Das erwies sich als gar nicht mal so einfach.

Das Gerät versperrte, wie man sagt, den Mund – exakt so, wie es Kleinkinder tun, wenn die Mutter ihnen mit dem Löffel einen Leckerbissen reichen will, das Kind aber sträubend die Lippen zusammenpresst, stur den Kopf schüttelt und trotz großen Flehens den Bissen unter keinen Umständen schlucken will. Die Mutter scheint etwas wütend und ist fast schon so weit, dem Kind den Löffel mit Gewalt in den Mund zu stopfen, doch beim Anblick des reinen und arglosen Gesichts gehorcht ihr die Hand nicht mehr; deshalb fleht und bittet sie:

»Mein Kleiner, mein Spatz, iss doch ein wenig, mein Liebster, meine Hoffnung ...«

Genau so flehte und bettelte ich meinen Spatz an:

»Mein Kleiner, mein Schatz, mein Veilchen, meine Rose, meine Lilie, schluck das doch, Papa zuliebe! Das ist Medizin, leckere Vitamine! Komm, mach Papa glücklich!«

Aber der Spatz sträubte sich, er schüttelte stur den Kopf, suchte sich aus der Hand zu befreien und war unter keinen Umständen dazu zu bewegen, die für ihn bestimmte Portion zu schlucken. Ich hatte keinen Nerv mehr für das Theater: Es musste sein und basta, er war ja schließlich nicht wirklich ein Kind, sondern ein Schwanz, Herrgott ... Ich nahm ihn in die Hand, bog ihm den Hals um und stopfte – wie es meine Großmutter Ofrax zu tun pflegte, wenn sie ihren hirnlosen Küken Maiskörner in den Schnabel stopfte – meinem hirnlosen Küken das Maul mit Kernseife, und das ordentlich.

»So, da hast dus!«

Später hockten die anderen in einem großen Haufen zusammen. Es wurde Karten gespielt und herumgealbert, ich

gesellte mich dazu. Allerdings war mir nicht viel Zeit zum Zu-
gucken und Herumalbern gewährt: kaum war der Sanitäter-
rundgang beendet, öffnete sich die Tür.

»Wer von euch ist Schaschwiaschwili? Er soll rauskommen,
ohne Beutel!«, verkündete die Etagenaufsicht.

Ich blickte fragend umher und suchte Kartoschas Augen,
doch als ich sie sah, verhießen sie nichts Wegweisendes oder
Hoffnungsvolles. Kartoschas Gesichtsausdruck ließ lediglich
auf seine eigene Verwunderung darüber schließen, dass ich so
früh gerufen wurde. Ich ging durch die Tür, die die Aufsicht
aufgemacht hatte, und erblickte sofort den Arztgehilfen. Er
trug dieselbe Uniform wie der Wächter, nur dass sie mit Medi-
zinerabzeichen versehen war; den Arztkittel trug er über der
Uniform. In seiner Hand hielt er eine hölzerne Arzneimittelkiste – ungefähr wie die Kiste, die Handwerker benutzen, nur
größer. Der Mann hatte rötliche Haare, die bei seinen etwa
vierzig Jahren schon etwas ausgedünnt waren. Er hatte lange Augenbrauen und Wimpern, eine glatte und etwas lange
Nase, deren Spitze in einem kleinen, knorpelig-fleischigen
Bällchen mündete. Dieses Bällchen war etwa halb so groß
wie ein Tischtennisball. Es saß ulkig auf der Nasenspitze seines Besitzers und angesichts dessen, dass der Arzt-Fähnrich
einem Fuchs überaus ähnlich sah, erinnerte das Bällchen auf
seiner Nase an »Kolobok«, den eigensinnigen Kloß aus dem
überaus beliebten russischen Volksmärchen, der weder auf
Oma noch Opa hört, sich in den Wald schleicht und sogar
ein Lied über seine Kühnheit und seinen Mut komponiert.
Kühn springt er im Wald umher und trällert Raubtieren sein

Lied vor. Mit diesem Lied kann er Schakal, Wolf und Bär in die Flucht jagen; den gerissenen Fuchs jedoch kann er damit nicht überlisten. Der Fuchs lobt seinen Gesang, stellt sich aber schwerhörig und bittet ihn, auf seiner Nase Platz zu nehmen, damit er seine honigsüße Stimme besser hören kann. Der Kloß glaubte ihm, nimmt auf seiner Nase Platz und wird prompt gefressen.

»Was ist da mit deiner Harnröhre?«, fragte der Fuchs, wie wir den Arztgehilfen nannten, grob und unfreundlich.

Ich listete ihm noch einmal gewissenhaft alle meine Beschwerden auf.

»Komm mit«, sagte er, tat einen Schritt zurück und bedeutete mir, voranzugehen. Ich ging vor. Er folgte mir mit leichtem Abstand, »konvoiierend«, sozusagen. So geleitete er mich vom einen in den anderen Gefängnisflur. Wir ließen den Wachraum hinter uns und gelangten zu dem Raum, wo die Küchenbullen Aluminiumtöpfe, Kanister und Thermoskannen, Kochtöpfe und Schüsseln hinbrachten und spülten, bevor sie wieder in die Küche gebracht wurden. Zwei wuselten umher. Der Arztgehilfe warf die beiden raus, stellte sich in die offene Tür und signalisierte mir, einzutreten. Als ich eintrat, folgte er mir mitsamt seiner Arzneimittelkiste hinein. Das Küchenbullenzimmer war fensterlos. An der Decke hing eine ziemlich kleine Lampe, weshalb es etwas schummerig war. Im Zimmer standen einige große, wannenartige Becken, in denen sich dreckiges Geschirr stapelte. Aus zwei oder drei Wasserhähnen rauschte heißes Wasser. Im Zimmer herrschte deshalb eine gewisse Wärme, doch auch ein merklicher Geruch von

Abwasch und Essensresten. Der fensterlose Raum war von Dampf erfüllt, es gab nur einen Abzug.

Der Arztgehilfe stellte seine Box auf den Boden, verriegelte die Tür, sah mich prüfend an, senkte dann den Blick nach unten, dorthin, wo er das zu untersuchende Körperteil vermutete, blickte dann weg und befahl, ohne den Blick zu heben, als wolle er Augenkontakt vermeiden:

»Hol ihn raus!«

Etwas verwirrt blickte ich mich um, da ich eigentlich vom Venerologen untersucht werden sollte und nicht vom wachhabenden Arztgehilfen; außerdem fanden die Untersuchungen ja normalerweise im Untersuchungsraum oder im Arztkabinett statt und nicht hier, wo Küchenbullen breiige Aluminiumschüsseln, Schöpfkellen und Töpfe spülten.

»Ich soll ihn rausholen?«, fragte ich mit gespielt naiver Verwirrung und vasallisch-ergebenem Lächeln. Damit wollte ich zum Ausdruck bringen, dass ich tatsächlich nicht verstand, was passierte, doch bereit war, dem Befehl des Señors Folge zu leisten.

»Nimm ihn raus, nimm-ihn-raus!«, wiederholte der Arztgehilfe im fordernden Ton, ganz militärisch. Brauchst dich nicht anzubiedern, sieht dich sowieso niemand!«

Um ihm zu bestätigen, dass ich nichts gegen das Rausholen hatte, zuckte ich mit den Schultern, knöpfte meine Hose auf und ließ den Kopf meines Geräts ein wenig hervorlugen.

»Das reicht nicht, hol ihn richtig raus und zieh die Vorhaut zurück!«, befahl mir der Heiler.

Ich holte ihn hervor und zog die sowieso halb zurückgezogene Vorhaut, wie angewiesen, ganz zurück.

Der Fähnrich bückte sich vor und betrachtete das vorhautentblößte Glied:

»Sieht irgendwie nicht so aus, als hättest du was«, war sein erster Befund.

»Aber ja doch, Chef, es juckt und ich habe Ausfluss!« Ich versuchte ihn vom Gegenteil zu überzeugen.

»Na, dann drück doch mal zu und melk was heraus!«, schlug er vor.

Ich drückte zu und melkte, aber selbstverständlich so, dass die Seife nicht aus der Harnröhre herausfiel.

»Neeein, nicht so. So!«, sagte er, führte meine Hand zum vorhautentblößten Glied und begann dann, es selbst gewissenhaft zu untersuchen.

»Ich seh nichts ... was für eine Dunkelheit, wenigstens die Glühbirne hätten sie wechseln können!« Bei diesen Worten bückte er sich vor und untersuchte mittlerweile mit beiden Händen meine Genitalien. Mit der linken Hand, die bis zum Handgelenk in meiner Hose steckte, untersuchte er meine Kanonenkugeln, mit der rechten untersuchte und dehnte er in wissenschaftlich-gewissenhafter Manier meinen Hirnlosen. Seinerzeit gab es eine eifrige Melkerin – Nadeschda Genkina. Die Heldin der sozialistischen Arbeit melkte zwölf statt zehn Liter, tat dies aber so sanft, dass den Kühen die Euter nicht schmerzten. Doch mit der Sanftheit des Fähnrichs hier hätte sie es wohl dennoch nicht aufnehmen können. Ich hatte zwar keine Milch (zu der Zeit war ich steril), doch die Seife fiel heraus.

»Was ist das?«, fragte mich der Arztgehilfe streng. Er saß vor mir in der Hocke, und das ziemlich nah.

Was blieb mir anderes übrig? Ich sagte ihm die Wahrheit: dass es sich hierbei um eine Tripper-Mastirka handelte, Kernseife, die ich mir eben erst in die Harnröhre geknetet hatte.

Diese Information schien ihn zu freuen, doch sah ich auch, dass er es sich nicht anmerken lassen wollte.

»Bist du verrückt geworden?«, fragte er mich mit gedämpfter, strenger Stimme, »von wegen vorübergehende Entzündung, das muss richtig ausgespült werden, sonst eitert es und dein ›Balda‹ muss von der Wurzel an ab. Tja, wer spült dir das jetzt noch aus, es ist niemand mehr im Untersuchungsraum ... Es muss unbedingt ausgemolken werden. Moment, stell dich mal da rüber ans Licht ...«

Er widmete sich dem Melken, damit er auch das Seifenstück herausbekam, das seiner Meinung nach noch drinnen verblieben war. Der Arztgehilfe hatte große und dementsprechend kräftige Hände, doch er führte das alles, wenn auch sehr streng (beinahe grimmig), so doch zugleich sanft, schmerzlos und – ich liege wohl nicht falsch damit – liebevoll aus. Wie? Nun, so, wie man ein kleines, von frischem Fell bedecktes, flauschiges Kaninchen in die Hand nimmt. Der Arztgehilfe war, selbstverständlich, vor mir nicht auf die Knie gefallen, hatte sich aber langsam an mich gekauert, und ich spürte seinen Atem bereits, Verzeihung, an der Eichel. Gut, dass Männer an jenen Stellen keine Riechorgane haben. Wenn ich da so ein Organ gehabt hätte, hätte mich das, was ich in jenem Moment spürte, nicht glücklich gemacht. Das Atmen des Fähnrichs erinnerte nicht an das leidenschaftliche Atmen einer Frau, sondern an das Schnaufen eines perversen Hundesohns, der noch bevor es Abend geworden ist, etwa fünfzig Gramm medizinischen Spiritus zu Speck, Knoblauch und Schwarzbrot in sich hineingekippt hatte, sich nun seinen Lüsten hingab und mir mit einer Hand sanft die Eier kraulte, während die andere mein Gerät prüfte, melkte und draufschnaubte.

Ich weiß nicht, wie andere sich in so einer, sagen wir, extraordinären Situation fühlen würden. Vermutlich würden unterschiedliche Menschen unterschiedlich reagieren – ich aber muss gestehen: Eigentlich mag ich solche Dinge nicht, aber was konnte ich dafür? Ich wurde ein wenig steif. Diese Veränderung erfreute und erregte den Fähnrich sichtlich. Er streifte meine Schaftkanone an der glänzenden Eichel mit seiner unrasierten Backe und reimte zufrieden:

»Ganz ein Schwanz!«

»Schwanz, ein Schwanz!«, bestätigte ich flüsternd.

Unser gegenseitiges Zuflüstern löste ein Gefühl der Freude, Beruhigung und Hoffnung aus. Es erweckte den Eindruck, dass der Gehilfe einer »von uns« war und sich eine Annäherung lohnen würde. Aber sein Zwei- oder Anderthalb-Tage-Bart war nicht ganz so angenehm, wenn ich ehrlich bin. Wer hätte den schon als angenehm empfunden – sein Bart fühlte sich an wie eine Stahlbürste zum Rostschrubben. Deshalb versuchte ich ein wenig zurückzuweichen, war aber nicht schnell genug: der Fähnrich, der fast auf Knien vor mir war, schnappte wie ein eifriger Mungo nach einer ausgepumpten Kobra, erwischte meinen Hirnlosen und begann, ihn zu blasen wie ein Virtuose.

Ich muss erwähnen, dass er dies nicht nur mit unvergleichlicher Fertigkeit, sondern auch mit einer gewissen Absicherung tat. Absicherung bedeutete in diesem Fall, dass er mich im wahrsten Sinne des Wortes mit den Zähnen festhielt: Er arbeitete mit Zunge und Lippen, hatte seinen Kiefer aber gerade so weit geschlossen, dass es mir unmöglich war, mich nach links oder rechts zu winden oder mich gar ohne sein Einverständnis aus ihm zurückzuziehen. Seine Zähne fügten mir zwar keinen Schmerz zu, signalisierten mir aber, dass sie im Falle meines Widerstands zubeißen konnten; sollte ich aber zu kühn werden, würde sich mein Stolz in der Rolle von »Kolobok«, dem Kloß, wiederfinden. Allerdings muss ich gestehen – ich hatte nicht unbedingt vor, Widerstand zu leisten. Schließlich bekam ich einen geblasen, und das nicht von Mikitas, sondern von einem Fähnrich der Gesundheitsabteilung des Innenministeriums, und das nicht in seiner Freizeit, sondern während er seine beruflichen Pflichten erfüllte. Jetzt wollt ihr vermutlich wissen, wer denn jetzt Mikitas schon wieder ist. Bitte sehr, ich sage euch, wer Mikitas ist: Er war der Quadratschädel-Schwule der Kolonie. Er arbeitete als Kloputzer, weshalb er ständig nach Scheiße roch. Einmal versuchte Mikitas, einen Elektrorasierer aus dem Besucherzimmer zu klauen. Es ist unvorstellbar, doch er brachte es zustande, den »Charkow«-Rasierer in seinem Anus zu verstecken und sich so filzen zu lassen. Die Filzer wussten schon, dass dieser Sträfling öfter auf diese Art und Weise Dinge aus dem Besucherzimmer mitgehen ließ, deshalb zwangen sie ihn dazu, sich auszuziehen und hinzuhocken. Nach ein paarmal Hinhocken und Wiederaufstehen fiel Mikitas der Stecker aus dem Anus. Dieser Stecker hing an einem spiralförmigen Isolierkabel und schwankte amüsant hin und her. Der Rasierer jedoch befand sich unverrückbar im Hintern und die Filzer schafften es nicht, ihn herauszubekommen. Dann passierten noch weitere witzige Dinge: Der stellvertretende Strafkolonieleiter Karol kam und steckte, wütend wie er war, den Stecker in die Steckdose. Der Rasierer schaltete sich in Mikitas Körper ein. Aber Schluss jetzt, es geht in dieser Erzählung nun mal nicht um Mikitas. Ich veröffentliche lieber erst einmal das hier, und wenn mich die Kritik nicht dem Erdboden gleichmacht, schreibe ich später über Mikitas.

»Pfui, was ist das?«, stieß der Arztgehilfe in der Zwischenzeit aus und nahm angewidert etwas aus seinem Mund.

Meine Harnröhre fühlte sich befreit an und ich merkte sofort, dass das Mastirka-Seifenstück von meinem Harnkanal in den Mundraum des Arztgehilfen gewechselt war. Er hatte es herausgesaugt. Der Heiler nahm meinen Hirnlosen aus dem Mund, ließ ihn jedoch nicht los. Er spuckte das Seifenkorn in seine andere Hand.

»Gottverdammt, was ist das?«, wiederholte er und verrenkte meinen Hirnlosen ein wenig ...

»Das ist lediglich der von Ihnen herausgeholte Seifenrest, werter Fähnrich! Und darf ich Sie erinnern, das hier ist weder ein Hebel noch eine Drehscheibe!«

»Ungenießbar!«, meinte er schroff und drückte den Hebel noch weiter. So etwas wie ein Mikrokonflikt bahnte sich an, was mir nicht entgegenkam.

»Das liegt daran, Herr Doktor, dass Sie mich bisher manuell gemolken haben, jetzt aber zu Automatik gewechselt sind. Vielleicht sollten wir wieder die manuelle Methode probieren?«

»Die Methoden hier wähle und benenne ich!«, sagte er. Danach tat er etwas, was ich dem Leser so direkt und unverblümt nicht zumuten kann. Ich hatte auch überlegt, diesen Teil auszulassen, da sowieso schon obszön genug ist, was ich erzähle. Aber wenn ich die Geschichte nicht in ihrer Gänze erzähle, ist sie nicht vollwertig. Das alles zu berichten fällt schwer, aber war es damals, als es sich tatsächlich zugetragen hat und ich Teil der Geschichte war, nicht viel schwerer? Jemand tut sich vielleicht damit schwer, das zu lesen und sich anzuhören, aber tat ich mich damals denn nicht schwer damit, daran beteiligt zu sein? Wenn es euch nicht gefällt, lest es halt nicht! Obwohl, nein, hört zu und lest! Lest und haltet aus.

»Das ist gute Seife, aber ungenießbar«, sagte er sarkastisch. Er lachte und ich erkannte, dass die Gefahr eines Mikrokonflikts vorübergezogen war.

Beim »ungenießbar« musste ich auch lachen und hatte direkt einen Konter parat:

»Ich wusste nicht, dass es so kommen würde, Chef, sonst hätte ich statt Seife Halwa und Fruchtkonfitüre in meine Harnröhre eingerieben!«

Meine Antwort entlockte dem Fähnrich noch ein bitteres Lachen.

»Ja, Halwa und Fruchtkonfitüre wären besser gewesen – die Seife aber sollte besser dorthin, wo sie anständige Menschen einmastirken«, sagte er, knöpfte sich die Hose auf, zog sie herunter, bückte sich und steckte sich die Seife aus dem Mund in den Hintern.

Ich weiß nicht, wieso er das tat; in der Arzneimittelkiste hatte er doch etliche Salben und Cremes, die als Gleitmittel getaugt hätten, angefangen mit Vaseline bis hin zu Hüftschmerzmittel auf Schlangengiftbasis. Vielleicht hatte es einen Symbolwert: War es etwas Ähnliches wie Blutsbrüderschaft? Ein Bruderschwur?

Er bückte und stützte sich mit seinen Händen auf das wannenartige Waschbecken, dann drehte er seinen Kopf, wie soll ich sagen, stolz zu mir und rief mir im Befehlston zu:

»Ja was ist, worauf wartest du? Komm jetzt!«

Ich ging zu ihm, aber es wollte mir nicht gelingen. Ich konnte mich nicht darauf einlassen. Er trug eine Gendarmenuniform, hatte ein rötlich behaartes Gesäß und – verflucht – man konnte seine Eier von hinten ein wenig sehen.

»Was ist?«, fragte er sichtlich fordernd.

»Ich weiß nicht, irgendwie geht er nicht rein, Chef«, antwortete ich in bedauerndem Tonfall.

Er seufzte und wühlte unzufrieden eine Tube Vaseline aus seiner Box hervor, trug flott was auf den Finger auf, rieb es sich hinten rein und stützte sich wieder mit den Händen auf den Beckenrand.

Ich stemmte mich wieder dagegen, doch wieder wollte mir nichts gelingen. Meine neue Geliebte mit dem roten Hinternfell sagte mir einfach nicht zu, was konnte ich dafür?

Und in exakt diesem Moment fiel mir ein, was mich retten konnte: mein Zigarettenetui mit dem Samantha-Fox-Kalender!

Mit Herzklopfen und zitternden Fingern nahm ich das Etui aus der Tasche. Ich öffnete es, nahm den Kalender heraus und sofort war die Welt rosarot. Das, was ich zuvor nicht zum Stehen bewegen konnte, stand jetzt wie eine Eins – vorbildlich. Tschakka! Ich stürzte mich auf den Gehilfen und hämmerte in seine Arschmöse. Vor Überraschung fuhr er hoch und stöhnte, und ich wäre vermutlich kaum ohne Bisswunden davongekommen, wenn er den Hals denn hätte drehen können. Doch glücklicherweise war es ihm nicht möglich, den Hals vollständig zu drehen – ich hielt ihn in Schach.

Ich hatte meine ganze Konzentration auf Samantha Fox gerichtet und vermied es nicht nur, den Fähnrich anzusehen, sondern überhaupt an ihn zu denken. Nur eine scheinbar unwichtige, tatsächlich aber überaus wichtige Kleinigkeit störte das Ganze: Auf dem Foto stand Samantha aufrecht, die Hände hinter den Kopf gelegt und das Gesicht zu mir gewandt. Beim Fähnrich war es gerade umgekehrt: er hatte mir den Rücken zugekehrt und war außerdem gebückt. Diese Störung konnte ich teilweise beheben, indem ich den Gehilfen darum bat, die Hände wie Samantha hinter den Kopf zu verschränken, dort platzierte ich dann Samanthas Foto. Seine Haltung sah der von Samantha nun ein wenig ähnlicher. Der einzige Unterschied bestand nunmehr noch darin, dass Samantha mit dem Gesicht zu mir stand, der Fähnrich aber mit dem Rücken. Und selbstverständlich bestand auch im weiblichen Charme ein wesentlicher Unterschied: Samantha, die am goldenen Meeresstrand im hellblauen Bikini unter einer wunderschönen Palme stand, hatte dem Arztgehilfen, der sich in einem dunklen und dampfenden Zimmer an einem Geschirrwaschbecken bückte, offensichtlich einiges voraus, aber so war das nun mal ...

Dann war alles vorbei und wir zogen uns die Hosen hoch. Auf einmal packte mich der Arztgehilfe am Arm, so fest, als wolle er mir eine reinhauen.

»Du denkst jetzt wohl, ich wär ne Schwuchtel!«, sagte er scharf und sein Blick durchbohrte mich.

Ich hatte selbstverständlich überhaupt keine Lust darauf, mit ihm eine Diskussion darüber zu führen, für wen ich ihn hielt; vor allem da er sichtlich erregt und auf Streit aus war.

»Nein, Chef«, antwortete ich so gefasst und versöhnlich wie nur möglich, während ich seinem Blick auswich. »Was hat das denn überhaupt mit irgendwas zu tun, denk nicht mal daran. Wir hatten nur ein wenig Spaß, mehr nicht.«

Er sah mich erst misstrauisch an, doch dann schien er mir zuzustimmen.

»Ja, wir hatten nur Spaß. Ich bin keine Schwuchtel, ich kriege nur manchmal trotzdem Lust auf sowas. Na dann viel Erfolg, erzähl ruhig rum in deiner Zelle, dass du mit dem Assistenzarzt gevögelt hast!«

»Was hat das denn mit irgendwas zu tun, Chef, ich bin bloß Transitsträfling, heute oder morgen bin ich per Etappe wieder weg, was brauch ich da denn Geschwätz?«

»Ja, gut, werden wir sehen!«

Dann kam ich nochmal auf meine Sorgen zu sprechen:

»Ich gehe per Etappe nach Isjaslaw. Ich muss noch zwei Wochen Einzelhaft absitzen. Ich muss irgendwie in Kiew bleiben. Hilf mir dabei, mich irgendwie in der Krankenstube dazubehalten, und hols der Teufel, wir können noch mehr Spaß haben – schließlich ist unser Pulver noch nicht ganz verschossen.

»Nein!«, bläffte er. »Du kennst mich nicht, aber ich bin nicht schwul. Ich bekomme nur manchmal komischerweise Lust auf sowas. Du bist bloß Transitgefangener, kein Mensch behält dich wegen einer Seifenmastirka da und zwei Wochen sinds nicht wert, dass du dir was Ernstes antust. Geh hin, zwei Wochen Einzelhaft sitzt du auf einer Arschbacke ab. Ihr sitzt schon euer ganzes Leben, was sind da zwei Wochen? Was machen dir zwei Wochen noch aus? Geh einfach, und dann red nicht schlecht von mir. Ich bin auch nur ein Mensch, vergiss das nicht.«

Seine Worte übten eine seltsame Wirkung auf mich aus, mich überkam sogar eine Art Mitgefühl. Als Zeichen der Zustimmung nickte ich ein paar Mal. Ich sagte nichts.

»Brauchst du vielleicht irgendein Medikament? Wenn ich schon mal hier bin, kann ich dir auch was geben«, meinte er.

»Ich weiß nicht, wenn du Theophedrin hast, gib mir doch was«, antwortete ich.

Der Fähnrich nahm eine Packung Theophedrin aus der Box und reichte sie mir.

»Hier, da sind noch vier drin, kannst alle haben.«

Ich nahm ihm die Tabletten ab und bedankte mich. Dann öffnete er die große, verriegelte Tür und ließ mich aus dem Küchenbullenzimmer. Er verließ den Raum ebenfalls und schloss die Tür hinter sich. Dann rief er die wachthabende Etagenaufsicht und lieferte mich ab.

»Also, bleib gesund!«, sagte er zu mir.

»Bleib gesund!«, sagte auch ich.

Der Aufseher brachte mich zurück in die Zelle und sperrte zu.

Zuallererst ging ich zum Waschbecken und wusch meine Hände, in der Zwischenzeit stellten sich Kartoscha-Pratoscha und einige andere neugierige Nichtsnutze um mich herum.

»Ich hatte kein Glück«, meinte ich, »der Arztgehilfe hat mich untersucht und dabei ist die Seife herausgefallen.«

Kartoscha schien verwundert und sah mich etwas misstrauisch an. Er fragte:

»Der Gehilfe hat dich untersucht? Eigentlich hätte er dich nicht untersuchen dürfen, das gehört doch gar nicht zu seinen Aufgaben. Wo hat er dich denn untersucht, direkt im Flur? Hat er deinen Dödel angefasst oder wie konnte die Seife rausfallen?«

»Nein«, antwortete ich, »er hat meinen Dödel nicht angefasst. Wir waren im Küchenbullenzimmer, ich musste mein Häutchen zurückziehen, dabei ist die Mastirka rausgefallen.«

Kartoscha drückte sein Bedauern über diese Niederlage aus – ich hätte die Seife mit einem Streichholz tiefer in die Harnröhre stopfen müssen, meinte er. Danach riefen sie mich zum Tschifir und ich beteiligte mich am Kartenspielen, Tschifirtrinken und Herumalbern. Ich kam, wie man sagt, nicht mit leeren Händen – dank der vier Tabletten Theophedrin des Arztgehilfen. Dieses Mittel wurde früher Asthmatikern verschrieben. Heute wird es, glaube ich, nicht mehr produziert.

Es ist ein Ephedrin-Ersatz und wirkt belebend. Es passt gut zu Tschifir. Die Tepa-Liebhaber machten große Augen, der goldbezahnte Witzbold Schenia Frukt, also im bürgerlichen Leben Ewgeni Fruktow aus Odessa, halbierte manche Tabletten, andere viertelte er und verteilte sie unter den Anwesenden. Dann sah er mir prüfend in die Augen und traf, im wahrsten Sinne des Wortes, ins Schwarze:

»Sag mal, Junge, hast den Gehilfen gevögelt oder was?« Er sagte das aber nur so beiläufig, er hatte es sich ausgedacht; einfach, weil es für einen frisch eingetroffenen Transitgefangenen in Kiew nicht gerade leicht war, vier Tabletten Theophedrin zu erhaschen.

Ich musste lächeln. Selbstverständlich hatte er geschnallt, dass ich mir einige Vorteile beim Gehilfen erspielt hatte, aber wie, das verstand er nicht. Selbst wenn ich ihnen von unserer Vögelei erzählt hätte, hätten sie mir nicht geglaubt, einfach deshalb, weil sich Fähnriche des Innenministeriums nicht einfach so vögeln lassen. Zugeben oder Leugnen liefen in diesem Falle auf dasselbe hinaus. Die Wiederholungstäter verarschten mich:

»Bratwa, guckt euch an, wem es in der Ukraine gut geht! Da geht er zehn Minuten in den Flur, vögelt unseren ukrainischen Arztgehilfen und kehrt mit vier Nüsschen Theophedrin zurück!«

Was hätte ich auf so eine Vorlage entgegnen können? Hätte ich geschworen, dass nichts gelaufen war, hätte ich sie dadurch erst recht misstrauisch gemacht. Deshalb ließ ich mich auf ihre Faxen ein und antwortete genauso albern:

»Frukt«, sagte ich, »du redest mit einem Bedauern, man könnte meinen, es wär nicht der Arsch vom Gehilfen, sondern dein eigener! Na und, wenn den Gehilfen mal die Liebe packt und er den Mann aus der Einzelzelle nagelt?«

Danach meldete sich Frukts Gewissen.

»Nein, Mann, solange du Theophedrin beschaffst, kannst du von mir aus mit dem Gefängnisleiter vögeln!«

Nach dem Tschifir ging ich zu meiner Pritsche und nahm das frischbenutzte, leicht feuchte Handtuch herunter, das am Seil hing, und holte frische Unterwäsche aus dem Sack. Dann schöpfte ich mit meinem Ein-Liter-Blechkrug zweimal heißes Wasser aus dem Fass und schüttete es in den Spülkasten, ging ins Klo, schloss die Tür, zog meine Hose aus und warf die verdreckte Unterhose in den Müll. Mir war unwohl, da mich die Toilettenschranke und die Tür nur halb bedeckten, mein Oberkörper sichtbar war – und der Sitz zudem auf einem kleinen Sockel stand, so dass ich von außen aussah wie ein Komponistendenkmal im Operngarten, das hin und her guckt und sich wäscht, während die Parkbesucher einander fragen:

»Was wäscht sich diese Büste denn da?«

Frukt konnte meine Qual nicht mehr mitansehen, warf mir noch eine Bemerkung zu:

»Junge, was fuchtelst du da rum? Hast du den Gehilfen vielleicht echt gevögelt? Bratwa, schaut euch das an, der Junge hat den Gehilfen gevögelt und jetzt wäscht er sich den Schwanz!«

Ich wiederhole, Frukt machte nur Scherze und es wäre ihm im Traum nicht eingefallen, dass es kein Scherz war, der über seine Lippen kam, sondern die wahrhaftige Wahrheit. Jawohl, ich hatte tatsächlich den Fähnrich gevögelt und wusch mir deshalb jetzt den Schwanz. Doch die Scherze waren mir egal. Deshalb rief ich Frukt direkt aus dem Klo zu:

»Komm schon, Frukt, sind deiner Fantasie denn gar keine Grenzen gesetzt? Du siehst doch, dass ich mich verraten habe und gescheitert bin, meine Mastirka ist rausgefallen. Jetzt kann ich nichts mehr für den Tripper tun und muss mit nach Isjaslaw kommen. Ich will meine Harnröhre nicht unnötig reizen und deshalb wasche ich das gottverdammte Ding. Von dir sagt man auch, dass du die Küchenbullen vögelst, weil du seit zwei Tagen zufällig Fleisch in deiner Schüssel findest. Andere Leute haben das ganze Jahr über nicht ein einziges Stück Fleisch in der Schüssel, du aber gleich zweimal hintereinander.«

Die Fleischgeschichte stimmte: Frukt hatte wirklich zweimal hintereinander in seiner Suppe kleine Fleischstückchen gefunden, was unter den Wiederholungstätern sofort Vermutungen bezüglich einer Vögelei zwischen Frukt und den Küchenbullen nach sich zog. Als ich ihm das alles an den Kopf geworfen hatte, wurde er etwas zurückhaltender und ließ die Scherze.

»Komm, dann vögel ich halt den Gehilfen und du die Küchenbullen«, sagte er und verstummte.

Auf dem Klositz hockend schaffte ich es unter Müh und Not gerade so, meinen gekränkten, vaseline- und wasweißichnochgetränkten, mit Haushaltsseife gestopften Hirnlosen sowie die umliegenden Organe zu waschen. Ich trocknete mich ab, zog mir frische Unterwäsche und meine Hose an, stieg vom Klo und klinkte mich wieder ins Geschehen ein. Dann aßen wir zu Abend – Kiewer Haferbrei »Aviosser« mit mitgebrachten Fischkonserven, dazu kochendes Wasser und als Nachtisch Kringel mit Margarine. Es wurde dunkel und ich legte mich auf meine Pritsche, erschöpft und voller neuer Eindrücke. Ich legte mich hin und steckte meinen Samantha-Fox-Kalender oben zwischen Metallrost und fremde Matratze. Ach, ich bin ein unverbesserlicher Zyniker und war es schon damals. Ich lag auf der Pritsche, betrachtete den zwischen Metallrost und Matratze geklemmten kleinen Kalender und redete in Gedanken mit Samantha Fox. Im Halbschlaf verloren sich meine Gedanken manchmal, doch ich ließ den Hartgummi-Rosenkranz durch meine Finger klimpern und flehte Samantha wortlos und inständig an:

Samantha, mein Mädchen, ich habe eine Bitte an dich: wenn du Posen für deinen neuen Kalender auswählst, mach bitte mir zuliebe so ein Foto: Stell dich an einem goldenen Strand am Meer mit dem Rücken zu mir, verschränke die Arme hinter dem Kopf – kennst du ja – und bück dich ein wenig. Wenn du mich dabei noch ansehen und lächeln kannst, umso besser. Aber ich habe eine einzige Bitte, mein Spatz: Dreh dich nicht ganz um, sondern nur ganz wenig – so, als könntest du dich aus einem bestimmten Grund nicht noch mehr umdrehen.

Gebadet, frisch bekleidet und frisch rasiert, satt und tschifirverköstigt entspannte ich auf der Pritsche. Ich trug eine vom Kolonieschneider Schapka gefertigte, nagelneue Kluft, an der Seite lag meine »Aerodrom«-Schiebermütze. Durch meine Hand ließ ich einen Rosenkranz mit Totenköpfen aus Hartgummi gleiten, den mir ein Freund geschenkt hatte. Ich war siebenundzwanzig Jahre alt und mir ging alles am Arsch vorbei. Ich dachte, alles sei in Ordnung. Tatsächlich war weder alles in Ordnung, noch ging mir alles am Arsch vorbei. Ich befand mich in großem Unglück und litt unglaublich darunter. Mit unmissverständlicher Deutlichkeit wurde mir bewusst, dass mir noch größeres Unglück bevorstand. Aber um ehrlich zu sein, war ich trotzdem dankbar für das alles – für das Unglück, das ich bis jetzt erlitten hatte, und das, was mir noch bevorstand. Denn ich wusste, dass mir und anderen viel mehr gegeben wurde, als uns in Wirklichkeit zustand. Ich war dankbar, dass mir die Gabe zuteil geworden war, das erkennen zu können. Außerdem hatte ich den Glauben und die Hoffnung, dass mir irgendwann das gegeben würde, was mir damals fehlte. Ich war dankbar für die Eigenschaften, mithilfe derer ich im Unglück meine Dankbarkeit aufrechterhalten konnte. Im Unglück war ich dankbar für das Unglück, das mich überkam. Ich gab mich dem Unglück hin und lernte durch das Gefühl, das es mir bescherte – das Gefühl, das man Liebe nennt –, alles und jeden auf der Welt lieben. Tschifir und Sardellen, Kartoscha-Pratoscha und Frukti Schenia, Majos Karol und Oberfähnrich Schurba, das Küchenbullenzimmer und den Arztgehilfen – meine augenblickliche Selbstvergessenheit ... Ich liebte sogar Mikitas – soll ihn der Kuckuck holen. Ich liebte auch das Gefängnis, das damals mein Zuhause war ... Und ich liebte selbstverständlich Samantha Fox – außerordentlich. Ich liebe sie auch jetzt ... Ich liebe sie und werde sie immer lieben.

Der Spion und der Beobachter

Hainbuche ist ein hartes Holz – deutlich härter als zum Beispiel Eiche. Hobel und Sportgeräte sowie Axt- und Hammerstiele werden aus ihr gemacht. Nachdem sie die Hainbuche gefällt haben, entfernen ältere, erfahrene Handwerker die Rinde und lassen den entrindeten Baumstamm unter freiem Himmel liegen, so dass er Hitze, Kälte, Regen, Sonne und Wind zu spüren bekommt. Dann platzt er auf, verbiegt und verformt sich; so verbringt er drei Jahre. Erst dann hacken sie die gesprungenen Holzpartien entlang der Risse ab, und aus dem Kern, der ganz geblieben ist, werden glorreiche Werkzeuggriffe und andere nützliche Dinge hergestellt.

Wir stellen Kreuze aus Hainbuche her. Im Gegensatz zu dem luftgetrockneten Material, wie es von erfahrenen Handwerkern hergestellt wird, trocknet unser Holz in einer gewöhnlichen Holztrocknungsanlage, steht jenem meines Erachtens an Härte aber in nichts nach. Falls ihr einmal die Gelegenheit habt, eine polierte, 4x4 einmeterzwanziger Hainbuchen-Latte in die Hand zu nehmen, könnt ihr die Schwere, Härte und eine gewisse Kälte mit den Fingern erfühlen – Hainbuche ist fest und kalt wie Metall. An diese eine Latte wird eine zweite, fünfzig Zentimeter lange Latte gleicher Dicke geschraubt, und fertig ist das Kreuz – es muss nur noch lackiert werden. Das Anschrauben scheint mir gerechtfertigt, da ein genageltes Kreuz leicht auseinanderbricht. Ich selbst habe von Bekannten einige solcher Kreuze über den Kopf gezogen bekommen. Das ist eigentlich nicht weiter schlimm, da mein Kopf, wie man sagt, hart wie ein Kürbis ist. Doch dazu später mehr; von dem Vorfall mit dem Kreuz erzähle ich selbstverständlich noch.

Vater Olympius ist unser Beichtvater. Er ist »abtrünniger Verbannter« der Kirche. Die Bezeichnung »abtrünniger Verbannter« habe ich mir selbst ausgedacht. So nenne ich meinen Beichtvater aus Gründen der Neutralität. Aber die Wahrheit muss man schon beim Namen nennen dürfen:

Vater Olympius war seinerzeit ein gewöhnlicher Priester gewesen, geriet aber im Lauf der Jahre in Konflikt mit der Kirche, weil ihm die von deren Spitze praktizierte »Politik« und die zwar verborgenen, doch wahrlich existenten unrechten Vorgänge innerhalb der Kirche missfielen. Da Vater Olympius ein außerordentlich emotionaler Mensch war, ging er mal lautstark fluchend, mal lautstark prügelnd gegen solche Übelstände vor, wenn er sie entlarvte. Mit diesen Methoden versuchte er wieder Ordnung in der Kirche zu schaffen. Wegen seiner Randale sowie mittelalterlichen und obskuren Ansichten (wie die geistlichen Autoritäten meinten) wurde er aus der Mutterkirche verbannt. Und nun ja, abtrünnig wurde er, selbstverständlich, aus eigenem Willen.

Ich sagte »Wir«. Wir, das ist die Gemeinde – die Gemeinde von Vater Olympius; also die Menschen, die ihm glauben.

Selbstverständlich glauben wir auch an die grundständige Mutterkirche, doch sind wir der Meinung, dass deren Oberhaupt ein wenig vom rechten Weg abgekommen ist – nicht nur ein wenig, sondern gehörig, aber dazu später mehr.

Ihre versöhnlerische Haltung neuentstandenen Sekten gegenüber ist für uns inakzeptabel. Wir bekämpfen Sekten – wir verprügeln sie, vernichten ihr Hab und Gut und verbrennen ihre Bücher. Wir tun all das, was die Kirche eben nicht tut – sie vertritt die Meinung, Sektenanhänger müsse man friedlich bekämpfen. Nun ja, habt ihr schon mal von einem friedlichen Kampf gehört?

Ich habe einmal nur so, aus Interesse, in einer Enzyklopädie nachgelesen, was das Wort »Sekte« wirklich bedeutet. Man mag es kaum glauben, aber eine Sekte ist eine von den vorherrschenden (so stand es geschrieben), grundständigen Kirchen losgesagte religiöse Gemeinschaft, die nicht den gemeinsamen Richtlinien folgt – das heißt, de facto wären wir also auch eine Sekte – das aber nur enzyklopädisch, wie man sagt. Vor der Gemeinde sollte ich über sowas lieber kein Wort verlieren, denn wenn solche Aussagen an Vater Olympius' Ohr gelangen, könnte er mir eine Buße auferlegen. Darüber, dass wir eine Sekte sein könnten, rede ich deshalb nicht, nein, ich denke nicht einmal darüber nach, da solche Gedanken eine Menschenseele ins Verderben stürzen können. Falls wir jedoch tatsächlich eine Sekte sein sollten, gibt es davon anscheinend gute sowie schlechte. So wie es gute und schlechte Menschen gibt, gibt es also auch gute und schlechte Sekten. Kurzum, die Zeugen Jehovas sind eine schlechte Sekte, wir aber – falls

wir, Gott sei mir gnädig, unbedingt eine Sekte sein müssen –
sind zweifelsohne gut, da unser Glaube der einzig wahre auf
der Welt ist. Also ist es egal, wie wir bezeichnet werden, unser
Glaube ist und bleibt der richtigste.

Um ehrlich zu sein, habe auch ich die Weisheit nicht mit
Löffeln gefressen. Ich bin ein einfacher junger Mann mit einem Kopf hart wie ein Kürbis (verzeiht, dass ich mich derart
auf meinen eigenen Kopf beziehe, aber ich liebe diesen Ausdruck, da er die Härte meines Kopfes sowie meine seelische
und physische Verfassung besonders treffend beschreibt).
Doch manchmal plagen auch mich frevelhafte Gedanken:
Wieso ist eigentlich unser, ausgerechnet unser Glaube der einzig wahre auf der Welt und kein anderer? Ich hätte das wahrscheinlich lieber nicht aussprechen sollen, aber da es nun raus
ist, kann ich ja auch gleich erzählen, wo und wann mir diese
Gedanken kommen. Gott sei mir gnädig, aber diese Gedanken kommen mir immer, wenn ich unsere Leute beobachte.
Wir, Vater Olympius' Anhänger, also die Olympier (manchmal
werden wir so bezeichnet), sehen uns alle recht ähnlich: unterschiedlich dick oder dünn, sind wir alle mittelgroße, bärtige
Männer mit kreuzbestickten chewsuretischen Mützen auf dem
Kopf. Viele von uns haben Hakennasen und einen grimmigen
Blick. Alter georgischer Tradition gemäß küssen wir Männer
uns zur Begrüßung auf die Schulter. Dies führt gelegentlich
zu Verwirrung, da derjenige, den du nach seinem Wangenkuss
mit einem Schulterkuss grüßt, dir daraufhin ebenfalls einen
Schulterkuss verpassen muss. Bestrebt, nicht in seiner Schuld
zu bleiben, küsst du anschließend ihn auf die Wange, da er

dir einen Kuss auf die Wange sowie auf die Schulter gegeben hat, du jedoch lediglich auf die Schulter. Letztendlich läuft es darauf hinaus, dass ihr euch (besonders im betrunkenen Zustand) gegenseitig Schulter und Wangen abknutscht, tatsächlich aber besabbert und die Köpfe aneinanderhaut. Das kann sich so lange fortsetzen, bis einem die chewsuretische Mütze vom Kopf fällt. Nunja, soll sich wer anders beschweren, ich jedenfalls habe meine Mütze stets fest über meinen Kopf gezogen, der hart wie ein Kürbis ist, wie schon erwähnt. Überhaupt sollten sich Männer mit einem Handschlag zufriedengeben und weder Schulter noch Gesicht abknutschen – eine schlechte Angewohnheit, meiner Meinung nach.

Auf Vater Olympius' inständige Bitte sind wir verpflichtet, möglichst reines, unverfälschtes Georgisch zu sprechen. Unverfälschtes Georgisch ist aber, meiner Meinung nach, nur das Altgeorgische. Selbstverständlich ist es uns kaum möglich, vollkommen altgeorgisch zu sprechen, doch klingt unsere Sprache durchaus etwas altertümlich. Einige beherrschen sie gut, andere wiederum überhaupt nicht, wieder andere wirken damit eher lächerlich. So hat zum Beispiel unser Gemeindemitglied und mein Seelenbruder, Suri Suluchia aus Gali, in meiner Gegenwart mit einem Verkäufer gesprochen:

Suri Suluchia: »So saget mir doch, ob dies' Mayonnaise schlecht sei?«

Verkäuferin: »Nein der Herr, was denken Sie! Das Datum steht oben drauf, sie ist ganz frisch eingetroffen!«

Suri Suluchia: »Als könnt' man gewahr werden, ob's trefflich sei, was draufstünde!«

Verkäuferin: »Sie ist neu, werter Herr, ganz sicher!«

Suri Suluchia: »So haltet mich zum Narren nicht, Weib! Mich bedürfts der Mayonnaise für das Kindelein!«

Verkäuferin: »Für wen bitte wollen Sie die Mayonnaise?«

Suri Suluchia: »Das Kindelein, das Kindelein!«

Was unsere Frauen angeht, so sind diese gütig und in ihrem Glauben unverrückbar, doch der Großteil leider stark behaart. Als Mann steht es mir vielleicht nicht zu, derart über die, sagen wir, Mängel, Imperfektionen oder physiologischen Eigenheiten von Menschen – insbesondere Frauen – zu urteilen. Es ist nicht einmal der Rede wert, doch muss man die Wahrheit beim Namen nennen dürfen. Dass unsere Frauen größtenteils stark behaart und unansehnlich sind, ist jedenfalls Tatsache – Damenbart, Koteletten, Fell in Ohren und Nase sowie auf der Nase. Dies ist zum einen wohl dadurch bedingt, dass es in der Gemeinde deutlich mehr ältere als jüngere Frauen gibt; zum anderen jedoch dadurch, dass sich unsere Frauen weder enthaaren noch jegliche andere Art von kosmetischen Hilfsmitteln anrühren. Vater Olympius verbietet es ihnen. Seiner Meinung nach hat ein Mensch so zu sein, wie der Herrgott ihn erschuf – nicht wimperntuschen- und lippenstiftbeschmiert. Die Frauen der Gemeinde leisten seinem Gebot Folge und versuchen gar nicht erst, etwas an ihrem Äußeren zu ändern. Sie bleiben so, wie der Herrgott sie erschuf. Als Erzähler habe ich ein gewisses Recht dazu, einiges auszulassen, anderes wiederum bewusst hervorzuheben. Doch wenn man Menschen beschreibt, liegt das Wesentliche nicht darin, worin sie anderen ähneln, sondern darin, worin sie sich von anderen unterscheiden.

Wenn diese Regel nicht befolgt wird, bleibt die Erzählung oberflächlich und die von dir gezeichneten Charaktere farb- und glanzlos. Welchen Sinn hat es dann, die Geschichte noch zu erzählen? Ich bin ziemlich sicher, dass die meisten Frauen ebenso starken Haarwuchs haben wie die Frauen unserer Gemeinde. Andere Frauen entfernen sich unerwünschte Haare lediglich mit den unterschiedlichsten Methoden, unsere eben nicht. Andere besitzen zwar hübsche Gesichter, aber keine Güte; unsere Frauen besitzen Güte und Koteletten. Ich übertreibe schon wieder – das ist nur Gerede, zynisches Gerede. Manchmal sage oder mache ich etwas und hasse mich im Nachhinein dafür. Jetzt hasse ich mich auch.

Um noch einmal auf unsere Frauen zurückzukommen: Selbstverständlich gibt es unter ihnen auch Schönheiten, einige, vor allem die jüngeren – wahre Schätzchen. Das sage ich in vollem Ernst und nicht deshalb, um das eben Gesagte abzumildern! Vermutlich hätte ich besser nichts gesagt ... aber jetzt ist es nunmal raus, was solls. Ich kann meine Worte nicht zurücknehmen. Da wir nun bereits von Olympierfrauen sprechen und um das Thema endlich abzuschließen, will ich noch eines ergänzen: Während wir Olympiermänner über die Zeugen Jehovas herfallen und sie prügeln, singen unsere Frauen engelsgleich und kneifen und zwicken die Opfer, wenn sich die Gelegenheit bietet. Hiermit beende ich dieses Thema also und schließe ab. Ich schließe vor allem deshalb ab, weil die Olympierfrauen, wie man ehrlicherweise sagen muss, weder durch sonderlichen Verstand hervorstechen noch irgendeine relevante Rolle innerhalb der Gemeinde spielen.

So muss es auch sein – eine Frau ist eine Frau.

Ich bin Giwi Lamasoschwili aus Orchewi, ledig und arbeitslos. Mir kommt eine etwas eigenartige Funktion in der Gemeinde zu: Ich bin Vater Olympius' entsandter Spion bei den Zeugen Jehovas.

Das kam folgendermaßen: Einmal beorderte mich Vater Olympius zu sich nach Senaki und bot mir in Beisein des Diakons Bikent eine gottdienliche Aufgabe an. Selbstverständlich stimmte ich voller Freude zu und verkündete, Giwi Lamasoschwili sei stets bereit für eine gottdienliche Aufgabe. Dann erst verriet mir Vater Olympius, dass er Spitzel in die Sektenstrukturen eingeschleust hatte, Abgesandte, die ihn den Umständen entsprechend mit detaillierten Informationen aus dem Inneren der Sekte versorgten: wie sie sich finanzierte, welche Rituale sie vollzog, wie sie sich bewegte, wie sie georgische Seelen lockte und welche zukünftigen Pläne sie verfolgte. Einer dieser Spitzel sollte ich werden. Ich sollte leben wie ein Zeuge, zum Teufel, sollte das größtmögliche Vertrauen ihres Leiters gewinnen und Vater Olympius oder Diakon Bikent über jegliche Neuigkeit unterrichten, die ich im Nest der Verfluchten sah oder zu Ohren bekam.

Ich stimmte zu.

Das erste Treffen, dem ich beiwohnte – ein Kongress, wie die Zeugen Jehovas es nennen –, fand in einer kleinen Mietwohnung statt. Dort stand ein ramponierter Kassettenrekorder, der während der Gesänge ständig an- und ausgeschaltet wurde. Ich erinnere mich, dass sie sich gegenseitig verschiedene Fragen stellten und, selbstverständlich, auch entsprechend beantworteten. Die Fragen handelten hauptsächlich davon, wie sich ein gläubiger Zeuge in diesem oder jenen Falle zu verhalten habe. Ungefähr so: Frage: »Mit wem sollte ein Zeuge Jehovas befreundet sein?« Antwort: »Jawohl, ein Zeuge Jehovas sollte nur mit anderen Zeugen Jehovas befreundet sein.« Frage: »Wen sollte ein Zeuge Jehovas heiraten?« Antwort: »Jawohl, ein Zeuge Jehovas sollte nur einen Zeugen Jehovas heiraten.« Sie prüften auch ihre Bibelkenntnis. Frage: »Wie hieß Noahs ältester Sohn?« »Jawohl, Noahs ältester Sohn hieß Sem.« – »Wie hieß Isaaks Frau?« »Jawohl, Isaaks Frau hieß Rebekka.« Die Respondenten antworteten gefasst und gelassen, leiteten jedoch jeden ihrer Sätze mit einem »Jawohl« ein. Das war alles. Sie lösten sich nicht sofort nach Ende des Kongresses auf. Wie Diebe schlichen sie sich in Kleingruppen von höchstens fünf Personen nach und nach hinaus. Die weiteren Kongresse verliefen ähnlich.

Außer Kongressen veranstalten die Zeugen auch sogenannte Theateraufführungen, in denen sie biblische Szenen aufleben lassen – sagen wir so, es ist ein sehr eigenartiges Theater. In diesen Stücken habe ich auch mitgespielt, davon erzähle ich noch. Das Regelwerk der Zeugen, muss ich euch sagen, erinnert mich stark an ... Doch was hat es für einen Sinn, jetzt über ihr Regelwerk zu sprechen? Ich erzähle lieber mehr vom Theater. Mir ist es schleierhaft, welches Schauspieltalent der Zeugenälteste in mir entdeckt zu haben glaubte, aber einmal nahm er mich zur Seite und betonte, ich müsse im biblischen Theater mitspielen. Der Älteste dieser Gemeinde ist ein Mann von etwa vierzig Jahren. Es ist nicht tatsächlich der Älteste, so werden bloß die Leiter der Zeugen genannt. Ich sollte König David verkörpern. Was hatte ich schon zu verlieren, ich willigte ein. Irma würde Bathseba spielen. In diesem Stück gefiel mir die Stelle ganz besonders, wo König David (also ich) Bathseba (also Irma) packen und entführen sollte. Zur Unzufriedenheit des Ältesten machte ich an dieser Stelle absichtlich alles falsch, damit wir die Szene wiederholen mussten. Ich entführte Irma insgesamt etwa siebenmal: Ich nahm sie über die Schulter und rannte auf und ab. Schließlich war ich gezwungen, so zu spielen, wie der Hundesohn von Ältestem es wünschte, aber die letzte Aufführung, die war was, Grundgütiger. Ich packte Irma und drückte sie so fest an mich, verzeihe mir Gott, wie wohl der wahre König David die wahre Bathseba im Leben nie gedrückt hat!

»Bravo!«, rief der Älteste und weinte vor Freude. Auch die anderen Zeugen weinten vor Begeisterung über Irmas und meinen Auftritt. Danach überschütteten sie uns mit Applaus und Blumen. Ich sammelte die Blumen von der Bühne auf und schenkte sie Irma.

Irma ist eine Zeugin Jehovas. Wie überall anders auch, gibt es bei den Zeugen Jehovas die unterschiedlichsten Menschen, und manche von ihnen glauben tatsächlich an das, was sie zu glauben meinen, andere wiederum nicht. Aber Irma, die Unglückselige, glaubte von ganzem Herzen an ihren Jehova.

Ich mag sie. Ich mag sie nicht nur, Gott sei mir gnädig, ich liebe sie. Sie ist hübsch, klug und gebildet. Zudem noch anständig – ihr scheint eine natürliche, ich möchte sagen »keusche« Sittsamkeit eigen zu sein. Irma ist auch der Grund, weshalb ich von unseren Leuten zwei oder drei Kreuze über den Kopf gezogen bekommen habe.

Wenn Kongresse besonders gut besucht sind, fallen unsere Olympier ein und schlagen ihnen, wie man sagt, die Rübe ein. Damit sie keinen Verdacht schöpfen und mich weiterhin für einen der ihren halten, bleibe ich auf der Seite der Zeugen Jehovas und bekomme von unseren Leuten meistens genauso viel ab. Denn die Zeugen sind natürlich misstrauisch und mutmaßen, dass Informationen über ihre Aktivitäten hinter einigen vorgehaltenen Händen zu Vater Olympius durchdringen.

An jenem Tag fand ein besonders aufwändiges Auswärtsspiel statt – ein Kongress weit außerhalb der Stadt, im wohleingerichteten Haus eines der Ungläubigen. Es waren Zeugen aus ganz Georgien und sogar aus Nachbarländern angereist. Die Mietbusse platzten aus allen Nähten, von den Privatautos ganz zu schweigen. Ich bewegte mich im näheren Radius von Irma und versuchte sie in dieser Menschenmenge nicht aus den Augen zu verlieren. Ich konnte sie nicht vorwarnen – das wäre Verrat gewesen –, doch konnte ich sie auch nicht einfach ihrem Schicksal überlassen. Unsere Olympier haben dort was losgetreten, oh – ho ho ho, »da lacht sogar ein Toter«. Sie kamen mit sieben Bussen, kreisten die »Ungläubigen« ein, schrien »auf sie mit Gebrüll« und stürzten sich mit Holzkreuzen bewaffnet auf sie. Die Männer prügelten die Jehovas, die religiös-ekstatische Damenbartfraktion sang engelsgleich. Die Operation wurde von Vater Olympius geleitet. In einer Hand hielt er ein Megafon, durch das er Anweisungen und derbe Verwünschungen von sich gab, mit der anderen schwenkte er Weihrauch aus einem Räuchergefäß. Die anderen Männer fluchten zügellos und schlugen mit den Holzkreuzen auf die Zeugen ein. Die zufällig anwesenden Polizisten versuchten lustlos, das Handgemenge aufzulösen und die kämpfenden Fronten voneinander zu trennen, doch seien wir ehrlich, eigentlich begünstigten sie unsere Leute dabei, die anderen zu prügeln. Und sobald ein Zeuge es wagte, sich zur Wehr zu setzen, drehten sie ihm die Hände auf den Rücken, und danach – nun: Wie man sich bettet, so liegt man.

Was wahr ist, ist wahr: Ein Zeuge Jehovas ist hervorragend zu prügeln, man hat ja keine Gegenwehr von ihnen zu erwarten. Ihr Glaube verbietet ihnen sogar den Militärdienst. Selbst wenn der Feind bewaffnet an der Türschwelle stehen sollte, würde sich ein Zeuge nicht wehren, sondern höchstens eine Hand zur Deckung heben oder weglaufen und sich niederstrecken lassen. Schlag zu, soviel du willst, verdammt sei ihr ganzes Geschlecht.

Der zweimeterhohe Diakon Bikent, zu seinen weltlichen Zeiten noch mit dem Namen Nugsar, war ehemaliger Rugbyspieler. Aus ihm hätte ein Weltklassespieler werden können, sagt man, wenn nicht seine Neigung zu Gewalt gewesen wäre. Wie ihr wisst, ist Rugby weder Eiskunstlauf noch Dame oder Schach. Rugby ist ein intensiver, rauer Sport und es kommt nicht selten vor, dass sich Spieler gegenseitig hier und da einen klatschen. Im Rugby ist das einigermaßen in Ordnung, aber unser Diakon übertrieb. Er war fast immer der Auslöser für Handgemenge und Prügeleien auf dem Feld. Ständig scheuerte er jemandem eine. Ständig wurde er von Schiedsrichtern und Trainern gemaßregelt, saß größtenteils auf der Reservebank und wurde letztendlich aus dem Weltsport verabschiedet. Danach trat er in den Dienst der Kirche und öffnete sich Gott, wie man so sagt. Er wurde Küster, dann Novize und schließlich Diakon – Diakon Bikent, der den Zeugen das Blut in den Adern gefrieren ließ. Er war ihnen bekannt. Sie schauderten bei seinem Anblick, vor allem diejenigen, deren Gesichter seine Fäuste schon einmal zu spüren bekommen hatten. An jenem Tag erinnerte Bikent an einen Löwen. Mit einem schweren Holzkreuz bewaffnet, bahnte er sich seinen Weg durch die Menschenmenge, als könnte er durch Wände gehen. Und wie eine Mähmaschine Gras mäht, so mähte er auch sie um. Die verängstigten Zeugen wollten weglaufen, aber in diesem Durcheinander standen sie sich gegenseitig im Weg. Unsere Männer sahen davon ab, Frauen zu schlagen; aus diesem Grund versperrten diese ihnen den Weg und stellten sich zwischen sie und ihre eigenen Männer, um zumindest auf diese Art zu helfen.

Irma war in dieser Hinsicht besonders aktiv: Sie schrie, kreischte und fuchtelte um ihre räudigen Männer herum. Ich wich nicht von ihrer Seite und bekam deshalb ununterbrochen Schläge ab, die nicht für mich gedacht waren. Was blieb mir anderes übrig? Ich wedelte mit meinen Armen und quiekte wie ein Schweinchen. Ich hätte unsere Leute nicht schlagen können. Letztendlich passierte das, was auf einem Schlachtfeld immer passiert: Die würdigsten Gegner stehen sich gegenüber. Irma baute sich vor Bikent auf. Bikent blickte sie rasend an und stieß sie einige Male von sich weg, doch Irma ließ nicht locker. Währenddessen entdeckte Bikent hinter Irma einen prächtigen, dicken, geradezu appetitlichen Zeugen – mit roten Backen und Doppelkinn. Das, was man als »gut prügelbar« bezeichnen kann. Bikent stieß Irma weg und holte mit dem Holzkreuz aus. Der Dicke fiel in Ohnmacht und kippte um, Irma schirmte ihn blitzschnell ab und wurde von Bikents geschwungenem Holzkreuz in die Schulter getroffen. Glücklicherweise hatte Bikent es noch rechtzeitig gemerkt und den Schwung zum Schluss abgeschwächt.

Ich muss sagen, Bikent ist mein Fleisch und Blut und ich gebe einen feuchten Dreck auf alle Zeugen Jehovas außer Irma, aber als ich das nun sah, geschah etwas mit mir: wie durch einen Stromschlag verließ mich augenblicklich jegliche Vernunft, ich holte reflexartig aus, ging in die Hocke, sprang hoch und verpasste Diakon Bikent einen herzlichen Kopfstoß, der ihn zwei seiner Milchzähnchen kostete. Bikent spuckte die abgebrochenen Zähne aus, knirschte mit den verbliebenen und zog mir das schwere Holzkreuz über den Kopf. Es tat zwar weh, war aber weiter nichts – wie ihr wisst, ist mein Kopf hart wie ein Kürbis.

Aus diesem Grund erlegte mir Vater Olympius eine dreitägige Buße auf. Aber was solls, mal kommt es so, mal anders. Ich habe mich irgendwie rechtfertigen können, und damit war die Geschichte gegessen.

Jetzt erzähle ich euch aber das Seltsamste von allem, den Rest müsst ihr selbst beurteilen.

Letztens betrat ich unsere Kirche und konnte meinen Augen kaum trauen. Dort stand Irma im Kopftuch, zündete

Kerzen vor den Ikonen an und versuchte mit den Frauen der Gemeinde zu plaudern. Ich sagte zu mir: »Komm, geh in Deckung und beobachte sie erst einmal« und wollte mich gerade hinter einer Säule verstecken, als sich unsere Blicke trafen. Sie schien wie vom Schlag getroffen – nicht nur das, sondern sogar zu Tode erschrocken. Was hatte ich jetzt noch für eine Wahl – ich ging hin und begrüßte sie. In meinem Herzen war noch ein Funken Hoffnung, sie habe vielleicht den rechten Weg zum wahrhaftigen Glauben gefunden, doch dem war nicht so. Irma war von meinem Anblick bestürzt, wechselte ein paar Worte mit mir und huschte bei erstbester Gelegenheit aus der Kirche. Sie beschleunigte ihre Schritte nach und nach und war schließlich aus dem Kirchenhof verschwunden. Ich folgte ihr und holte sie erst ein Stück weiter weg, an der Bushaltestelle ein.

Ich fragte sie: »Irma, was wolltest du in der Kirche?«

Sie senkte den Kopf und antwortete: »Was wolltest du denn in der Kirche?«

Ich entgegnete: »Ich habe dich zuerst gefragt und deshalb musst du zuerst antworten.«

»Ich habe eine Antwort darauf«, meinte sie, »werde aber nichts sagen, bevor du mir nicht sagst, was du hier wolltest.«

Was hatte ich jetzt noch für eine Wahl – ich sagte ihr die ganze Wahrheit. Es war sinnlos, ich hätte mein Geheimnis nicht länger verbergen können. »Ich war hier, weil das meine Kirche ist. Ich bin orthodox und bete hier. An euren Kongressen nehme ich im Auftrag von Vater Olympius teil. Ich forsche euch aus.«

Als sie das hörte, verflog ihre Scheu, und sie zog die Augenbrauen zusammen. »Dasselbe mache ich hier bei euch. Der Älteste hat mich hergeschickt. Ich soll mich unter Vater Olympius' Gemeinde mischen und ihm alles melden, was ich herauskriege.«

Ich war maßlos enttäuscht, als ich das hörte.

»Du bist ein Spion«, sagte ich zu ihr.

»Und was bist du?«, gab sie zurück.

Diese Frage empörte mich. »Ich bin kein Spion, sondern Beobachter und schütze das, was wir von Vätern und Vorvätern geerbt haben!«

»Und gefällt dir das, was ihr geerbt habt? Gefällt dir das Leben, wie es heute ist?«

Ich antwortete: »Vielleicht gefällt es mir auch nicht.«

»Ja, und wir, wir wollen es ändern!«

»Ihr werdet dieses Leben nicht zum Besseren ändern, sondern alles nur noch schlimmer machen.«

»Wir werden sehen.«

»Na gut«, sagte ich, »wir werden sehen. Jeder kümmert sich um seine eigenen Angelegenheiten. Ich schütze das, was sich seit Jahrhunderten bewährt hat, du schützt das, was sich noch bewähren und beweisen muss. Wie schon gesagt, ich bin ein Beobachter, und du, was bist du?« Sie schwieg. »Such dir doch was aus, was Besseres als Spion!«, stichelte ich. »Dir fällt wohl nichts ein, also bist du ein Spion!«

Ihr Schweigen hatte mich hochmütig gemacht. Als Antwort gab sie mir eine heftige Backpfeife und rannte schluchzend davon. Ich war wie versteinert. Mein Herz brannte. Ich rannte ihr hinterher, packte sie an der Schulter, drehte sie zu mir um und sagte: »Irma, du bist kein Spion, du bist ein Beobachter, ein kleiner Beobachter, klein und tapfer.« Dann schloss ich sie in meine Arme.

Sie schmiegte sich an mich.

Die Heckmünze

Kuchianidse war ein mürrischer Zeitgenosse mit mächtiger, haariger Brust und einer für Georgier untypisch dunklen Haut. Obwohl man das in seinem Alter hätte erwarten können, ging er keiner regulären Tätigkeit nach. Seine Familie hielt er mit zufälligen Einkünften über Wasser, und man muss sagen, gar nicht so schlecht. Abgesehen davon behielt er auch die Zukunft im Blick. Er lebte mit Frau und vielen Kindern in einer Einzimmerwohnung im zwölfstöckigen Haus im 7. Mikrorajon von Gldani und baute ein Haus auf einem leeren Feld in der Nähe selbigen Mikrorajons. Genauer gesagt gehörte das Feld allen Anwohnern, lediglich der kleine, illegal mit Drahtzaun abgesteckte Teil samt dem Rohbau gehörte Kuchianidse.

Dieses Haus war seine Hoffnung und sein Traum. Dort wollte er einmal leben, Bäume pflanzen, Strom verlegen, Hühner und Enten züchten ...

Damals, als die Stadtreinigung noch anders geregelt war, hielt Kuchianidse ein Amt mit einer recht amüsanten Bezeichnung inne – er war Mülloperateur. Er transportierte den Müll mit dem Müllmotorroller, hatte ein kleines, aber regelmäßiges Gehalt sowie zusätzliche Einkünfte durch den bunten und schwarzen Metallschrott, den er im Müll fand und verkaufte, beispielsweise ...

Dann änderten sich die Zeiten. Die Stadtreinigung wurde reformiert: Müllmotorroller wurden durch leistungsstärkere Müllwagen ersetzt; durch vollautomatische Müllfahrzeuge, die die Arbeit von zwanzig Motorrollern verrichteten. Der Sauberkeit der Stadt waren diese Wagen selbstverständlich ungemein zuträglich, doch motorisierte Mülloperateure wie Kuchianidse hatten weniger Glück – sie wurden gefeuert und verloren ihre Funktion. Der gutherzige Leiter des Müllkonzerns erbarmte sich und überließ den vom Personalabbau betroffenen Mitarbeitern die abgeschriebenen Motorroller. Kuchianidse wurde ein klappriger, von Müllgestank durchtränkter, orangefarbener Motorroller zuteil, dessen Müllcontainer er sofort zu einem Laderaum umfunktionierte und khakifarben anstrich. Die Maschine entwickelte sich nach und nach zu einem Universalgefährt. Es handelte sich nicht mehr lediglich um einen Motorroller, sondern um Motorroller, Motorrad, Quad, Auto, Kutter und wohl auch Hubschrauber und Flugzeug in einem. Ja, es mag unglaublich klingen, doch konnte dieses Gefährt auch fliegen. Das alles war Kuchianidses erfinderischem Talent sowie den Motorradteilen geschuldet, die er aus dem Keller von Parteisekretär Dato geklaut hatte, dem Unglücksraben.

Der Unglücksrabe Dato wohnte nebenan. Und auch sein Keller lag neben dem von Kuchianidse. In genau diesem Keller stand sein altes Motorrad mit Beiwagen, von dessen Existenz niemand wusste, wahrscheinlich auch Dato selbst nicht mehr. Denn aus der dicken Wand, welche die dunklen Keller von Kuchianidse und dem Unglücksraben Dato trennte, hatte Kuchianidse einige Ziegelsteine entfernt und einen geheimen Durchgang geschaffen. Über diesen Durchgang konnte er in Datos Keller kriechen und von dessen Motorrad die für seinen eigenen Motorroller benötigten Teile abmontieren. Sie dienten zunächst als Ersatzteile des gewöhnlichen Müllmotorrollers, später jedoch zur Modernisierung und Perfektionierung des einzigartigen Transportmittels. Er fügte die Ziegelsteine derart geschickt wieder in die Wand, dass es Dato nicht einmal in den Sinn kam, jemand könne arg- und hinterlistig seinen Keller besuchen. Doch von Besuch konnte man da schon nicht mehr reden, Kuchianidse hatte das alte Motorradgespann des ehemaligen Parteisekretärs fast vollkommen zerlegt und Teil für Teil heimlich beiseitegeschafft.

Kuchianidse nutzte das Gefährt zur Fortbewegung und als Taxi, er beförderte Menschen und Haustiere, Gepäck, Baumaterialien und tausend andere Dinge ... So verlief sein Leben in der steten Hoffnung, dass er irgendwann einmal in der Nähe des 7. Mikrorajons von Gldani auf einem leeren Feld ein Haus bewohnen, (selbstverständlich illegal) Strom- und Gasleitungen verlegen und Hühner und Enten züchten würde ...

Zu seiner Freude befand sich der Rohbau im Blickfeld seines Wohnungsfensters.

Kurzum, darin bestand also Glanz und Elend dieses Mannes.

***

Dann gab es da noch Wassil – kurz Wasso, einen jungen Mann. Wasso war kein Kind mitteloser Eltern. Wenn er wollte und sich entsprechend anstrengte, stand jemandem wie ihm alles offen – er konnte gut essen, gut trinken, eine gute Bildung genießen, einen guten Job finden und ein gutes Leben führen. Und eigentlich hatte Wasso auch Eltern, Geschwister, Verwandte, eine gute Bildung, einen guten Job, Liebe und Wohlwollen, aber ... Es gab etwas, was ihm Unbehagen bereitete: Unbewusst fühlte er sich als Frau (oh je, oh je).

Er besaß, das muss so festgestellt werden, eine Nase gehörigen Ausmaßes, buschige Augenbrauen, äußerst breite Schultern und äußerst kräftige sehnige Handgelenke – und doch fühlte er sich als Frau, egal was ihr sagen mögt. Dieses latente Gefühl wurde im Lauf der Zeit immer wahrnehmbarer und deutlicher und beherrschte schließlich sein Denken und Tun.

Zunächst begann es mit Kleinigkeiten. Wasso ließ sich seine bergige Nase zu einer kleinen, zierlichen, leicht stupsigen, weiblich anmutenden, sexy, attraktiven, aufreizenden Nase umoperieren. Danach nahm er seinen übermäßigen Haarwuchs mit Epilation und Hormonbehandlung in Angriff. Als Nächstes unterzog er sich einer komplizierten Hüftvergrößerung. Schließlich überließ er sich vollkommen den Händen eines wahren Magiers – Professor Kusanow – und ließ etliche hochkomplizierte, langwierige Operationen über sich ergehen, infolge derer er zu einer wahren Frau wurde. Dieses neue Geschöpf, das zuvor Wasso geheißen hatte, gab sich den Namen Tasso. Vor den ganzen Operationen war Wasso ein imposanter Mann gewesen, der über hundert Kilo auf die Waage brachte. Nach der Umwandlung war Tasso eine grazile Fünfzig-Kilo-Frau.

Was sollte der herausragende Professor mit Wassos restlichen Körperfragmenten, über sechzig Kilo an Eiweiß, Fett und Kohlenhydraten, anstellen? Wie hätte man solch wertvolles Material wegschmeißen können? Also holte Kusanow Wassos (Verzeihung, Tassos) Erlaubnis ein und nutzte die restlichen Körperfragmente für wissenschaftliche Zwecke. Die Zwecke, genauer gesagt, der eine Zweck war folgender: Aus den restlichen Körperfragmenten sollte ein neuer Mensch gebildet werden ... Wenn irgendsoein Kuchianidse aus einem klapprigen Motorroller und Teilen eines uralten Motorradgespanns ein einzigartiges Transportmittel bauen konnte, wieso sollte es dem landesweit bekannten Professor Kusanow schwerfallen, aus sechzig, siebzig Kilo Eiweiß, Fett und Kohlenhydraten einen wackeren, mannhaften Burschen zu fertigen? Nein, das sollte es nicht, und das tat es auch nicht – im Gegenteil, es war mühelos. Diese restlichen Körperfragmente waren ja fast durchweg männlich! Fast alles Weibliche hatte Tasso mitgenommen. Dementsprechend ging es dem Professor leicht von der Hand, aus den restlichen Köperfragmenten einen wackeren, mannhaften Burschen kaukasoiden Erscheinungsbildes zu kreieren. Diesem wackeren Burschen wurde der Name »Wasso« zuteil, besser gesagt, belassen. Denn im Grunde war ja Tasso früher Wasso gewesen, bevor er sich zu Tasso hatte umwandeln lassen; das neue, aus Körperfragmenten zusammengeflickte Geschöpf aber, das von nun an Wasso genannt wird, war wohl so etwas wie ein Klon des alten Wasso, der nun Tasso ist. Kurzum, so sah die Sache aus, und damit wir nicht durcheinanderkommen, benutzen wir ab jetzt keine Namen, die irgendwelche Leute irgendwann einmal getragen haben, sondern nur die, die sie gegenwärtig tragen.

Die neue Tasso war ein zierliches und auf dem ersten Blick deutlich schwächeres Wesen als der stattliche und äußerst kaukasoide Wasso, doch war die namens- und geschlechtsumgewandelte Tasso noch immer die Ursprungsmatrix des abgespaltenen Geschöpfs. Tasso – deren Ursprünglichkeit auch der neue Wasso nicht in Frage stellte – verspürte etwas Eigenes, Vertrautes in Wasso und verliebte sich in ihren eigenen Klon. Wasso verliebte sich ebenfalls in Tasso, aus den gleichen Gründen.

Bald wurde ihre Liebe so intensiv, wie es eine Liebe zwischen zwei frei denkenden Menschen nur werden kann – insbesondere zwischen zwei sexuell so frei denkenden Menschen wie Tasso und Wasso. Sie lebten wie ein Ehepaar, doch ohne offiziellen Status. Damals wie auch heute war es bei uns verboten, eigene Körperteile und Klone zu heiraten. Aus diesem Grund musste dieses seltsame Paar dringend nach Benelux reisen, die Benelux-Staatsbürgerschaft erwerben und anschließend dort heiraten. Hierfür benötigten sie Geld – ungemein viel Geld.

Tasso und Wasso zerbrachen sich den Kopf darüber, wie sie die Reise nach Benelux finanzieren konnten, doch ihnen kam nichts Handfestes in den Sinn, bis ihnen jemand riet, sich an die dunklen Mächte zu wenden.

Kurzum, Tasso und Wasso sollten schwarze Magie studieren und Cagliostro-Magiostros ihres Fachs werden, einen Alp aus der Unterwelt beschwören und ihm gegen eine Heckmünze eine schwarze Katze für weiß verkaufen.

Das als kurzer Vorbericht, doch nun ausführlicher:

Um ein wahrhaftiger Magister der schwarzen Magie zu werden und einem Alp für eine Heckmünze eine schwarze Katze als weiß zu verkaufen, muss man jenen Teil des Lehrbuchs der schwarzen Magie gewissenhaft lesen, der lehrt, wie eine Heckmünze zu erlangen ist. Der Anweisung gemäß muss jeder, der eine solche Münze erlangen will, zwei Katzen fangen – eine rötliche und eine schwarze. Die schwarze Katze muss in einen sehr festen, schwarzen Sack gesteckt und dieser so fest wie möglich zugeschnürt werden. Je mehr Schnüre, desto besser. Die rötliche Katze kommt in einen festen Sack beliebiger Farbe, der so zusammengeschnürt ist, dass die Katze nicht herauskann. Bei Sonnenuntergang und Einbruch der Nacht muss derjenige, der die Heckmünze erlangen will, eine beliebige Richtung einschlagen und die Stadt hinter sich lassen. Bei der erstbesten Schotterstraße biegt er ein und folgt ihr, bis er einen Fußpfad erblickt. Diesem Pfad wiederum folgt er so lange, bis ein noch schmalerer Pfad seinen Weg kreuzt. Der Nachwuchsmagiostro muss auf diese Art und Weise so lange gehen, bis er auf ein vereinzelt stehendes, unfertiges, unbewohntes, auf jeden Fall aber überdachtes Haus stößt. Er betritt das Haus, nimmt die rote Katze aus dem Sack, tötet sie und besprenkelt die Hauswände mit ihrem Blut. Als Nächstes entfacht er umgehend ein Feuer auf dem Wohnzimmerboden und kocht das mittelgroß gestückelte Katzenfleisch mitsamt Fell und Innereien in einem bereitstehenden Topf. Der Magiostro muss Salz, ein Lorbeerblatt und sonst noch alles dabeihaben, was zu einer ordentlichen Brühe gehört oder er nach eigenem Geschmack als nötig erachtet. Während dieser Prozedur muss der Magiostro-Proselyt ununterbrochen den Alp beschwören und ihn mit anstößigen Worten zu seinem Suppengericht einladen. Wenn das Fleisch gar ist, gibt er Petersilie dazu und stellt den Topf nach kurzem Köcheln vom Feuer. Danach muss er weitere fünf bis zehn Minuten nach dem Alp rufen. Wenn er dennoch nicht auftaucht, muss sich der Cagliostro-Magiostro an die Tafel setzen, von der schmackhaften Katzenbrühe kosten, einen Schnaps nachkippen, das Mahl lautstark loben, die fettigen Lippen mit dem Hemdsärmel abputzen, zufrieden rülpsen, einige fahren lassen; schließlich den Alp, da er nicht kommt, von ganzem Herzen verfluchen und trotzdem überzeugt davon sein, dass er noch kommt. Der Cagliostro-Magiostro-Proselyt darf nicht vergessen, Zutaten, Geschirr und andere nötige Gegenstände bereitzustellen. Zudem – und das ist das Wichtigste von allem – muss derjenige, der eine Heckmünze erlangen will, alleine sein.

Wenn der Alp dann auftaucht, lädt er ihn zu Tisch und bietet ihm Schnaps und Katzenbrühe an. Der Alp sollte möglichst viel trinken. Ist der Alp beschwipst, muss der Magiostro dem Sack mit der schwarzen-statt-weißen Katze einen Tritt verpassen. Sobald der alkoholisierte Alp die Katze fauchen hört, wird der Sackinhalt sein Interesse hochgradig wecken. Der Magiostro erzählt ihm, im Sack säße eine weiße Katze, die zum Verkauf stehe. Der Alp fragt nach dem Preis. Der Magiostro erklärt ihm, der Preis für die weiße Katze sei eine Heckmünze. Der Alp empört sich über den hohen Preis und wird versuchen, ihn erheblich runterzuhandeln. Er wird dem Magiostro schmeicheln, ihm Honig ums Maul schmieren und möglicherweise auch drohen; er wird verlangen, den Sack zu öffnen und die Katze zu sehen, worauf unter keinen, absolut gar keinen Umständen eingegangen werden darf. Denn wenn der Alp erst bemerkt, dass die Katze schwarz ist, wird er sie nicht mehr kaufen. Schwarze und rote Katzen gibt es in der Hölle zuhauf, lediglich an weißen Katzen herrscht Mangel. Der Alp wird jeden Preis für eine weiße Katze aufbringen – selbst eine Heckmünze. Alpe lieben weiße Katzen, und wer eine besitzt, ist in der Unterwelt die Nummer Eins. Kein Geld der Welt, nicht die unermesslichste Kostbarkeit, kein märchen- haftes Besitztum und Gut ist vergleichbar mit einer Heckmün- ze, die sich eine Menschenseele nur ein einziges Mal einzuste- cken braucht und danach unendlich oft ausgeben kann – die Münze wird stets bei ihrem Besitzer bleiben. Greift er in seine Tasche und legt die Münze auf den Tisch, um etwas mit ihr zu kaufen – und greift anschließend erneut in seine Tasche, wird er die Münze noch immer dort vorfinden. Selbst wenn er an einem Tag tausend Münzen ausgibt und ganze Truhen da- mit füllt – die Heckmünze wird stets in seiner Tasche bleiben. Wenn man ihn durchsucht oder ausraubt und ihm die Münze mutwillig abnimmt – sie findet immer wieder zu ihrem Besitzer zurück, da es nichts gibt, was sie woanders festhalten kann – keine Truhe, keinen Geldbeutel, keine Spardose und keinen

Tresor. Die Hosentasche des Besitzer ist ihr einziger Zufluchts-ort. Erwähnt sei auch die Tatsache, dass sich eine bereits ver-mehrte Münze nicht weiter vermehrt, da nur das Original eine Heckmünze ist – eben die Münze, die in der Hosentasche des Besitzers residiert.

Es stellt sich die berechtigte Frage: Wieso muss man den Teufel unbedingt täuschen (und die weiße durch eine schwar-ze Katze ersetzen), wenn es doch genug weiße Katzen auf der Erde gibt? Wäre es nicht einfacher, ihm eine richtige weiße Katze zu verkaufen? Nicht so voreilig! In diesem Fall wird euch der Alp selbst übers Ohr hauen und statt einer Heck-münze eine gewöhnliche unterjubeln. Diese Münze wird sich zunächst zwar vermehren, doch sobald der Alp samt Katze weg ist, ist damit Schluss. Die Heckmünze hat nur dann einen Wert, wenn sie durch Lüge erlangt worden ist.

Der Sack mit der weißen Katze muss so fest wie möglich mit den kompliziertesten Knoten verschnürt werden, und zwar aus folgendem Grund: Sobald der Alp den Sack mit der Katze für die Heckmünze gekauft hat, wird er sich daran-machen, den festverschnürten Sack zu öffnen. In diesem Au-genblick muss der Cagliostro-Magiostro-Proselyt zügig die Münze einstecken und sich schnellstmöglich aus dem Staub machen. Er muss es in der Zwischenzeit, bis der Alp den Sack aufbekommt, in eine Kirche schaffen und dort warten, bis die ersten Hähne krähen. Nur dort wird derjenige, der den Alp be-trogen hat, sicher sein. Ein Alp fürchtet sich davor, eine Kirche zu betreten. Beim ersten Hahnenkrähen erschrickt der Alp, weil er beim dritten Hahnenkrähen zurück in der Hölle sein muss. Beim ersten Hahnenkrähen wird der Alp sich ducken und bücken und fluchen, euch aber kaum noch gefährlich sein, da die Wut auf euch so gut wie vergessen sein wird. Beim zweiten Hahnenkrähen wird er rasend davonpreschen, denn sollte er sich beim dritten Hahnenkrähen nicht jenseits der Höllenpforte befinden, muss er den gesamten Tag im Diesseits verbringen. Wenn die Höllenpforten um 0 Uhr wieder öffnen, strömen Alpe, Hexen, Plagegeister und weitere Höllenbewohner heraus und jagen ihn prügelnd vom Eingang weg; doch wenn sie erst erfahren, dass er zu allem Überfluss durch seine Unfähigkeit eine Heckmünze verloren und für diese unschätzbar wertvolle Währung eine schwarze Katze statt einer weißen gekauft hat, dann bricht die Hölle auf Erden los.

***

Kurzum, Tasso und Wasso packten die Katzen, die sie gefangen hatten, in die Säcke – eine rote und eine schwarze. Sie stellten die Zutaten und Gerätschaften bereit und machten sich Punkt zwölf Uhr auf den Weg. Sie verließen die Stadt, ließen die Außenbezirke hinter sich und gelangten, Schritt für Schritt, irgendwann zu Kuchianidses halbfertigem Haus. Sie verstießen nur gegen eine Bedingung: Sie hatten sich zu zweit aufgemacht, die Heckmünze zu beschaffen. Sie erachteten das als nötig, da sie sich noch als ein Wesen wahrnahmen – und das war de facto ja auch der Fall: Tasso und Wasso stellten einen geteilten, in zwei Persönlichkeiten gemündeten Menschen dar, der sich ab und zu – und das, muss man sagen, nicht allzu selten – vereinte. Wie, das kann sich wohl jeder, der kein Kind ist, selbst denken.

Doch wie dem auch immer sei, über kurz oder lang erreichten sie letztendlich Kuchiandses Haus. Es war noch lange nicht fertig, doch war es überdacht und erfüllte die magischen Bedingungen soweit. Tasso und Wasso kletterten über den Drahtzaun, betraten das Haus und begannen mit dem Wesentlichen; sie ordneten die Zutaten und Utensilien an. Wasso trug einige Scheite vom Feuerholzstapel herein. Dann öffnete er den Sack, in dem das rote Exemplar saß, packte sie am Genick und zerrte die miauende, kreischende, fauchende Katze aus dem Sack. Er wählte ein etwas größeres Holzscheit, das gut in der Hand lag, und brach damit dem unglücklichen, wehrlosen Tier ohne großes Trara das Genick. Die Katze war sofort tot. Auf einem ähnlichen Holzbrett schnitt Tasso mit einem großen, geschärften Taschenmesser hastig Katze, Kräuter und Zwiebeln. Wasso entfachte ein Feuer auf dem noch parkettlosen Fußboden und stellte den Katzen-Kräuter-Zwiebel-Lorbeerblatt-Topf drauf. Tasso besprenkelte die Wände mit Katzenblut. Danach räumten sie ein wenig auf, genauer gesagt, sie versuchten es, denn es herrschte ein Chaos, wie es von einer Baustelle nun mal zu erwarten war. Überall lagen Ziegelsteine, leere und volle Zementsäcke, Nägel, Metall- und Holzspäne herum. Es tut jetzt wohl nichts zur Sache, wieviele Ziegelsteine und Holzbruchstücke Wasso in die Ecke geschmissen hat; ebensowenig, wieviele Eisenrohre und Winkelprofile Tasso unter säuselndem Keuchen – scheinbar unfreiwillig verführerisch – beiseite geräumt hat, während sie in Wahrheit doch wohlkalkuliert ihre Hinterbacken zart tätschelte.

Eines jedoch muss, ganz beiläufig, gesagt werden: Während dieser Momente gemeinsamen Aufräumens und Herumkletterns liebkosten sich Tasso und Wasso unentwegt. Wasso war der aktivere Part, Tasso tat scheu und sträubte sich zierlich gegen das manneskräftige, »stierige« Verlangen ihres Liebhabers. Als sie über den Drahtzaun kletterten, hielt Wasso – um den Duft seiner Angebeteten, die er wie ein kleines Kind in seinem Arm hielt, noch länger einzusaugen – so abrupt inne, dass sich die Ärmste beinahe den Bauchnabel am rostigen Draht aufriss. Und als sie danach durch das Fenster in die Wohnung stiegen und Tasso hilflos am Fensterbrett hing, wo Wasso ihre nackten Schenkel direkt vor sich hatte, stellte er sich nicht etwa umgehend als Stütze unter sie, sondern schob mit seinem Kopf – ja, seinem rundlichen, kaukasoiden Kopf – ihr Kleid hoch, um einen Blick auf das hauchfeine Sommerhöschen zu werfen, das unter dem Kleid versteckt war. Als hätte er es noch nie gesehen … Im Gewusel und Gelaber ließ der Kavalier glatt sein Mädchen fallen, woraufhin sich Tasso das Knie aufschürfte. Mal wieder typisch Männer mit ihren Schnapsideen … und dafür gab es Schmackes – auf die Hand, in die Schulter und parallel dazu auch verbal: »Idiot! Blödmann! Dummbatz!« Doch Tasso konnte nie lange auf Wasso wütend sein. Sie vertrugen sich fast augenblicklich wieder und zelebrierten das durch ausgiebiges Knutschen und Abschlabbern.

Das Wasser kochte. Die Katze war gar. Tasso gab Kräuter hinzu, und der Raum wurde erfüllt von dem ganz eigentümlichen Geruch, wenn Fleisch und Innereien gemeinsam gekocht werden. Unter Kerzen-, Mond- und Lagerfeuerlicht wurde auf kurzerhand ausgebreiteten Zeitungen eine kleine Tafel gedeckt: Brot, Knoblauch, von Tasso kleingeschnittene, feste, etwas krumme Sommertomaten, Salz in einer Streichholzschachtel, gehörig starker Tschatscha, kleine Gläser, die mäßig gewürzte, köchelnd heiße Katzenbrühe sowie Servietten aus Zeitungspapier. Er war eine laue, mondbeschienene Sommernacht; in der Nähe zirpten Grillen unaufdringlich, und ungeachtet dessen, dass der reichlich sonderbare und nicht allzu ungefährliche Besuch eines Alps zu erwarten war, fürchtete sich Tasso nicht – oder nicht mehr, denn bei ihr, stark und behaart, war Wasso. Tasso wusste, dass dieses merkwürdige, aus ihren eigenen Fleischstücken zusammengeflickte Geschöpf sie beschützen würde.

***

Aus seinem Küchenfenster bemerkte Kuchianidse das Licht in den Fenstern seines illegalen Rohbaus. Es war kein elektrisches, sondern ein unheilverkündendes, flackerndes Licht – wie das von Feuer.

Aufgescheucht und entsetzt fuhr Kuchianidse mit dem Aufzug nach unten. Er schwang sich auf seinen Motorroller und raste blitzschnell zum Haus, begleitet von dem für Motorräder charakteristischen Brummen und Dröhnen.

Unterdessen hatten Tasso und Wasso bereits ein wenig genascht. Ihre Gläser waren gefüllt mit Schnaps; sie hatten die

Brühe verkostet und einige Male angestoßen. Obwohl ihr Ziel das Magiostertum schwarzer Magie war und sie nicht unbedingt dort waren, um gute Taten zu vollbringen, tranken sie das erste Glas auf die Liebe. Denn Liebe ist wahrlich überall.

Den Tischmeister und Orator machte selbstverständlich Wasso. Platzend vor Stolz auf Wassos Weisheit, badete Tasso ihn in ihren verweiblichten, aufreizend dümmlichen Blicken. Sie hielt ihre beschwipsten Augen auf ihn gerichtet, während sie nur gelegentlich etwas einwarf, was ihr nötig erschien. Sie aß kaum und zupfte nur gelegentlich anmutig von der Kresse.

Hatten Wasso und Tasso zuvor noch halb im Scherz und zurückhaltend nach dem Alp gerufen, schrien sie nun, betrunken und mutig geworden, aus vollem Halse:

»Du Alp oder wasauchimmer, komm doch, du ...! Komm, kannst dir wenigstens den Bauch mit der Brühe vollschlagen! Komm doch, wird sonst noch kalt, du ...! So eine feine Katze haben wir für dich geschlachtet, und du kommst nicht, du ...!«

Der Autor kann kaum an sich halten, und es juckt ihn sozusagen in der Federspitze; so sehr will er die Ereignisse der Reihenfolge und Intensität nach schildern, wie sie sich abgespielt haben. Aber, ach! Wie der Fisch sagt:

»Viel könnte ich sagen, aber mein Mund ist voller Wasser.«

Dann schreibst du was, und am Ende wird es nicht gedruckt, oder wenn es gedruckt wird, fallen Moralapostel über dich her, die um Seelenheil und Anstand der Menschen besorgt sind ... Deshalb (an dieser Stelle) nur kurz und flüchtig:

Wasso küsste Tassos gänzlich zementbedecktes Knie nicht mehr, sondern biss und schlabberte sie unter ständigem Spucken regelrecht ab. Das ständige Spucken deshalb, weil sich der trockene, pudrige Zement in Wassos leidenschaftlichem, feuchten Rachen zu Beton verwandelt hätte – es fehlte nur noch Sand, und man hätte ein Haus daraus bauen können. Tasso war vollkommen graugefärbt vom Zement. Etwas zurückhaltender als er und – wer hätte es gedacht – kokettierend, antwortete sie mit ebenfalls spuckenden Küssen, da der besoffene Wasso seinerseits ordentlich zementgebadet war. Unter erregendem Mond-, Feuer- und Lagerfeuerschimmer wälzten sie sich betrunken auf den Zementsäcken, knutschten mit fettig-zementierten Lippen, alberten herum, rangelten und beschworen nebenher fluchend und schimpfend den Alp: »Komm und iss deine Brühe, du …!«

Der aus der Unterwelt bestellte Alp beäugte das unfertige Haus eine Weile von draußen, während er hin- und herging. Er wollte unbedingt hineingehen; der haarsträubende Katzenbrühenduft und die unzeremoniellen, herzlich obszönen Ausrufe des beschwipsten Pärchens zogen den Höllenbewohner an wie ein Magnet. Aber er wusste auch, dass es kein Leichtes war, mit Menschen Geschäfte zu machen. Das alles konnte unangenehm, mehr noch – tragisch enden. Schließlich konnte er der Versuchung nicht mehr widerstehen und klopfte an die Tür.

Wasso und Tasso hörten das Klopfen. Obwohl es überhaupt nicht unerwartet kam, schraken sie auf und putzten sich schleunigst die fettig-zementierten Gesichter ab.

Tasso zupfte ihr staubiges Kleid zurecht; Wasso klopfte achtlos seine Hose ab, trat vorsichtig an die Tür und fragte:

»Wer ist da?«

»Der Alp, ich bin der Alp!«, antwortete der Alp, »ich komme wegen der Brühe! Als hättet ihr mich nicht erwartet, ihr ...!«

Wasso öffnete die Tür und bat den Alp hinein.

»Komm, komm schon, du ...!«

Als er eingetreten war, stellte Wasso ihm Tasso als seine zweite Hälfte vor. Der Alp sah Tasso, die besoffen auf einem Zementsack hockte, misstrauisch von der Seite an. Er beschwerte sich, dass sie zu zweit gekommen waren, gab Tasso aber trotzdem, ganz Kavalier, einen Handkuss. Dann schlug er wie ein Offizier die Hacken zusammen, drehte sich um hundertachtzig Grad und setzte sich an den Topf. Wasso und Tasso rechtfertigten sich und erklärten ihm, dass sie tatsächlich zwei Hälften und ein Ganzes waren. Der Alp gab sich mit der Erklärung zufrieden und steckte seine Schnauze in die gut gefüllte, dampfend-duftende Schüssel, die ihm Tasso sorgsam gereicht hatte. Wasso und Tasso setzten sich dazu. Sie nahmen sich ebenfalls von der Katzenbrühe, und obwohl sie bereits gegessen hatten, gönnten sie sich angesichts seines Appetits und seiner Tischmanieren gerne noch einen Nachschlag. Der Alp brauchte keinen Löffel. Er nahm ihn nur gelegentlich zur Hilfe, aß ansonsten unter Grunzen, Rülpsen, Hicksen, Lippenlecken und Fluchen nur mit Schnauze und Pfoten.

Sie gaben dem Gast selbstverständlich auch einige Gläser Schnaps zu trinken und traten dann, getreu dem Lehrbuch der schwarzen Magie, gegen den Sack mit der Katze. Die Katze fauchte erwartungsgemäß; und auch danach vollzog sich alles so, wie es die Regeln schwarzer Magie vorsahen.

Der Alp spitzte die Ohren.

Der Alp ist eine Abart des Teufels, wenn auch niederen Ranges. Ihn zu täuschen ist einem Normalsterblichen in der Regel nicht möglich, aber es gibt einige Zauberbanne, mit denen Menschen bestimmte Teufelsarten außer Gefecht setzen können. Ein ebensolcher Zauberbann begann dort nun seine Wirkung zu entfalten. Der Alp hatte den Köder gesehen, jetzt musste er ihn noch schlucken.

Tasso und Wasso erklärten ihm, in ihrem festen, schwarzen Sack befinde sich eine weiße Katze, die zu verkaufen sei. Um sein Interesse zu verbergen, kniff der Alp die Augen listig zusammen und begann zu feilschen: Er bot dem Pärchen alles Mögliche an, angefangen von Kleinigkeiten bis hin zu Bergen aus Gold, doch Tasso und Wasso waren unbeirrbar – nur eine Art der Bezahlung war ihnen recht: eine Heckmünze.

Nach unendlich langem Feilschen, Meckern, einem scheinbaren Gesprächsabbruch, einem scheinbarem Abdampfen und ewigen Drohgebärden kehrte der Alp letztendlich doch immer wieder zurück, begann erneut und gab damit Tasso und Wasso die Gewissheit, dass sie ihm früher oder später, so oder so die schwarze Katze als weiß verkaufen würden. Der Alp verlangte den Sackinhalt zu sehen. Tasso und Wasso willigten selbstverständlich nicht ein, das stand gar nicht zur Debatte. Schließlich geschah das Unausweichliche: Der Alp gab auf und nahm Wasso den schwarzen Sack ab. Er tastete die Katze, wie schon mehrere Male davor, noch einmal ab. Als sie daraufhin wieder fauchte, griff er sehr tief in seine Tasche und holte das hervor, was er absolut nicht hatte hervorholen wollen – eine Heckmünze.

Die Heckmünze war auf dem ersten Blick ein vollkommen gewöhnlicher sowjetischer Silberrubel, auf dem Wladimir Iljitsch Lenins Kopf geprägt war.

Tasso schnappte ihm die Münze blitzschnell aus der Hand, reichte Wasso ihre andere Hand, und dann rasten sie Hand in Hand davon. Der Alp hatte sich mittlerweile zwischen die Zementsäcke gekauert und machte sich mit zitternden Pfoten eiligst daran, die Knoten zu öffnen.

***

In der Zwischenzeit war der wildgewordene Kuchianidse mit seinem Motorroller zu seinem Rohbau unterwegs. Das Universalgefährt lief auf Höchsttouren und berührte den Boden kaum noch, sondern flog bereits. Er landete in seinem Hof, sprang vom Motorroller, hechtete zur Tür und platzte in den Flur. In diesem Moment löste der Alp den letzten Knoten. Er griff in den schwarzen Sack und zog eine verängstigte, völlig verschreckte, halb verwilderte schwarze Katze hervor. Er stieß einen furchterregenden Schrei aus. Bitter enttäuscht und außer sich vor Wut über Tassos und Wassos dreiste Lüge, musste er sich nun auch noch zerkratzen und die Hand zerbeißen lassen. Der Alp blickte erbost auf Kuchianidse, der zum Zimmer vorgedrungen war. Er hielt ihn für einen Komplizen von Tasso und Wasso und warf ihm die Katze direkt ins Gesicht. Kuchianidse, der nicht minder geladen war, schnappte sich einen Holzscheit aus dem Feuer – genau den, mit dem Wasso vor nicht allzu langer Zeit die rote Katze erschlagen hatte – und drosch aus voller Kraft auf die Rübe seines Gegners ein. Das alles geschah innerhalb weniger Sekunden, doch die Konsequenzen waren fatal: Kuchianidse konnte die zu Tode erschreckte Katze, die ihm das ganze Gesicht zerkratzt hatte, nur mit Mühe von sich wegreißen; der Alp sah Sternchen, als er das Holzscheit über den Kopf gezogen bekam. Danach gingen sie aufeinander los und kämpften lange.

***

Wasso und Tasso waren in der Zwischenzeit bis zur Stadt gelangt und suchten einen sicheren Ort. Sie mussten irgendwie die Zeit bis zum ersten Hahnenkrähen und anschließend bis zur Dämmerung durchstehen, um sich den bedrohlichen Verfolger vom Hals zu halten. Ein solcher Ort erschien vor ihnen.

***

In einem Tbilisser Außenbezirk gab es eine Kirche, die einst der georgischen orthodoxen Kirche gehört hatte. Gegenwärtig jedoch – also zu der Zeit, in der sich diese Geschichte abspielt – hatte sich Vater Olympius, der Beichtvater dieser Gemeinde, zusammen mit einigen Priestern und Gemeindemitgliedern von der Mutterkirche losgerissen. Grund war der seiner Meinung nach unangemessen laxe Kampf der Kirchenleitung gegen die stetig zunehmenden unterschiedlichsten

Sekten sowie die sitten- und seelenlose Gesinnung, die von gewissen Menschen aufgebracht und verbreitet wurde und die nur einem Zweck diente: der Schwächung georgischer Moral und der Verunglimpfung des georgischen Glaubens.

Die georgische orthodoxe Kirche sowie die georgische Regierung fanden sich angesichts dieser Entwicklung in einer, wie man sagen muss, nicht allzu angenehmen Lage wieder. Einerseits predigte Vater Olympius ja nichts Schlechtes. Er sprach sich gegen den Verfall christlichen Glaubens aus und widersetzte sich dem Laster; er begrüßte die Wiederherstellung guter, alter Traditionen. Doch gleichzeitig verstieß er gegen den geltenden Kanon und machte damit Kirche wie Regierung das Leben schwer. Vater Olympius' Anhänger, die sogenannten Olympier, überfielen unterschiedliche religiöse Organisationen, vor allem aber die Gebetshäuser und Versammlungsorte der Zeugen Jehovas. Sie verwüsteten Fernsehredaktionen und Verlage, die ihrer Meinung nach Unrat verbreiteten. Sie waren absolut unnachgiebig und kompromisslos; sie nutzten fast alles als Waffe, was ihnen in die Hände fiel – zuweilen sogar kirchliche Gegenstände und Bücher.

Eigentlich war Vater Olympius gar kein schlechter Mensch – er war weder geizig oder raffgierig noch karrieregeil, missgünstig oder boshaft. Bei vielen war er beliebt, gerade wegen seiner Unnachgiebigkeit und Direktheit. Kurzum, dieser Mann war zugleich im Recht und im Unrecht, eigentlich so, wie wir alle …

Sich mit den Olympiern anzulegen war kein leichtes Unterfangen. Ihre Attacken auf ihre Gegner kamen stets überraschend; danach versteckten sie sich an ihrem Zufluchtsort. Damals hatten sie viele Anhänger, und es hätte ein großes Chaos nach sich gezogen, hätte man einen ihrer Anführer verhaftet. Die Regierung versuchte ein solches Chaos auf kirchlichem Gelände, vor allem aber innerhalb von Kirchengebäuden zu vermeiden. Einen Mann in kirchlichem Gewand und mit einer großen Silberkreuzkette um den Hals festzunehmen ist keine einfache Sache in einem so christlichen Staat wie Georgien.

Nun hatte sich die Sache aber zugespitzt und wurde akut: Nach einer weiteren Überfallserie der Olympier riss den Gesetzeshütern der Geduldsfaden, sie umzingelten das stacheldrahtumzäunte Kirchengrundstück und forderten die verbarrikadierten Menschen auf, sich zu ergeben. Im entgegengesetzten Falle drohten sie mit sofortigem Sturm und gewaltsamen Eindringen in die Kirche. Daraufhin bewaffneten sich die Olympier mit Holzkreuzen. Vater Olympius, sein treu ergebener Diener, der athletisch-gigantische Diakon Bikent, und weitere Anhänger sowie andere Geistliche ihrer Gesinnung verlangten ihrerseits von den Polizisten, das Kirchengrundstück umgehend zu verlassen. Im entgegengesetzten Falle drohten sie ihnen selbst mit Sturm. Um die Ernsthaftigkeit ihrer Forderungen zu untermauern, nahmen sie einige Polizisten als Geiseln. Zudem riefen sie Bekannte und Anhänger aus Stadt und umliegenden Regionen an, die selbstverständlich nicht auf sich warten ließen und ihnen zu Hilfe eilten. Nun kesselten diese neu dazugestoßenen Sympathisanten die Polizisten ein. Sie versuchten, deren Linie zu durchbrechen und zur Kirche vorzudringen. Selbstverständlich trafen auch radikale

Oppositionspolitiker ein: Die Gebrüder Gatschetschiladse, Dsidsiguri, Gubas Sanikidse (zu Pferd!), Eka Beselia, Mamuka Katsitadse, Gugawa, Kukawa und weitere. Sie stationierten sich in unmittelbarer Nähe der Kirche und schimpften, wie immer, auch diesmal auf die Regierung. Etwas weiter entfernt schimpfte die weniger radikale Opposition auf die Regierung, allerdings etwas gemäßigter und zurückhaltender. Absolut abgeschieden stand Schalwa Natelaschwili, der in Silben sprach und alle davon überzeugen wollte, er und nur er allein habe sich das alles vor achtzehn Jahren ausgedacht, die anderen Möchtegernoppositionellen aber würden ihm nur nacheifern und seine Ideen klauen.

»Wa-rum-klaut-ihr-von-mir?!« fragte er spöttisch.

Eine Eskalation bahnte sich an.

Tasso und Wasso aber rannten, um in dieser Kirche Zuflucht zu suchen. Sie ließen den zur Unterstützung der Olympier angereisten Menschentrupp hinter sich und stießen gegen eine mit Gummiknüppeln, Taschenlampen, Sturmhauben und Metallhelmen ausgerüstete Reihe der Spezialeinheit. Die Polizisten stuften die beiden als aktive Anhänger der Olympier ein und stießen sie deswegen zurück. Die Angst vor dem Alp in den Knochen, fügten sich Tasso und Wasso nicht und stürzten sich erneut auf sie. Die Polizisten stießen sie erneut zurück, diesmal etwas schroffer. Tasso fiel hin und schürfte sich höchst schmerzhaft das Knie auf. In diesem Moment entlud sich das Gewitter – ein explosives Gemisch, dem nur noch der zündende Funke gefehlt hatte. Die »Olympier«-Sympathisanten, radikale und liberale Opposition, weitere Teile der

Gesellschaft sowie bloße Passanten – sie alle ergriffen plötzlich Partei für das »arme Mädchen« und fielen in die Reihe der Spezialeinheit ein. Die Polizisten hielten die Taschenlampen vor sich und schlugen mit den Gummiknüppeln unbarmherzig auf die Angreifer ein. Aus der Kirche stürzten die Menschen zum Drahtzaun. Die besonders aggressiven kletterten über den Zaun, die anderen jedoch wedelten mit ihren riesigen Holzkreuzen und pickten damit durch die Maschen des Zauns nach den Polizisten, als würden sie mit Bajonetten hantieren. Auf einer spontan improvisierten Bühne sang in diesem Moment der bekannte Oppositionssänger Utsnobi (»Der Unbekannte«) seinen selbstverfassten Politsong »Douana«, bei dessen Erklingen allen direkt das Blut in den Adern gefror. Die Bühne befand sich in einem Käfig aus dünnem Draht; Utsnobi trug, der Symbolik wegen, gestreifte Sträflingskluft. Die riesige Eisenkugel an seiner Fußfessel zog er derart leichtfüßig hinter sich her, dass kein Zweifel an ihrer Falschheit aufkam; sie war offensichtlich aus Plastik. Während des Auftritts hüpfte er in seiner »Zelle« herum, legte sich auf die Pritsche, las Zeitung, rüttelte an den »Gittern«, »verrichtete sein Geschäft« im Nachttopf und kratzte an sich herum. Er trug eine geschickt gefertigte Maske ohne Mundpartie, so, als wären die Lippen des Sträflings von Ratten abgenagt worden.

***

Kuchianidse konnte dem Alp im Zweikampf einige Zeit die Stirn bieten; nicht nur das, anfangs hatte er sogar die Über-

hand. Doch ein Normalsterblicher gegen einen wutentbrann-
ten Alp – wie standen da die Chancen? Der Alp überwältigte
ihn, sprang auf seinen Hals und ritt ihn wie einen Esel in den
Hof, während er seinen Schwanz wie eine Peitsche auf Kuchianidses Schulter niedersausen ließ. Der Alp wollte Tasso und
Wasso einholen, auf Kuchianidse. Zunächst tat er das auch so
und scheuchte ihn zum Feld, doch als er den Geländemotorroller im Hof stehen sah, fragte er ihn, was das für eine »Teufels-
maschine« sei. Als er erfuhr, dass es sich hierbei um Kuchianidses selbstgebautes Universalgefährt handelte, zwang er
den Ärmsten, sich ans Steuer zu setzen und schnellstmöglich
Tasso und Wasso einzuholen.

Kuchianidse gab mit seinem Geländemotorroller Vollgas.
Das Universalgefährt hob ab und flog Richtung Tbilisi. Der
Alp und Kuchianidse flogen dahin und genossen die einzigar-
tige Schönheit der Tbilisser Umgebung aus Vogelperspektive,
untermalt von Kuchianidses verärgertem Zähneknirschen und
dem zornentbrannten Fangzähneknirschen des Alps.

✳✳✳

In der Zwischenzeit gerieten die Polizisten zunehmend in Be-
drängnis. Der Einsatzleiter rief seinen Vorgesetzten an, legte ihm die Situation dar und bat um Verstärkung. Er befahl
seinen Untergebenen, Gasmasken anzulegen, tat dasselbe und
setzte Tränengas frei.

Die Verstärkung für die Gesetzeshüter erschien alsbald:
zwei »Irokesen«-Polizeihubschrauber, die Präsident Obama

Präsident Saakaschwili geschenkt hatte. Die Hubschrauber hängten sich laut brummend in die Luft; sie entließen Fallschirmspringer, die mit Helmen, Gasmasken und kleinen Automatikwaffen ausgerüstet waren. Sie feuerten Gummigeschosse in die Menge.

Kurz darauf erschien ein weiteres ungewöhnliches Flugobjekt mit noch ungewöhnlicherer Besatzung am Himmel: der Pilot Kuchianidse – mit Tränen in den Augen; auf seinem Hals thronend der Kapitän – der Alp, ebenfalls mit Tränen in den Augen. Das Tränengas hatte sie so herzzerreißend zum Weinen gebracht.

Die automatisierten Fallschirmspringer eröffneten Gummifeuer auf das unbekannte Flugobjekt. Aus den Hubschraubern wurde ebenfalls geschossen.

»Kommt, meine sterblichen Kinder, kommt zu mir!«, rief der Alp den Hubschrauberbesatzungen und den im der Luft schwebenden Fallschirmspringern zu und klatschte in die Hände.

Ein Händeklatschen, und die zwei »Irokesen« knallten in der Luft gegeneinander und fielen zu Boden; die Fallschirme samt Fallschirmspringern aber verhedderten sich ineinander. Die Oppositionspolitiker stießen einen Freudenschrei aus:

»Auf in den Kampf!«

Entzückt ließ Schalwa Natelaschwili den Korken einer Champagnerflasche knallen. In ein chewsuretisches Gewand gehüllt, führte Gubas Sanikidse sein Ross vor.

Der von Gummigeschossen beschädigte Motorroller wirbelte noch eine Weile durch die Luft. Kuchianidse hatte Tränen in den Augen und das Gefährt kaum noch unter Kontrolle. Der gummigeschossbeschossene Alp behinderte ihn zusätzlich beim Steuern. Schließlich rieselten sie mitsamt Motorroller zu Boden.

Auf die ungeladenen Gäste von oben – die Polizisten mit Fallschirm – warteten unten die Wächter georgischen Glaubens, bewaffnet mit schweren Holzkreuzen und angefeuert durch Utsnobis »Dounana« und Vater Olympius' Segen. Mannhaft hackten sie auf den Feind ein, rissen ihnen die Helme und Gasmasken vom Gesicht.

»Ihr Satansbraten, ihr gefallenen Engel, Satansjünger, Freimaurer, Siebenten-Tags-Adventisten! Nehmt das! Nehmt das!«, schrien die Olympier und schlugen die (mit dem Fallschirm) gelandeten Polizisten erbarmungslos mit Fäusten, Tritten und Kreuzen, so dass sie möglichst wenige ihrer verfluchten Geschosse abfeuern konnten oder gar nicht erst dazu kamen.

Aufgrund des Tränengases und seiner Hilflosigkeit knallte Kuchianidse direkt vor die Füße des Diakons Bikent. Der Alp saß ihm noch immer im Nacken. Er hatte Arme und Beine um Kuchianidse geschlungen, peitschte ihm den Rücken mit seinem pelzigen Schwanz und schrie:

»Hü hott! Hü hott, du Wolfsgeweihter, hü hott!«

Es dämmerte, und der Diakon hielt den Alp mit seinem verzerrten Gesicht für einen Polizisten mit Spezialeinheitskluft und Gasmaske, den geknechteten Kuchianidse aber für einen von einen der seinigen. Deshalb packte er den Alp, wenn auch angewidert, kurzerhand mit seiner Linken im Nacken und hielt ihn hoch. Wie ein Schraubstock drückten ihm sein gewaltiger Zeigefinger und Daumen den Hals zu; seine gigantische Rechte aber griff nach der Schnauze, die er für eine Gasmaske hielt, und wollte sie herunterreißen – doch wie wir wissen, war es keine. Es war das pelzige Schnauzengesicht des Alps, abgerundet vom Ziegenbart. Bikent rangelte eine Weile mit dem Ziegengesicht, es gelang ihm aber nicht, die Maske zu lüften. Nur den Bart riss er ihn vom Kinn. Dann schleuderte er den Alp mit seiner Linken nach oben, ballte die Rechte zu einer Faust, bespuckte sie und gab ihm mit ganzer Kraft einen Faustschlag. Anschließend reichte er Kuchianidse die Hand, half ihm auf und klopfte ihm den Staub ab. Kuchianidse verpasste dem zu Boden gestreckten Alp einige Fußtritte, bespuckte ihn und ließ dann von ihm ab, da es nicht seine Art war, einen Gegner zu treten, der bereits am Boden lag.

Der erhebliche Verlust brachte den Innenminister Wano Merabischwili und die Führungsriege der Polizei zur Verzweiflung. Mit zwei abgeschossenen Hubschraubern war nicht zu spaßen; abgesehen davon gab es noch Schwerverletzte. Deshalb setzte der arglistige Minister schnellstens einige Hebel in Bewegung. Es befand sich bereits ein Filmteam vor Ort, das alles mustergültig dokumentierte. Der Minister erteilte diesem Team die Anweisung, so an die Sache heranzugehen, als handele es sich um ein Musikvideo und kein wahres Ereignis. Es bildete sich zügigst eine Truppe aus Tänzern, Sängern und bekannten Persönlichkeiten wie dem Komponisten Ketschaqmadse und dem Poeten Bersenadse. Ebenfalls zugegen war der namhafte Bass Erast Kereselidse und der in Japan tätige, unbesiegte Sumoringer Amberg Gadalandia – auch Mokai genannt. Diese Menschen bat Wano Merabischwili höchstpersönlich darum, sich an der Musikvideoproduktion zu beteiligen. Und so entstand in Rekordzeit das unvergessliche Polizeivideo »Abaula«.

Das Video illustrierte die Tapferkeit und Disziplin georgischer Polizisten: wie sie im Gleichschritt marschierten, bei einem Notruf augenblicklich zu Hilfesuchenden eilten, zu Pferd in der Stadt patrouillierten und mit Fallschirmen aus Hubschraubern sprangen. Es musste verdeutlicht werden, dass die Polizei und die Menschen ein harmonisches Ganzes bildeten, dass bei der Polizei nicht nur die würdigsten Verteter jeder einzelnen Region des Landes dienten, sondern weit darüber hinaus auch die Verteter anderer Länder, die Georgien genauso liebten wie sie. Und so sah, hörte und spürte man im Lied ganz Georgien atmen: die Polizisten tanzten mtiuletisch, ossetisch und adscharisch, im Gesang verschlangen sich kachetisches Mrawalschamier und gurisches Krimantschuli ineinander. Der vom berühmten Bass Erast Kereselidse lebhaft hervorgestoßene alte Kampfschrei »Abaula« erklang, der Entscheidung des Regisseurs Roin Qaraulaschwili entsprechend, auf Mingrelisch – also mit weichem »l«: Aba-ulj-a!

Ein großer Teil des Videos war ansehnlichen Polizistinnen gewidmet: in luftigen Polizeiuniformen schwebten sie graziös durch die neuen, glänzenden, grellen Administrationsgebäude und wedelten mit Ordnern. Auf Kereselidses Ruf »A-ba-u-lja« hin mobilisierten und formierten sie sich flugs und trugen mit sanften, sirenenartigen Stimmen den Refrain der Polizeihymne vor, der in etwa so ging:

> *Uns're Arbeit ist nicht leicht,*
> *ein Notruf hat uns grad' erreicht!*
> *Hilfe für den Bürger naht,*
> *ein Trupp ist sofort startbereit!*

Danach wurde die Bühne geräumt für die tanzenden Polizisten, die beim Tanzen zudem noch sangen:

> *Tschari-tschari-tscharirama,*
> *tscharirama, Omalein!*
> *Weißt du noch die Notrufnummer?*
> *Die darf nicht vergessen sein!*

Dem Choreographen Dschamlet Tsotskolauri hatten es irische Tänze schon immer angetan; die regungslosen Hände während des Tanzens und die Akzentuierung der Beine gefielen ihm besonders. Doch konnte er das nicht in diese Choreographie einbringen, da im georgischen Tanz jeder Fußschwung von einer Handbewegung begleitet werden muss. Ein georgischer Tänzer mit herunterhängenden Armen sieht einem Irländer unfreiwillig ähnlich. Das ist ungefähr so, als würde man einen Mann in eine Tschocha stecken und Ballett oder Breakdance tanzen lassen. Herr Tsotskolauri wollte den Tanz mit neuem Leben, neuem Atem füllen, aber der ausgefeilte, unerreichte, jahrhundertealte georgische Tanz erlaubte es ihm so gut wie nie. »Abaula« jedoch gab ihm die Möglichkeit, sein choreographisches Talent unter Beweis zu stellen. Es war schließlich ein Polizeitanz und kein Volkstanz. Deshalb inkorporierte der Maestro Dschemal außer georgischen noch irische Elemente in den Tanz, was sich bewährte: Der Anblick wurde noch beeindruckender; vor allem aber gewann er an inhaltlicher Tiefe. Ein Schauspieler verkörperte den Schurken im Video. Der »Kriminelle« trug ein zerwühltes schwarzes Hemd, worunter ein dreckiges T-Shirt hervorspähte. Um seinen Hals hing eine Bärentatze und ein Wolfszahn. Der Gauner kaute provokativ Kaugummi (er war selig wie ein Büffel) und klackerte mit einem Pechkohlenrosenkranz, während er dabei den Siegelring an seinem behaarten kleinen Finger demonstrativ aufblitzen ließ. Sein Handgelenk zierte eine massive, fette, (selbstverständlich geklaute) »Seiko«-Uhr. Er machte spöttische Gesten zur »Abaula«-Melodie; er tänzelte, guckte herausfordernd, grinste vulgär und stellte dabei seinen goldbezahnten Rachen zur Schau. Der Kriminelle war ein um die fünfzig Jahre alter, dickhalsiger, gehörig bulliger, schweißtriefender brünetter Mann mit Halbglatze. Sein gesamtes Verhalten und Erscheinung schien förmlich zu verkünden: »Die Mafia ist unsterblich«. Also bitte sehr, die Antwort kam zugleich: »Unsterblich, waaas?« Und da kamen schon die irisch tanzenden georgischen Polizisten auf die Bühne und kreisten um den Kriminellen herum. Ihre Arme hingen herunter, was bedeutete, dass sie den sadistischen Milizmethoden der Sowjetunion abgeschworen hatten – dem Armumdrehen, Genickbrechen, Gelenkauskugeln und unentwegten Ausblasen von Lebenslichtern ... Der makellose Tanz lenkte den Schurken zunächst ab, dann umwirbelten die Polizisten ihn mit hängenden Händen und verpassten ihm einer nach dem anderen Fußtritte. Mit eben dieser Methode versuchten sie ihn von dem Teppich zu scheuchen, der auf der Bühne ausgelegt war. Der Teppich hatte die exakte Umrissform Georgiens. Der Übeltäter blickte panisch nach links und rechts, kaute Kaugummi und wusste nicht, ob er flüchten oder auf dem Teppich bleiben sollte. Schließlich entschied er sich zu bleiben. Er hielt sich die irisch tanzenden Polizisten mit seinem Pechkohlenrosenkranz vom Hals, womit er zeitweise auch Erfolg hatte. Doch da trat ein Hüne von einem Polizisten auf den Teppich: der in Japan tätige sechsfache Honbasho-Gewinner, unverkennbar – der unbesiegte Sumoringer Mokai. Mokai schob die irisch tanzenden Polizisten beiseite und blickte erst einmal mit Abscheu auf den Rosenkranz- und Seikoschurken, dann packte er ihn wie ein Katzenjunges am Schopf und jagte ihn, allen Sumokampfregeln entsprechend, vom georgienförmigen Teppich – also aus Georgien.

»A-ba-ul-jaaa!« Nun kamen Bürger des Landes auf die Bühne – armenische und aserbaidschanische Polizisten in georgischer Polizeiuniform. Sie spielten Kementsche und Tar und folgten dem Missetäter, der den Schwanz eingezogen hatte, mit einem spöttischen, gellenden Lied:

> *Ko-ko-lores kenn ich niiicht,*
> *ob ich dich krieg, weiß ich niiicht,*
> *wenn ich aber dich doch kriiieg,*

bleibt von dir nicht viel übriiig!
Abauljaaa!
Ooh jee, ooh jee, ooh jee, ooh jee,
hui, hui, huiuiui!

Eine mit üppigen Brüsten und weiteren weiblichen Merkmalen ausgestattete Polizistin mit Gummiknüppel in der Hand legte einen stripteaseartigen Tanz aufs Parkett, während sie sich langsam und rhythmisch entkleidete. Vereinzelte Teile ihrer Uniform, darunter Schulterklappen und Gürtel, riss sie direkt zu Boden. Dabei hatte sie einen todernsten Gesichtsausdruck und feurige Augen, die alle durchdrangen und verzauberten; vor allem aber den mittig im Saal sitzenden Innenminister Wano Merabischwili, der (mit Seilen und Handschellen) an einen Stuhl gefesselt war. Sein genüsslicher und leicht verängstigter Blick hob sich nur gelegentlich zur wütend tanzenden Frau mit Gummiknüppel empor; mit gesenktem Kopf grinste er wie ein unerwünschter Schwiegersohn.

»A-ba-ul-jaaa!«

***

Das Chaos hielt eine ganze Weile an – fast bis zum Morgen. Nach und nach konnten die Gesetzeshüter doch noch Frieden und Ordnung wiederherstellen. Sie lösten den Mob und die Mob-anspornenden Oppositionspolitiker auf, verhafteten davon sogar einige; sie lösten ebenfalls die »Olympier« auf, indem sie ihre Kirche stürmten und direkt Vater Olympius zusammen mit etwa einem Dutzend besonders aktiver Anhänger festnahmen.

Sie kümmerten sich um die Verletzten und Verwundeten und verteilten sie auf die Krankenhäuser. Der Staat übernahm alle medizinischen Kosten.

Tasso und Wasso waren mit dem Schrecken davongekommen. Sie konnten fliehen und hatten ihre Heckmünze dabei.

Der Alp kam in der Reanimation der Zentralklinik zu sich. Er war mit schwerer Gehirnerschütterung und einigen Knochenbrüchen eingeliefert worden. Abgesehen davon hatte er innere Verletzungen sowie am gesamten Körper Prellungen und blaue Flecken. Zudem war am Kinn ein Bartriss zu verzeichnen.

Nachdem er zu sich gekommen war, erinnerte sich der Alp, dass er bis zum dritten Hahnenkrähen zurück in der Hölle hätte sein müssen. Danach wird das Tor verriegelt; auf die Verspäteten wartet eine drastische Strafe: Wegen Verspätung wird man auf Anweisung des Höllenaufsehers in den Karzer gebracht; man bekommt einen langen, heißen Spieß vom Hintern bis ins Herz getrieben und muss zwei Wochen lang auf einer eigens für Sündiger vorgesehenen, brutzelnden, glutheißen Pfanne tanzen. Um das zu vermeiden, wollte der Alp umgehend aufstehen, doch er konnte nicht. Wie bereits erwähnt, gaben ihm seine gebrochenen Knochen und geprellten Muskeln keine Möglichkeit dazu. Abgesehen davon war er fast vollkommen eingegipst. Er versuchte dennoch, sich von den Bandagen und Schienen zu befreien; er riss sie von sich und warf den Ilisarow-Fixateur in die Ecke, woraufhin die Schwestern den aufgebrachten Patienten noch fester fixierten. Da dieser aufgebrachte Patient jedoch mit obszönen Beleidigungen nicht geizte, ununterbrochen wirres Zeug redete und andauernd wiederholte, dass er keineswegs ein Mensch sei, sondern ein Alp namens Alpi, der es vor dem Hahnenkrähen in die Hölle schaffen müsse, verabreichten ihm die Schwestern auf Anweisung des Bereitschaftsarztes kurzerhand ein schlafförderndes Präparat. Am Morgen bestellten sie einen Psychiater, der einige weitere Diagnosen stellte: reaktive Psychose, Multiple Sklerose, Alkoholdelirium und lesbische Neigungen bei Vollmond. Nach chirurgischer und therapeutischer Behandlung wurde er in eine psychiatrische Klinik verlegt. Zunächst war seine Identität unergründlich, da sein Gesicht nach der physischen Einwirkung wie eine Fresse aussah – die Nase wie eine Schweineschnauze; der Kiefer wie ein Kiefer; die pelzigen Ohren wie ein Aschenbecher voller Stummeln. Schizophren und sklerös, wusste er selbst überhaupt nicht mehr, wer er war. Er nannte sich Alpi und nahm an, ein Bewohner der Hölle zu sein. Doch dank Computertechnik und Beihilfe von Interpol kamen die Ordnungshüter an eine Liste spurlos verschwundener Menschen und stellten nach enormer Mühe und Anstrengung fest, dass besagte Person der vor sechs Monaten verschwundene, ebenfalls an Schizophrenie und Multipler Sklerose erkrankte Arschak Karapetowitsch Kirakosian war. Größe, Gewicht und Blutgruppe des Alps stimmten mit Kirakosian überein. Auch seine Familie, Frau Wartuscha und Tochter Karine, erkannten ihn. Karine erwähnte sogar, dass Papa, übrigens, noch hübscher sei als vorher.

Kuchianidse wurde das Grundstück unweit des 7. Mikrorajons von Gldani samt dem darauf befindlichen Rohbau weggenommen. Doch dafür erfuhr dank dieses Vorfalls die ganze
Welt von seiner Erfindung. War er vorher noch unbeachtet gewesen und hatte noch nicht einmal ein Patent auf sein Gefährt
besessen, standen die führenden Automobil- und Flugunter-
nehmen nun Schlange mit Verträgen, einer gewinnbringender
und vorteilhafter als der andere. Letztendlich fiel seine Wahl
auf Mercedes-Benz. Ein Vertrag wurde aufgesetzt, dem zufolge Mercedes, Benz und Kuchianidse die Aktien brüderlich zu
dritt aufteilten; das Unternehmen hieß ab sofort »Mercedes-
Kuchianidse-Benz«. Sie implementierten die von Kuchianidse
entwickelten Technologien und fuhren paradiesische Gewin-
ne ein. Ab sofort fuhren die Autos mit dem typischen Marken-
symbol sowie der Aufschrift MERCEDES-KUCHIANIDSE-
BENZ nicht nur auf Reifen, sondern durchquerten Meere und
schwebten im Himmel. Das war ein gigantischer Fortschritt in
der Automobilindustrie und ein Sprung in das zweiundzwan-
zigste Jahrhundert. Kuchianidse setzte erfolgreiche technolo-
gische Impulse im Autobau und kooperierte nebenbei mit der
Weltraumorganisation NASA.

Ganz Gentleman, vergaß Kuchianidse den ehemaligen Parteisekretär Dato nicht, der nach all den Jahren immer noch
nicht wusste, dass Kuchianidse seinerzeit sein Motorradgespann demontiert und aus eben jenen Teilen das Universalgefährt gebaut hatte. Kuchianidse verheimlichte ihm nichts

davon. Er beichtete seine Sünde, bat um Verzeihung, kam für den entstandenen Schaden um ein Tausendfaches auf und bot ihm an, im Unternehmen »Mercedes-Kuchianidse-Benz« als Parteisekretär zu arbeiten. Dato nahm das Angebot dankend an und machte sich an die Arbeit. Er ist heute noch unverändert Parteisekretär von »Mercedes-Kuchianidse-Benz«. Ja, so sieht beständiges, bewährtes Personal aus – ideell gefestigt und politisch stabil.

***

Professor Kusanow wurde für sein Werk mit dem Ehrenorden Georgiens ausgezeichnet, und das zu Recht – wenn ein Mann sich als Frau fühlt oder umgekehrt eine Frau sich für einen Mann hält, ist es denn dann nicht gut, dass jemand Gottgleiches sie umwandelt und ihnen die Gelegenheit gibt, ihre Potentiale und Persönlichkeiten zu entfalten, so, wie sie es sich vorstellen?

Eine Geschlechtsumwandlung ist ein langer und komplizierter Prozess, aber Professor Kusanow hat noch viel mehr geschafft. Er hat zwei eingesperrte Menschen aus einem Körper befreit und beiden ein unabhängiges Leben geschenkt. Und diese beiden Wesen – Wasso und Tasso –, die sich in einem Körper noch zu beengt und rastlos fühlten, sie waren dank des operativen Eingriffs nun ein liebendes Paar. So sehr liebend, dass sie zur Bestätigung und Legitimierung ihrer Liebe auch vor dem Cagliostro-Magiostrotum schwarzer Magie nicht zurückschreckten, um auf diesem Wege nach Benelux zu reisen.

Tasso und Wasso haben, wie man so sagt, ihren Weg gefunden. Leider schafften sie es nicht nach Benelux, da sie nicht dazu kamen, ihre Heckmünze einzusetzen. Eine Weile ging es ihnen gut, doch bald nahm die Perestroika ihren Lauf – ein Phänomen globaler Relevanz, das alles im Land veränderte, sogar die sowjetische Regierung. Die Münze mit Leninkopf wurde entmünzt und besaß lediglich für Numismatiker noch einen Wert. Tasso und Wasso hockten am Monument der Muttersprache – dort, wo sich die Numismatiker treffen und Münzen mit Leninkopf verkaufen. Der Wert solcher Rubel war nicht hoch, da das Land davon förmlich überflutet war. Tasso und Wasso reichte der Ertrag zumindest für Brot. Sie durften nicht heiraten, aber es hinderte sie auch niemand daran zusammenzuleben, und so war es wohl auch am besten. Irgendwo in der Ferne heiraten Männer andere Männer und Frauen andere Frauen, eigene Klone und so weiter. Soll das etwa gut sein? Sei so, wie du bist, es stört dich ja niemand. Aber eine Ehe ist etwas anderes und sollte nicht verunglimpft werden.

***

Das Gericht berücksichtigte die guten Eigenschaften von Vater Olympius zwar, sprach ihn aber trotzdem in allen Punkten schuldig. Sie verurteilten ihn zu vier Jahren Freiheitsentzug. Einigen seiner besonders aktiven Anhänger wurde ebenfalls der Prozess gemacht. Das Kirchengebäude, das sie sich angeeignet hatten, wurde dem gesetzmäßigen Eigentümer zurückgegeben – dem Patriarchat Georgiens.

***

Kurzum, fast alle waren zufrieden und hatten sich beruhigt. Allerdings ... Bekanntermaßen ist der Teufel unzufrieden, wenn alles gut oder relativ gut endet. Und auch diese Geschichte endet relativ gut. Doch es gab noch einen weiteren Grund für seine Unzufriedenheit. Zum einen konnte er den Alp nicht für verspätete Rückkehr ins Höllenreich bestrafen, da ihn Menschen in einer psychiatrischen Klinik festhielten; und zum anderen hatte der Kerl seinen Heckrubel den Menschen im Diesseits überlassen.

Andererseits, worüber sollte er sich ärgern? Würde der Alp früher oder später nicht sowieso in der Hölle landen? Heckmünzen aber, Rubel, Dollar, Pfund, Tugrik, Yen und Rupien: die hat der Teufel mehr als genug.

***

Und noch etwas: Versündigt euch nicht und bringt keine armen Katzen um aus Aberglauben!

Nachwort

Meister der georgischen Groteske

Surab Leschawa gilt zu Recht als der am meisten unterschätzte Schriftsteller der georgischen Literatur. Er ist für die georgische Literatur dermaßen unkonventionell, dass die Kritik bis heute große Schwierigkeit hat, ihn richtig einzuordnen. Er wird meistens als naiver, primitivistischer Autodidakt beschrieben und mit dem großen georgischen Maler-Autodidakten Niko Pirosmani (1862–1918) verglichen. Damit ist wohl eher gemeint, dass Leschawa kein Szeneautor ist und dem literarischen Betrieb fernbleibt. Denn die Mehrzahl georgischer Autoren hat Literatur nicht studiert und ist auf unterschiedlichsten Wegen zum Schreiben gekommen. Doch Leschawa ist kein typischer Autodidakt, er ist einer Bücherwelt groß geworden und hat noch während der Schulzeit angefangen zu schreiben. Seine ersten Erzählungen publizierte er in den 1990er Jahren in der georgischen Literaturzeitschrift *Arili*. Der Durchbruch gelang ihm einige Jahre später, als seine Erzählung »Kühlschrank gegen Sex« für eine Sammlung der besten georgischen Erzählungen ausgewählt wurde. Der wichtigste georgische Literaturverlag Bakur Sulakauri nahm ihn in sein Programm auf. Drei Erzählbände folgten in kurzer Zeit aufeinander: *Ein Kind beißt im Oktober auf die Kakipflaume* (ბავშვის ნაკბენი კარალიოკზე ოქტომბრის თვეში) 2009, *Die Echtheit der Falschheit* (სინალდე სიყალბისა) 2010 und *Die Heckmünze* (უხურდავებელი მონეტა) 2011 – das vorliegende Buch ist eine Auswahl aus diesen drei Bänden. Bislang sind acht Bücher Leschawas erschienen. Für sein erstes Buch *Ein Kind beißt im Oktober auf die Kakipflaume* erhielt er den georgischen Literaturpreis *Gala*, zweimal standen seine Bücher auf der Shortlist des renommiertesten Literaturpreises *Saba*. Diese eher bescheidene Anerkennung trägt seiner Bedeutung für die georgische Gegenwartsliteratur kaum Rechnung und ist eher ein Beleg für die Unfähigkeit des georgischen Literaturbetriebes, Literatur jenseits des meist realistischen Mainstreams anzuerkennen. Die Ursachen dafür sind möglicherweise seinen Themen und der Sprache der Unterschicht geschuldet, die für die georgische Literatur ungewöhnlich und eher befremdlich waren, sowie durch seine Biographie bedingt. Dabei wurde das literarische Verdienst Leschawas weitestgehend übersehen.

Wenige georgische Autoren können sich rühmen, gleich zwei große Themen für die georgische Gegenwartsliteratur erschlossen zu haben. Surab Leschawa ist dieser *coup de maître* gelungen: er hat die Groteske in der georgischen Literatur etabliert und die soziale Peripherie für georgische Leserinnen und Leser wiederentdeckt. Leschawa ist einer der wenigen Autoren der georgischen Gegenwartsprosa mit einer klar ausgeprägten Poetik. Was für Naivität gehalten wird, ist bewusst gewählter Stil, der genau zur erzählten Welt Leschawas passt. Sowohl die Gegenwartsgeschichte Georgiens

als auch Leschawas Biographie haben ihre Anteile an seiner
Poetik.

Der 1960 geborene Surab Leschawa hat eine Biographie, die
gewöhnlich mit dem Adjektiv »bewegt« beschrieben wird, das
in seinem Fall jedoch bei weitem nicht ausreicht. Eine ganze
Epoche vom Tod Breschnews über den Fall der Berliner Mau-
er und den Zusammenbruch der UdSSR bis zur Gründung
der georgischen Republik und den zahlreichen darauf folgenden Bürgerkriegen hat er im sowjetischen Gefängnis in Kiew
verbracht. Verurteilt worden war er zu dieser hohen Haftstrafe
wegen einer unglücklichen Auseinandersetzung mit einem Be-
amten der sowjetischen Miliz. Leschawa hatte sich geweigert,
sich durchsuchen zu lassen, verletzte den Milizbeamten in der
folgenden Schlägerei mit einem Metallstock und wurde wegen
versuchter Tötung eines Staatsbeamten im Dienst angeklagt.
Im Gefängnis begann er Figuren aus Brot zu basteln. Diese
Figuren schickte er nach Kiew und Tbilissi – sie wurden sogar
ausgestellt. Die Figuren macht er noch heute, allerdings aus
Holz. Die Gefängnisfiguren aus Brot wurden später zu den
Gefängnisfiguren aus Worten – in seinen ersten Erzählungen
verarbeitete Leschawa seine Erfahrungen im sowjetischen Gefängnis. Das Adjektiv »traumatisch« bietet sich zur Etikettie-
rung dieser Texte an, doch es ist viel zu eng dafür, um angemessen zu beschreiben, wie Leschawa seine traumatischen
Erlebnisse in Sprache und literarischem Sujet verarbeitet.

In den ersten Jahren seiner Unabhängigkeit erlebte Georgien, befreit aus dem »Kerker der Völker«, ebenfalls eine bewegte und traumatische Geschichte. Bürgerkriege machten

mehrere hunderttausend Menschen heimatlos, ein wirtschaftlicher Kollaps stürzte die ehemalige Wohlfühlrepublik der UdSSR in bittere Armut. Die Fallhöhe vom üppigen Luxus der 80er Jahre in die wirtschaftliche Misere der 90er, als selbst die Basisversorgung wie Strom und Brot knapp wurde, konnte kaum größer sein. Als Leschawa freikam, hatte das Land gerade begonnen, sich von dem Chaos der ersten Jahre zu erholen.

Im Gefängnis und im Milieu der verarmten und verwahrlosten Menschen hat Leschawa seine Protagonisten gefunden. Das war für die georgische Literatur ungewöhnlich. In den Jahren der Sowjetunion war das soziale Thema nur im offiziellen literarischen Diskurs des sozialistischen Realismus präsent. Dort ging es nicht um randständige Figuren, und Armut existierte offiziell in der UdSSR sowieso nicht. Die georgische Literatur der Sowjetzeit, die sich nicht mit den offiziellen Themen beschäftigen wollte, machte sich die Vergangenheit zum Thema. Diese Vergangenheit war meistens mythisch bzw. heroisch. Es war eine Literatur der Helden. Es gab darin durchaus Sonderlinge, aber sie spielten zweit- oder drittrangige Rollen. Die Tradition der sozialen Literatur der Jahrhundertwende wurde nach der Wende nicht mehr aufgegriffen. Die georgische Gegenwartsliteratur spielte sich überwiegend im Zentrum und kaum an der Peripherie. Ihre Protagonistinnen und Protagonisten kamen aus guten Familien und lebten im Zentrum der Hauptstadt, sie machten sich keine Sorgen um Geld oder Essen und mussten nicht für ihr Überleben kämpfen.

Leschawa verschob den Schauplatz der Literatur vom Zentrum an die Peripherie. Der Rand, die Grenze, die Peripherie, der Übergang und der Schwellenraum wurden für Leschawa zum Dreh- und Angelpunkt seiner Poetik.

Die Rede von der Peripherie ist hier nicht nur metaphorisch, sondern topographisch: Albert, der Protagonist der Erzählung »Kühlschrank gegen Sex«, wohnt zunächst mit seinen Eltern in einer Vierzimmerwohnung; diese Vierzimmerwohnung wird verkauft, die Familie zieht in eine kleinere Wohnung um. Diese kleinere Wohnung wird ebenfalls gegen eine Dreizimmerwohnung, aber in einem schlechteren Viertel umgetauscht. Nach dem Tod seiner Eltern verkauft Albert das Familienvermögen weiter, bis er – zum Zeitpunkt der Gegenwartshandlung – in einer winzigen, schäbigen und kaum möblierten Einzimmerwohnung im äußersten Randbezirk endet, der im Volksmund »Arsch der Welt« heißt.

So wie Albert und seinen Eltern ist es vielen georgischen Familien nach der Wende ergangen, die ohne Einkommen und Arbeit blieben und vom langsamen Aufzehren ihres Vermögens aus der Sowjetzeit lebten. Ähnlich ist die Laufbahn des Protagonisten der Erzählung »Fick doch deine Oma«: auch er kannte ein besseres Leben und war früher Solist im Staatsensemble für Tanz und Gesang. Zum Zeitpunkt der Erzählgegenwart ist er ein geschiedener arbeitsloser Alkoholiker, der im 16. Stock im Wohnblock eines von Gott und Menschen verlassenen Randbezirks wohnt.

Die Psychiatrie, wo der Protagonist von »Fick doch deine Oma« am Ende der Erzählung landet, das Gefängnis, in dem mehrere Erzählungen Leschawas spielen, sind verdichtete Orte der sozialen Peripherie. Daher wäre es ein Fehler, Leschawas

Gefängniserzählungen nur auf seine biographische Erfahrung zu reduzieren. Gefängnisse sind laut Michel Foucault *Heterotopien*, andere Orte bzw. Orte an den Rändern der Gesellschaft, die nach anderen Regeln funktionieren als ›normale‹ Orte. Die anderen, eigenen Gesetze der *Heterotopien* finden ihren Ausdruck auch in der spezifischen Sprache, einer Gaunersprache, die im Gefängnis gesprochen wird. Spezifisch für diese Sprache – jedenfalls bei Leschawa – ist ihre Mehrschichtigkeit. Die Gefängniserzählungen spielen im ukrainischen Gefängnis. Die Kommunikationssprache ist dort Russisch. Leschawa überträgt diese Kommunikation ins Georgische, so dass in seiner Literatursprache drei Sprachen zugleich präsent sind, Georgisch, Russisch und die Gaunersprache. Dabei reflektiert und kommentiert der Erzähler diese Übersetzungssituation und Übersetzungsschwierigkeiten. Für die Übersetzung ins Deutsche ist damit eine zusätzliche Schwierigkeit verbunden, denn sie muss allen drei Schichten gerecht werden.

In dieser Sprache wird viel geschimpft, sie ist derb und bewegt sich an der Grenze zur Obszönität. In Leschawas Erzählungen ist der Unterleib überpräsent: Geschlechtsverkehr, Austausch von Körperflüssigkeiten, Ausscheidungen des Körpers, alle möglichen Körpergeräusche erwecken den Eindruck, die Erzählfiguren seien auf ihre leiblichen Bedürfnisse reduziert. Doch das ist integraler Bestandteil der Poetik Leschawas. Er greift gern diese Sprache der Peripherie auf, literarisiert sie und macht sie zum Kern seiner Literatursprache.

Sowohl ihrem Stil als auch ihrer Gattung nach sind seine Erzählungen grotesk. Leschawa bespielt alle Register der Groteske. Sie ist einerseits romantische Groteske mit ihrem Hang zum Jenseitigen und Diabolischen, wie in der Erzählung »Die Heckmünze«, die an zentral- und osteuropäische Mythologie und Literatur erinnert – man denke z.B. an Wilhelm Hauffs »Das kalte Herz« (1826) oder Nikolaj Lesskows »Heckrubel« (1894). Aber auch Dostojewskis Groteske mit ihrem Hang zum Peinlichen und Skandalösen – wie etwa »Eine dumme Geschichte« (1862) oder »Das Krokodil« (1865) – könnte Leschawas Erzählungen wie »Die Echtheit der Falschheit« beeinflusst haben. Viel stärker als der romantischen und modernen Groteske, wie sie Wolfgang Kayser in seinem Buch *Das Groteske. Seine Gestaltung in Malerei und Dichtung* (1957) beschreibt, ist Leschawa jedoch der Tradition der Groteske verbunden, deren Wurzel weiter bis in die Volkskultur der Renaissance und François Rabelais' großes Buch *Gargantua und Pantagruel* (1532–1564) zurückreichen. Der russische Literaturwissenschaftler Michail Bachtin, der bedeutende Rabelais- und Dostojewskiforscher, machte in einem Aufsatz die fließenden Grenzen des menschlichen Leibes und der Welt zum wesentlichen Merkmal der Groteske: »Die Grenzen zwischen Leib und Welt und zwischen Leib und Leib verlaufen in der grotesken Kunst ganz anders als in der klassischen oder naturalistischen. [...] Die wesentliche Rolle im grotesken Leib spielen deshalb jene Teile [...], wo der Leib [...] seine Grenzen überschreitet [...] [wie] der Unterleib und der Phallus. [...] Sie [...] werden einer [...] Hyperbolisierung ausgesetzt«. Daher sind laut Bachtin die wesentlichen Ereignissen im Leben des grotesken Leibes »die Akte des Körperdramas: Essen, Trinken, Ausscheidungen (Kot, Urin, Schweiß, Nasenschleim, Mundschleim), Begattung, Schwangerschaft, Niederkunft, Körperwuchs, Altern, Krankheiten, Tod, Zerfetzung, Zerteilung, Verschlingung durch einen anderen Leib, alles vollzieht sich an den Grenzen von Leib und Welt [...].« (»Die groteske Gestalt des Leibes«, zitiert nach Michail Bachtin, *Literatur und Karneval*, München 1969, 15–24, hier: 15–17)

Das Groteske bestimmt bei Leschawa nicht nur den Stil, sondern auch die Entwicklung des Sujets. Das lässt sich gut an der Erzählung »Ein Becher Blut« illustrieren, die diesem Band den Titel gegeben hat. Die Geschichte spielt im Kiewer Gefängnis, die Häftlinge bereiten ein illegales Fest vor, sie brennen Schnaps und kochen. Doch ihnen fehlt Fleisch. Aus dem belanglosen Plaudern über das Essen und alles, was man essen kann – von Hunden und Katzen bis zu (Saat-)Krähen –, kommt das Gespräch auf Menschenfleisch. Häftlinge erinnern sich daran, wie früher Sträflinge bei Ausbrüchen aus dem Gulag als lebendigen Proviant einen ihrer Leidensgefährten mitnahmen. Dann schlägt ein besonders dreister Häftling ein Kartenspiel um ein Glas Blut vor. Die Frage, wer denn Lust habe, ein Glas Blut zu trinken, wird von allgemeinem Grinsen beantwortet. In diesem Moment scheint alles möglich zu sein. Das Grauen, das man aus den Lagererzählungen Warlam Schalamows kennt, wird heraufbeschworen. Doch das Sujet nimmt keine tragische Wendung. Die Groteske kennt keine Tragik, wegen ihrer – laut Bachtin – untrennbaren Verbindung mit der Karnevals- und Lachkultur, die wiederum keine Trennung zwischen Leben und Tod kennt. Wenn man sich fragt, warum

246

Leschawa die Groteske des Mittelalters reanimiert – wobei man darüber streiten kann, ob es sich dabei um bewusste Übernahme oder um Affinität (*correspondances* im Sinne Baudelaires) handelt –, so kann man die Antwort in der sozialen Situation der Protagonisten Leschawas finden.

Leschawas Figuren sind nicht in der Armut geboren. Sie sind Verlierer der Wende – deklassiert und an den Rand der Gesellschaft abgerutscht. Aus ihrem früheren Leben bleiben nur wenige Spuren übrig, die jedoch konsequent präsent sind und eine Rolle in den Erzählungen spielen, wie der Kühlschrank, das einzige Erbstück Alberts in »Kühlschrank gegen Sex«, oder das Tanzkostüm in »Fick doch deine Oma«. Wichtig sind diese Spuren insofern, als es Leschawa als einzigem georgischen Autor gelingt, die Geburtsstunde der sozialen Ungleichheit zu dokumentieren: Menschen, die vor 10 Jahren noch kein Statusunterschied trennte, gehören in seinen Erzählungen bereits unterschiedlichen sozialen Räumen an. Aber Leschawa ist alles andere als ein UdSSR-Nostalgiker. Ihm geht es um die sozial bedingten ethischen Konflikte, die dort entstehen, wo man aus mehr Vermögen mehr Recht ableiten möchte. Die Quellen dieser sozialen Ungerechtigkeiten werden in den Erzählungen subtil angedeutet. Fast immer sind die vermögenden Kleinbürger betrügerisch zu ihrem relativen Wohlstand gekommen. Trotzdem hat das neue Prekariat seine Handlungsmacht nicht verloren und leistet Widerstand, wenn auch auf groteske Weise.

In der Erzählung »Fick doch deine Oma« besetzt der Protagonist das Bad seiner Nachbarin. Mehrere Seiten lang schildert der Icherzähler den desolaten Zustand seines eigenen Badezimmers. Es sind vielmehr Bilder der Verwahrlosung, an denen die Archäologie des sozialen Abstiegs ablesbar ist. Er ist gezwungen, mit Gummistiefeln zu baden, um nicht vom selbstgebauten elektrischen Wassererhitzer einen Stromschlag zu bekommen. Der Konflikt in der Erzählung wird losgetreten, als der Icherzähler beim Duschen die frisch renovierte Wohnung seiner reicheren Nachbarin überflutet, welche ein Stockwerk tiefer wohnt. Als sie ihm unter Schlägen und Beleidigungen ihre Wohnung zeigt und den entstandenen Schaden schildert, versteckt der Icherzähler sich zunächst in ihrem Badezimmer und entscheidet sich dann dafür, dort zum ersten Mal nach langer Zeit ein ordentliches Bad zu nehmen. Davon lässt er sich weder von der Nachbarin noch von der Polizei abbringen. Als er schließlich sehr ausgiebig das Bad genossen, die Toilette benutzt, danach geduscht und sich mit der teuren Kosmetik der Besitzerin verwöhnt hat, lässt er sich von einem Arzt aus der Psychiatrie dazu überreden, das Badezimmer zu verlassen. Er ist froh, wieder einmal einen Winter in der Psychiatrie zu verbringen, wo er zwar mit Medikamenten vollgestopft wird, aber immerhin Wärme und Essen bekommt.

Dort, wo das neue Prekariat keine eigene Stimme erhält – wie in »Fick doch deine Oma« – und die Erzählkompetenz an den extradiegetischen Erzähler abtritt – wie in »Kühlschrank gegen Sex« oder »Die Echtheit der Falschheit« –, solidarisiert sich der Erzähler, der das Geschehen aktiv kommentiert, mit seinen Figuren. Trotz des sozialen Themas und der sozialen Konflikte kann man Leschawas Erzählungen kaum als engagierte Literatur bezeichnen. Diese Solidarisierung mit Erniedrigten und Beleidigten ist subtiler als das klar ausgesprochene moralische Urteil oder die politischen Stellungnahmen jüngerer Autoren.

Die Grenzsituationen, die Situationen äußerster Peinlichkeit sind für Leschawa bevorzugte Instrumente der Konfliktauflösung. Peinliche Situationen (wie in der Erzählung »Die Echtheit der Falschheit«) haben einen kathartischen Effekt: sie dienen als Lackmustest, sie können demaskieren und Menschen und Dinge so zur Erscheinung bringen, wie sie sind.

Kathartisch sind diese Situationen auch insofern, als sie sich nicht in Erbitterung und Ressentiment auflösen, sondern die negativen Emotionen abführen und es dadurch erlauben, eine grundsätzlich lebensbejahende Haltung zu bewahren. Auch diese Lebensbejahung, die eine Quelle des Optimismus dort findet, wo man Verzweiflung erwarten würde, ist ein Zeichen der Groteske.

In der Groteske findet das neue Prekariat seine Lebenshaltung und seine Ausdrucksmittel. Die Groteske gibt ihm die Möglichkeit, Hegemonialkämpfe mit dem Kleinbürgertum auszukämpfen. Sie ist der Widerstand der Schwachen und Stimmlosen. Sie ist auch ein Mittel, um einer vielleicht naiven, wenngleich nicht unsympathischen Hoffnung auf eine bessere und gerechtere Welt Ausdruck zu verleihen, die dann entsteht, wenn wir uns selbst unter furchtbarsten Bedingungen am richtigen ethischen Maßstab orientieren.

Zaal Andronikashvili

Inhalt

Die Übersetzung dieses Buches wurde gefördert vom
Georgischen Nationalen Buchzentrum und dem
Georgischen Ministerium für Kultur und Denkmalschutz

Die vorliegende Übersetzung beruht auf einer Auswahl aus
Surab Leschawas Erzählbänden
ბავშვის ნაბიჯი კარალიოკზე ოქტომბრის თვეში (2009)
სიჩალღე სიყალბისა (2010)
უხურდავებელი მონეტა (2011)
Sie sind erschienen im Verlag Bakur Sulakauri, Tbilissi

Deutsche Erstausgabe
1. Auflage September 2018
600 nummerierte Exemplare
Dies ist

№ 052

ISBN 978-3-9817789-3-9